我们把守护忘记了

王金钢◎著

重庆出版集团
重庆出版社

图书在版编目（CIP）数据

我们把守护忘记了 / 王金钢 著. —重庆：重庆出版社，2012.2
（一道填空题）
ISBN 978-7-229-02229-7

Ⅰ.①我… Ⅱ.①王… Ⅲ.①散文集—中国—当代 Ⅳ.①I267

中国版本图书馆CIP数据核字（2011）第222505号

我们把守护忘记了
WOMEN BA SHOUHU WANGJI LE

王金钢 著

出 版 人：罗小卫
策　　划：华章同人
出版统筹：陈建军
特约策划：欧阳勇富
责任编辑：舒晓云
营销编辑：张　颖
责任印制：杨　宁
封面设计：小_何

重庆出版集团
重庆出版社 出版

（重庆长江二路205号）

三河宏达印刷有限公司　印刷
重庆出版集团图书发行有限公司　发行
邮购电话：010-85869375/76/77转810
E-mail：bjhztr@vip.163.com
全国新华书店经销

开本：880mm×1230mm　1/32　印张：11　字数：231千
2012年8月第1版　2012年8月第1次印刷
定价：29.80元

如有印装质量问题，请致电023-68706683

目录

壹章　**慈心泪：我们再也回不去了**

记得刚来医院就诊那天，先是我抱着母亲下了四楼——哪里是抱啊，母亲的身体被我窝巴成一团，全部重量都在向下出溜，几个人费了好大劲才把她勉强塞进汽车后座。那时母亲的神志已完全模糊。在我抱她下楼的过程中，我和母亲的脸挨得很近，我分明看到母亲眼角流出了晶莹的泪，但面无表情。母亲一定意识到，她再也回不了这个家了。

贰章　**归根：母亲在前，父亲随后**

父亲母亲每次出门逛街，都是一前一后走的，快六十年的老夫老妻了，居然顾忌一起走被人撞见会笑话，更别说牵手了。通常是母亲让父亲"先头里走"，然后自己再故意磨磨蹭蹭地东找西找才出门，远远跟在后面。距离拉开了，心里却彼此相互照应着——这就是他们那个年代特殊的"爱情"表达方式。这图景在我印象里已淡忘多年了，今天被翻出来，别有一番滋味。

叁章　后花园：父亲无法出来，我们不愿进去

我有时想，父亲竟像个没了玩伴儿的孩子，渴望有人陪他玩，陪他说话，哪怕仅仅是听他说话。但我们谁都不理他，狠心地把他晾在一边。"去，一边自己玩去——没看忙着呢!"——有多少家长对孩子说过这样的话。我们没对父亲说出来，不等于没在心里作如此想。父亲于是只好躲进自己无休止的记忆里，躲进他那满是荒芜的园子里，默默地承受无边的寂寞。他需要来自亲人或朋友更多的心理慰藉。然而我们却谁都没能给他。

肆章　结婚三周年：被冷落的纪念蛋糕

父亲又把一堆破烂悉数搬回来，七零八碎堆了半间屋子。

妻子隐忍着没说什么，但我已感受到她对这个新家未来生活的无比失望。整个下午和晚上，我们就在这工地似的新家里忙活着，收拾归整和做晚饭，我买的结婚纪念日蛋糕竟被冷落在一边，谁都忘了吃。就在结婚三周年这天，我和妻子的"二人世界"，由于我父母的到来，被彻底打破了。

伍章　槐花开了，我想妈妈了

夏天，槐花开了。满街都飘着槐花沁人心脾的清香。馨白的槐花可做药材。我小时候对这种花的记忆，就是随母亲一把一把地扫落在地上的槐花，回家晾干，装麻袋，再坐车到很远的收购站卖掉。这馨白的槐花是开在我心里的。闻着沁人的花香，我竟生出许多苦涩——似乎又看到炎炎烈日下，母亲佝偻着腰，把希望一粒一粒拣回家。槐花开了，真香啊！

——妈，您闻到了吗……

陆章 三年，换了七个保姆

一部频频更换保姆的历史，其实是一部不堪回首的伤心史，也是父母病程的发展史。我们，不比保姆更有优越感。反过来，我们也许比保姆活得更辛苦、更无奈、更谈不上尊严！对这样一个深牢大狱似的家庭，保姆实在忍受不了了，还可以随时选择离开，而身为人子的我，我们，有选择吗？——没有！

因为他们是自己的生身父母。我别无选择。

柒章 我的灾难：心思太重，生活失衡

父母得病这几年，我整个生命的重心全向着他们这边倾斜，搞得自己疲惫不堪。有次出浴时发现，大把大把脱落的头发堵塞在浴缸的下水孔处。从青春到苍老的转变，竟在倏忽之间。在对待父母问题上，我和妻子的分歧也越来越具体，越来越无法调和。在自己人生的规划等大事上，十几年来我却一无建树。妻子因看不到丈夫的未来而倍感绝望。

捌章　家里乱象:父不父,子不子

"好孩子……"母亲近乎乞怜的求饶声此刻仍响在我的身体里,像尖利的刀锋一下下划过我羞耻的心!这是在我儿时母亲常常用来鼓励我的一句话——母亲带着浓重的定兴口音,一遍一遍嘱咐我:"好孩子,路上看车!""好孩子,起床吧别睡了,上学晚了……""好孩子……"

可是这次,神志依稀的母亲,本能地躲避着我的拳掌,在惊恐万状的无助里哀求她的儿子:"好孩子……别打我了……"——我还是母亲的儿子吗?

玖章　无后为大:一场两代人的战争

看着我结了婚,想要抱上孙子又成了父亲晚年耿耿于怀的一块"心病"。我家上辈几代单传，男丁不旺。父亲甚至早就为我的下一代准备好了名字，有大号也有小名，都是他没事时瞎琢磨的。但父亲看我们结婚几年，一直没动静，也就失望了。长叹一声，只怪他自己没这份"德行"。父亲看到自己的侄子都有了孙女，会默默流泪。

看到妻子抱着宝贝猫又亲又哄，"闺女、儿子"地一通叫，他也受不了。他偷偷对妻子说——"别让猫叫我爷爷了，扎我的心哪！"

拾章　共患难的，天底下只有这么一个女人

下班后我来到她的新家，很简陋，到处是上个同事留下的杂物。房子唯一养眼的地方是紧邻二环路。从阳台可以看见车水马龙的都市繁华。每个闪烁的车灯里面，都有着对家的期待和守候。晚饭和她一起在"大食堂"吃的，又谈到分手。她说她恨我的父亲，他毁了她的家，她的婚姻，整整十年啊……回来的路上一路无话，车开得有点飘……

拾壹章　责任，是熬出来的

　　放弃责任是容易的，但无法弥合的愧疚将像噩梦一样永远缠绕在他心头，让心虚的人寝食不安。如果可以把老姑的去世，看做是老表兄一生真正意义上的解脱——那么对老二、老三，良心的枷锁从这一刻起，才刚刚开始向他们张开。

　　老姑突然去世，属于表兄自己的人生从现在才刚刚展开。他无法想象，今后，没有了母亲的一个人的未来，将如何继续？

拾贰章　我有一个梦想

　　我希望每一个人，都能把老年人生命的尊严看得无比珍重。因为他们曾经、并且永远是社会机体的创造者。他们活着的每一天，都应该得到社会的认可和尊重！

　　我希望每一个老人，老有所养、病有所医、住有所居，让他们全都享有健康饮食，吃得起药，看得起病……

壹章

慈心泪：我们再也回不去了

记得刚来医院就诊那天，先是我抱着母亲下了四楼——哪里是抱啊，母亲的身体被我窝巴成一团，全部重量都在向下出溜，几个人费了好大劲才把她勉强塞进汽车后座。那时母亲的神志已完全模糊。在我抱她下楼的过程中，我和母亲的脸挨得很近，我分明看到母亲眼角流出了晶莹的泪，但面无表情。母亲一定意识到，她再也回不了这个家了。

在最后期限上，母亲偷偷为自己加了6天

凌晨三四点钟的时候，我的手机先后响了四次。全是在医院陪护母亲的三姐发来的短信息。

待我一觉醒来，天已大亮。这一觉睡得太沉了（头天晚上情绪低落，喝了两瓶啤酒），以至连绵不绝的"嘀嘀嘀"的短信声，竟一次也没有吵到我。

3：42——"情况不好，你能不能早点过来？"

没见回复。接着又——"我有点怕，妈刚才又吐血了，你早点来吧！"

4：08——"妈现在睡下了，你天亮再来吧。"（发了两遍）

我知道三姐一直用短信方式而没打我电话，是为了不让我受到过度的惊扰——她这人向来如此，除非是万不得已，即使对那些自己力所不能及的事，也强装出一副"处变不惊"的从容姿态，所有难处自

已扛。像昨晚——她非要打发所有人各自回去休息，只留她一个人在医院值守，任谁怎么劝说也不成。她那股固执的劲头儿一上来，连别人对她的同情也轻易打消了。

但从她所发信息的语气上不难看出，当时面对突然咳血不止的母亲，三姐一个人该有多么无助和无措。她一定后悔了：为什么不留我陪她一起看着母亲。至少在心理上，多一个人就多一份依靠。

向东。开车从东直门赶往位于大黄庄的民航总医院急诊室。一路迎着初升的朝阳，阳光刺得眼睛枯涩无比。我知道，太阳每天都是新的——但今天这缕朝阳，怕是母亲在这世上看到的最后一缕朝阳了。

其实母亲根本什么也看不到。

到今天为止，母亲在民航总医院的急诊监护病房里，已经整整昏迷了七天。氧气罩下积留着母亲粗重而浑浊的呼吸，只是证明母亲还活着，而母亲什么也感觉不到。母亲躺在房间最里侧的一张病床上，为的是最后不行的时候，不会惊扰到其他病人。

母亲的死，是早在她住进医院的第一天就被宣判了的。送进来的时候，她身体的各个器官已呈现多功能的衰竭，连医生也认为几乎没有什么再治疗的必要了。只是母亲又在宣判的最后期限上，为自己偷偷加了六天。面对如此顽强、"垂死挣扎"的生命，每个接班的护士一大早都会笑着问我——"呵！老太太还真行！"我想她们后半句的潜台词一定是——"还活着哪！"语气中明白无误地表明了她们的不耐烦。（这要是你们的亲生母亲——你们会作这样想吗？"还活着呢?!"）

就为这，我曾一度幻想奇迹真的能在母亲身上发生。于是暗暗对沉睡的母亲祝祷：

"妈，咱就活着，气死她们！"

"妈，您可要争点气呀！"

赶到医院，时间是七点二十分。

三姐在母亲床前守了一天一夜，更加之凌晨时分频频出现的紧急情况，见到我时，三姐满脸倦容，疲惫不堪。

"妈半夜吐了三次血，一度呼吸特别困难，又吸了一次痰。怕你半夜不方便过来，没敢打电话叫你！"看来我的猜测没错。

"那你先回去歇会儿，我来盯着。"

"也好，我回去换换衣服，洗个澡，一会儿把聪聪也带来，我想让他见姥姥一面……"聪聪是我的外甥，从小被姥姥带大的。姐姐想让孩子在脑海里对姥姥的去世留下一个最后的印记。说这话时，我们面面相觑，心态复杂，内心都明晰地感到，今天也许真会有不测的大事发生。

姐临出门前，特意询问了值班护士："像我妈这种症状，最多还能熬多久？"

"这可不好说，不过一般出现这种应激性溃疡的情况，病人就快不行了。"

"那怎么能看出是不是不行了呢？"显然我没有这方面的经验，问题问得十分低级。

"最明显的，看病人没有呼吸了，胸口没有起伏了——"话锋突然一转，"你们不是已经不打算再抢救了吗?"

又是一击。我们只好点头。

"——就是，其实抢救也没什么意义。"护士轻描淡写地说。

护士人很尽责，又提醒我们寿衣买了没有，说对面的寿衣店就有卖的，有情况可以随时叫她，等等。早在几天以前，母亲的寿衣就已放在我的汽车后备箱里，随时准备应急。我没敢把它放在病房的床下，倒不是怕母亲多疑（其时，母亲已经完全神志不清了），主要是担心会引起其他病人的反感和嫌恶。

三姐走出医院的时候，还一再强调她会尽快赶回来。她怕这一走，就再也见不到我们的母亲了。

三姐家在城北的西三旗，乘车单程也要花费将近两小时。走了一半路程的时候，接到我电话说"妈已经走了——"她拼命再返回来。已经晚了。此时的母亲已装扮停当，静静地躺在平车上，准备上路了。

噩耗来得过于突然，加之三姐从没见过母亲一身暗紫色寿衣、穿戴富贵而且整齐，陌生、惊怕、懊悔、痛心疾首……一时间悲从中来，痛哭不已。

"先别哭了——妈走得很安详……妈不用再受罪了……"现在我反过来劝姐姐。我能清楚地听到自己声音的微弱、颤抖。我的眼泪随时可以倾泻而出——但听说，人死的时候，周围亲人无顾忌地放声大哭，会让逝者的灵魂更加不安，无所归适。所以我在几天前就已经在告诫自己：母亲走的那一刻，我一定要忍住不哭。

太平间的师傅帮我们为母亲"铺金盖银"（一套金银色的绸子被

褥），从里到外，从头到脚，都有很多讲究。而我们对这些几乎一无所知。尽管事先曾有无数的至亲，提醒我们伺候老人"上路"时的诸多程序，但我们事到临头仍不免手忙脚乱。

是的，我们对家人的离去是那么的缺少经验。临终前的洗脸、擦身、穿衣戴帽，我们都做得毫无方寸。甚至更早，当初在母亲生病的时候，在她受尽病魔纠缠，整日又哭又喊让人片刻不得安宁的时候，我们除了抱怨，还是没有经验。竟不以为她那是病，不懂得她的叫喊比我们听她叫喊其实更痛苦，她的病折磨着别人，更是在消耗着自己……现在母亲走了，经验于我们还有什么意义？

母亲昏迷期间，一直靠氧气维持呼吸。医生查房时特意提醒我们："记着每隔十几分钟，用湿棉签给老太太沾沾嘴唇，否则她会口干的。"我们才意识到，由于我们的疏忽，已经无形中让母亲受了更多罪——毕竟还是因为缺乏经验啊！

当你好不容易从实践中获得了一点照顾父母晚年的切身经验的时候，往往已经晚了。上天总是残酷地把所谓的"经验"一次性给了你，又让你后悔再也没有机会用上它。

抱母亲下楼时，我看到了她眼角的泪

　　唯一可以庆幸的是：母亲走的时候，有我在她身边。

　　母亲得病以来的十几年间，举凡大病小情，都是有我陪在她身边的。看病、吃药、陪护……知道的人都说：这老太太可算是得了老儿子的"济"了（大概是养儿回报、老有所靠的意思）。不管说这话的人出于羡慕、嫉妒或是讥讽，我都不在乎。我所做的一切只是希望能使辛苦了一辈子的母亲，从心里稍稍感到一点骄傲，同时也是为了尽量减少我的遗憾——在母亲有生之年。

　　"树欲静而风不止，子欲养而亲不待。"——是说当有一天，做子女的真的开始意识到父母的重要性和意义的时候，真的发自内心要好好孝敬父母一场的时候，往往已经来不及了，父母的离去已经把这种机会永远地收回了——人生的大无奈莫过于此。这样的例子还少吗?!

　　母亲没有工作，自然也就享受不到公费医疗。昂贵的医药费开支对我们这样的家庭来说，无疑是一个沉重负担。入院第一天，母亲住在急诊的监护室，一天下来包括药费、检查费、CT、胸片、氧气、化验、床位、心电监护设备，等等，花了两千多元。

这样过了两天，一位姓罗的年轻大夫把我叫到他的办公室，向我交了底——

"长此下去恐怕你们家属承受不了，老太太这病也就是再坚持几天的事，不可能有什么起色。不如撤掉监护仪，从监护室转到急诊观察室，继续维持用药，这样可以替你们省不少钱——"看我如梦方醒，点头同意，他马上又补充说，"大主意还得你们拿，我只是站在你们的角度考虑，给你们这样的建议，别回头真怎么样了……"我知道他其实是不想好心反落埋怨——怎么会呢？俗话说"治病不治命"，母亲命中有此一劫，我们也只有认命。只是没想到，这样一来，却更加委屈了母亲。

征得了我的同意，罗大夫在母亲的病历本上迅速写下——

　　　患者家人经协商，要求转出监护室。拒绝心电血压监护，留观在观察室，仅吸氧及目前输液用药维持，并拒绝临终抢救如气管插管、胸外按压、电除颤，等等，医师已向家属交代病情危重，随时会死亡，如出现一切后果，责任自负，签字为证。

最后是罗大夫和我的签名。

没人逼迫我签。我犹豫了片刻，还是签了。这一签字，母亲注定要在世上少停留几日。

深度昏迷中的母亲没有办法自己做主，就只好由她的儿女做主。

我们一相情愿地轻易决定了母亲是多活一天还是少活一天——现在想来，我们有权这样做吗？

我当时只是觉得，不想再看到母亲粗重、痛苦地喘息了。病床上的母亲双眼紧闭，面色蜡黄，呼吸困难。她太难受了。母亲自己想必也不想这样吧。

然而我又不得不承认，如果换了是由母亲做主，来决定她行将死去的儿子是否多留在世上一天，哪怕仅仅维持心跳和呼吸，我想母亲也一定会毫不犹豫地大声嘶喊——能多留一天算一天！！！

这就是我们与天下母亲的根本差距。

可见，我们有多自私！

把母亲从监护室的气压床挪到普通病床，费了九牛二虎之力。她根本不会借力，稍一挪动就可能伤着她的筋骨。况且，昏迷中的母亲根本不会表达她的疼痛。这次多亏了一位又高又壮的铁塔似的护士帮忙，将母亲成功平移。

记得刚来医院就诊那天，先是我抱着母亲下了四楼——哪里是抱啊，母亲的身体被我窝巴成一团，全部重量都在向下出溜，几个人费了好大劲才把她勉强塞进汽车后座。那时母亲的神志已完全模糊。在我抱她下楼的过程中，我和母亲的脸挨得很近，我分明看到母亲眼角流出了晶莹的泪，但面无表情。

我顿时一阵悲伤，母亲一定意识到，她是再也回不了这个家了。

在医院又经历了数次大挪移。从担架车挪到病床，又从病床挪到平推车，挪到 CT 台上，一次次地调整位置，照完 CT，再搬回平推车，挪回病床。

这次，是活着的母亲最后一次挪动了。

四天以后，母亲死在这张床上。

"铁塔"护士最初的力气和热情劲儿着实令人感动，我和姐姐连连道谢。可没过几天，"铁塔"护士出言便很不中听了。在她当班时，我们请她为母亲测量体温，或是报告她是否该及时加药了，"铁塔"开始变得很不耐烦，经常听她有意无意地甩出一句："你们家属不都已经放弃治疗了吗？"或者："其实再加药也没什么用，反正你们拿来（药）我就给你打。"……让人别扭。

倒是最先向我们交代实情的罗大夫，对日渐衰微的母亲依然每天认真查看，还主动提醒我们：即使老人快不行了，也要经常给她翻翻身，别长了褥疮，老人受罪（用湿棉签沾嘴唇的细节也多亏了罗大夫的提醒）。这种时候——特别在这种时候，医生一点一滴的人性关怀，都会让我们有说不出的温暖。

我知道，医生写在病历上的近乎冷漠的措辞，无非是怕万不得已的时候，家属翻脸不认账，事先分清责任，这对医院和医生都至关重要。我还知道，"铁塔"护士见惯了生死别离，可谓阅人多矣，她是有一说一，口无遮拦。但此时此刻的直言不讳，是有悖于医学人道主义精神的。在医生面前，病人永远是弱势，病人家属于是也就只有处处卑微、时时小心——这不反常吗？！

　　母亲与十几个来来往往的急诊病人同住一室，这使得我们陪护的家属不得不表现得谨小慎微，生怕母亲哪口气捯不上来，恰被这拨儿病人赶上，给人家心里添堵。晚间的观察室是不熄灯的，送来的急症病人大都输完液就走。他们中，有受伤的工地民工，半夜突然摔倒的老人，跟丈夫怄气喝农药自杀的糊涂村妇，歌厅里为了女人被人花了的内蒙歌手……形形色色。偶尔被巡逻的警车送来一个"路倒"，摔得一身泥水，喝得不省人事。警察从他口袋里掏出钱给他取药，他当时哭得一塌糊涂，对我公安民警感激涕零。一早醒来，却骂骂咧咧——"谁他妈给我送这儿来了？不就喝点酒吗，花了老子三百多块——谁？"

　　不管他们正在经历着怎样的飞来横祸，他们都只是这间急诊病房里来来往往的过客。他们在此稍作休整，擦干身上的血迹，填充好弹药粮草，便又奔赴火热的生活第一线去了。而静静躺在角落里的母亲，将永远无法走出这间病房。

　　母亲正在昏迷、沉睡，补足她一生的睡眠。

两个世界：一辆小车推进来，推出去

　　母亲离开这个世界时的平静和安详，超乎我之前作过的无数次的想象。同样，送母亲走的时候，自己表现出的沉着镇定和有条不紊，更大大出乎我的预想。我曾设想在母亲走的那一刻，我会吓得浑身瘫软不知所措，甚至完全崩溃掉也说不定。没有，事实是，我挺过来了。

　　那天三姐走后，特地从河北农村赶过来的堂兄，和我一起守在病床前。堂兄大我将近 20 岁，他父母过世都是他在身边亲自料理的，连我在农村的大伯也是这位堂兄给送的终，在这方面算是经验丰富。那天，是他先看出母亲的气色尤其不好，反复叮嘱我："到时看着不行了，千万别慌。"

　　"我伺候走几个老人了。自个儿的老的，什么也不怕。"

　　我说："我不是怕，是不知该怎么做。"

　　上午的时间静静流过。没有任何迹象表明母亲会在哪时哪刻离开。不知过了多久，我们忽然发现母亲的呼吸开始由沉重变得微弱。母亲胸口的起伏也越来越不易察觉。终于，我们看不到胸口的起伏了——

会不会？……

"大夫，大夫——您快看看，我妈好像没呼吸了!!!"我冲到大夫那儿，声调已然失控。

大夫放下正在就诊的病人，带领几个护士连同监护仪过来了。

心跳慢慢变成直线。

血压没有了。

用手电光照母亲的眼睛，没有任何反应。瞳孔散大。

一切证明，母亲真的死了!!!

听人说，人死的刹那，会从嘴里呼出长长的一口浊气，身边的人千万要避开，否则会招致晦气。还说死时眼角会有泪水（"慈心泪"？——抱母亲下楼的时候我见过的），那是平生憾事的淤积。这些征兆，母亲临走前都没有。所以我一直觉得母亲死得没有依据。母亲一如既往没给任何人带来晦气，但愿母亲也不会带着遗憾离开这个世界。

三姐没能及时赶到，大姐、二姐和我的妻子也是后来才通知的。当时只有我和堂兄在身边。我手脚慌乱地为母亲打水，擦身。这是我平生第一次为母亲擦身。

母亲的身体尚温热而柔软。我用事前准备的剪刀，剪去她贴身的衬衣，小心翼翼地用温水擦拭她的全身和嘴角边留下的吐过以后的斑斑血渍。每个动作都毕恭毕敬，发自内心。

"妈，咱穿衣服了——"

"妈，穿袜子了——"

"妈——"

一边为母亲穿寿衣，我一边低语。

母亲躺在我的臂肘间，任凭我搬弄，毫无反应。

我为母亲最后梳理了凌乱的白发，就再也忍不住了。泪水滴在母亲渐渐冰冷、渐渐僵硬的脸上。

前尘往事。天上人间。

从此——我将与母亲天人永隔。

母亲走的时辰是2004年的5月6日，星期四，10点26分，正赶上"五一"长假的倒数第二天。阴历三月十八，都是双日子。

就在前一天，我和几个姐姐还在商量，要不要接母亲回家调养。对于一般家庭来说，父母病危，子女们轮流值守，固然不失为是最公正、最劳逸结合的办法，但母亲已昏迷七天，病状既没有恶化，更没有好转，这样下去，什么时候是个头呢？眼看长假一过就要上班，谁能老请假昼夜陪护在母亲身边？即便能请假，巨大的住院开销也是当务之急的头等麻烦，如何负担？

据医生讲，母亲一旦离开现在的消炎药物和氧气，很快就完了——这些日子，母亲一直是24小时输液和吸氧的——在别人看来，我们已经算"放弃治疗"的不孝之人了。既然母亲自己那么坚持地活着，我们又怎么忍心不给她顽强的生命以最低限度的保障？坚持吸氧和使用较好的消炎药，是我们尚能承受的最后底线了，无论如何不能再降低了。

　　既然母亲注定要走，那就让她少受些痛苦——我们只能做这么多。

　　还能做什么呢——很多时候，儿女的孝心其实是和经济实力联系在一起的——"百顺孝当先，论心不论迹，论迹贫家无孝子"，自古有论。

　　回家——还是继续住院治疗？到底也没商量出个结果。当天，三姐偏犟地坚持由她一个人值夜班——此前，为防止随时可能出现的紧急情况，夜里至少都留两个人。她的理由其实是直冲要害："往后上班了，总不能都晚上耗在这吧！"要大家提早做好打"持久战"的准备。万万没想到，偏巧那天晚上就出事了。

　　我记得当晚三姐一人在医院陪床的时候，我正转遍北京城的大小药店，询问有没有家用的简易制氧设备卖。有一种叫"氧立得"的制氧仪，用着方便，但一次药只能维持四五十分钟；用氧气袋，维持的时间更短。这对于需要24小时不停给氧的母亲来说，显然都不适用。一筹莫展之际，母亲断然以生命的戛然而止打消了我们的重重顾虑，把还在犹疑、矛盾中左右为难的儿女们，狠心晾在了一边。

　　我一直觉得，母亲是在"五一"的长假里，以一种特别的方式，与她的儿女和亲人作了最后一次短暂的团聚，又在长假结束的时候，毅然决然地选择了离开。母亲大概猜到身边的儿女已经不耐烦了。但她又放心不下，舍不得我们，所以留恋几日终于还是走了。绝不拖泥带水。

　　如果这是上天的有意安排，是不是故意要以母亲的这种死法，让我们承受永久的歉疚？

　　我想不出，除了"仁义"二字，还有什么可以概括出母亲一生的性格基调。母亲的去世更是如此。

　　盛着母亲遗体的小平车吱吱扭扭，吱吱扭扭，穿过医院的走廊，曝露在阳光下，载着母亲走向东跨院的太平间。就在几天前，母亲也是被一辆这样的小平车推进来的，尽管那时的母亲一直处于昏迷之中，但一息尚存，毕竟还活着。再经过这条路时，母亲已在另一个世界了。

　　生命的过往，在短短的一条通道里书写殆尽。

回到自己的房间：那才是母亲的家

出殡是在母亲去世后的第三天上午。开灵车的司机同我商量灵车的行驶路线。一位亲戚说，灵车最好不要经过家门口，而且迎回的骨灰，最好也不要在家里停留，直接下葬，入土为安。火化之后，我们便直接开车回河北老家，把母亲的骨灰葬在老家的祖坟里。

只是我的心里一直有疑问：为什么不能让灵车路过家门呢？为什么不能让母亲再回家看一眼呢？母亲是多么留恋这个家呀！我又记起抱母亲下楼时她眼角的一滴清泪，以及她潜意识地对身后楼门的最后一眼回望——她是多想再回到这个家呀！

我记得发送完母亲从老家回京的路上，已近傍晚，交通广播里充斥着来自四面八方的儿女对自个儿母亲的动情的感言，好像第二天正是"母亲节"。

灵车出发的时候没有经过家门，回来时候也没有——母亲该有多遗憾！

母亲病重复发这几年，几乎每天都要由保姆推着轮椅，把她从卧室推到客厅的大窗户边晒太阳。楼下不了，只能让她以这种方式接近阳光（据说晒太阳对活络血管有好处）。推出来没五分钟，母亲就待不住了，连哭带喊地嚷：

"家去吧——家去吧——"手指着自己房间的方向。

起初保姆听不懂，母亲一口河北口音，加上多年脑血栓造成的发音障碍，除了我们，多数人开始都不懂母亲嘴里蹦出的简单的字到底意味着什么。我对保姆翻译："我妈是说回家去！"保姆更懵了——

"这不就是您家吗?"

我说："她是说回到自己的房间，那才是她的家。"尽管同在一个屋檐下，但母亲觉得除了自己那间卧室以外，连客厅好像都是别人家的，或干脆认为就是露天的。

一回到自己的房间，妈就乐了。

"家去吧——家去吧——"

这成了母亲的一个朴实的愿望。

只有在自己家，母亲才感到心安理得。

妈，咱们"回家"吧！

贰章

归根：母亲在前，父亲随后

父亲母亲每次出门逛街，都是一前一后走的，快六十年的老夫老妻了，居然顾忌一起走被人撞见会笑话，更别说牵手了。通常是母亲让父亲"先头里走"，然后自己再故意磨磨蹭蹭地东找西找才出门，远远跟在后面。距离拉开了，心里却彼此相互照应着——这就是他们那个年代特殊的"爱情"表达方式。这图景在我印象里已淡忘多年了，今天被翻出来，别有一番滋味。

这窗口，成了老两口生死诀别的十里长亭

母亲去世的消息是在两天以后才敢告诉父亲的。

父亲这年已经87岁了。除了砣大身沉，走路不太灵便之外，没有什么明显的器质性病变。当然，这也只是泛泛一说，哪能真没病呢？比如：

1. 心力衰竭。2000年因腿部严重浮肿住了半个月的院，诊断为老年性心衰。出院后，隔几天就得去医院抽一次血，化验血脂血糖。好在后来没再出现明显的症状；

2. 前列腺增生。几年前第一次发作时，整整一个下午滴尿不出，憋得疼痛难当，死去活来。叫救护车送到医院，说是"尿潴留"，当即插管导尿，才算逃过一劫。从此以后老是尿急、尿不净，寒天腊月裤子也总是湿湿的，像小孩子一样老得在裆下围个裤子；

3. 腿上的丹毒动辄流脓水几个月。父亲年轻时，医生曾考虑

给他截肢，一气之下父亲说"不治了"，就没再正规治过。试过用祖传秘方配药往腿上敷，居然奇迹般地保住了腿。只是隔段时间会犯一次，犯一次熬一回药。

4. 都说"牙疼不是病"，父亲的一槽假牙长久以来却成了他的心病。大夫说，换一槽可以，得先拔掉残留的牙根。但以他这把年纪，又有心脏病，没有哪个医院敢冒这个风险。最后决定还是先凑合吧，这一凑合就是几年，吃嘛嘛不香——咬不动。

望九之人了，有几个不是成天以药当饭这么顶着。这些病其实都还不算什么。要紧的是，父亲的精神方面呈现出越来越糟糕的迹象，这几年尤其变得不可理喻，浑不讲理。

起先家人都以为这是"老糊涂"了，没当回事。后来我开始留意各种报刊和网上的资料，分析证实：父亲患了"老年痴呆症"，而且已经发展到了很严重的阶段。

母亲从长达几年的失眠、强哭强闹，到去世前两周的水米不进，昏昏欲睡，整个人一下子塌陷下去。对于老伴儿的这种变化，日夜守在她身边的父亲竟浑然不觉，依然故我地自说自话。

发现母亲的病越来越严重是从母亲的日常饮食开始的。保姆小何喂母亲稀饭和麦片粥，母亲不张嘴，即使吃到嘴里也根本不懂得吞咽。在医院的七天里，母亲嘴里残留的粥饭就这么随着她沉重的一呼一吸烀在舌苔上，越来越干越苦，痛苦之状可想而知。

母亲身子斜倚在被垛上，完全坐不起来。小何连拖带架地扶住她半个身子，勉强给她喂一口水，稍一松手，母亲就势便倒下了。

找来社区医院的大夫简单看了看，建议我们还是到大医院照完CT，才好对症输液治疗。

母亲是经不起搬动的——这也是我们轻易不送母亲去医院的主要原因。坐在床上的母亲，身子前倾几乎弓到了腿面，成折叠状，抱都抱不起来，死沉死沉的。我们请求医生能不能先输点活血的药。以前也有过类似的时候，看着像是过不去了，输几天刺五加、脑复康什么的，情况即大有好转。所以寄希望于这次也能有惊无险，化险为夷。

医生说："看上去像是脑梗塞的复发，但恐怕还有出血的地方。这两种病都可以导致现在的昏迷状态。"——我才知原来母亲这副昏昏沉沉似睡非睡的状态就是"昏迷"。医生说："但两种病在用药上却是完全相反：一种是疏通血管，一种是要堵住出血。这要不弄清楚，不但治不好，反而更添病。"

要搞清楚病因，就要依靠设备，依靠CT。社区医院没有。

看来无论如何也得带母亲上医院了。

一旁的父亲却不以为然。

"不去，不许去医院！"他坚持说母亲没病。其实他内心是怕老伴儿此一去，就再也回不来了——在他根深蒂固的传统观念里，就是死也不能死在医院。

我和姐姐对父亲的漠然真的很气愤，不能再征求他的意见了，我们不能眼看着母亲在家这么等死而无药可医。

　　事后，我反倒觉得父亲的不知不觉，何尝不是一种庆幸？眼见就要与自己共同生活了五十多年的老伴儿生死永诀了——沉浸在自己世界里的父亲，无疑在客观上把这种决绝的痛苦降到了最小。谁也无法设想：此时此刻正昏昏然沉睡着的母亲，在她残存的意识中，会不会也感知不到痛苦？如果真的如此，恐怕也是能想到的最善意的结局。只是在其他人看来，这场面未免过于残忍和凄伤。

　　母亲病情的发展远比我们预料的严重。

　　为了凑齐我和姐姐各自向单位请假的时间，我们约定，后天（周五）一早带母亲去医院。

　　第二天上班之前，我还庆幸母亲并无特别恶化的迹象，临走前嘱咐小何，一定要喂些稀饭给母亲，难喂也要喂。我总觉得，只要能勉强吃下东西，总还是有活下去的希望。

　　没想到，开着车走了一半的路时，小何的电话就来了——

　　"哥，你快点回来吧，大妈喘气特别粗，你快回来吧！"

　　小何在电话里急得不行，完全失了主张。

　　返回途中，我联系了几个姐姐。此刻的我感到自己像被丢进万古深渊里没着没落的一颗石子，眼前一片黑暗和混沌。

　　母亲的样子很吓人，面色枯槁，形容委顿，与一小时前我出门时判若两人。嘴里老像是有痰，呵喽着，呼吸明显不均匀。几乎是前后脚，二姐也赶到了。我们特意为母亲换了件厚一点的干净外套，带了被褥，背着母亲下楼。

四层楼，七八十级台阶。我们几乎是连拖带拽地把母亲折腾到楼下的——母亲眼角的泪水就是在这时候流下来的，浑浊而苍凉。

就在大家背母亲下楼的时候，父亲叫嚷着冲出房门。他一路拄着拐棍磕磕绊绊追了下来，竟一口气追到楼下。

以他平时的气力，偶尔由我搀扶着下这四层楼，至少也要一刻钟。这次他竟一个人跌跌撞撞地一口气跑下来，紧跟在我们后面。他是调动了身体里的全部潜能。

"——回来！不许上医院！把你妈弄回来——"父亲趿拉着鞋，边追边骂："王八蛋操的你们！回来！"……"老伴儿啊——"谩骂声渐渐变成了哭喊声，响彻整个楼道。

当时楼里一定出来很多人好奇地观望，不知到底发生了什么。

我和二姐把母亲往车里塞，极费劲。母亲在我们手里几乎被攒成一团。

后边，小何正连哄带劝把父亲往屋里搀——万一父亲在这时候有个闪失，岂非乱上添乱？父亲哪里肯听？最后是小何急中生智，吓父亲说："门还没关呢，还不回去看看，有人偷你的东西了！"父亲一时顾了这头顾不得那头，才勉强上了楼。

车子就停在楼下的草坪上，从父亲房间的窗口望下去，正好可以望见。自从父亲的腿脚不允许他下楼以后，这扇窗口就成了他与外界联系的唯一的瞭望台。我上班走了，他从窗口看着，我下班回来，他还是看着。久违的亲戚朋友来了，保姆又出去买菜了还没回来，都瞒不过他。他由此洞悉全家人的作息行止，他也借此传递他的孤独和渴望……

没想到居然有一天，这窗口竟会成为老两口生死诀别的十里长亭……

车子驶出小区，驶出父亲的视野。

这成了父母亲今生今世的最后一面。

连连追问：两天，就再坚持两天

母亲住院期间，父亲好像渐渐忘记了母亲，依旧整日唠叨他那些奇谈怪论。保姆留在家里伺候父亲，其他人日夜轮流在医院里值守。

只是偶尔听到门响，父亲才立刻警觉起来，厉声问："谁？谁来了??"

他的思维好像被突然唤醒，一下子扯回到现实中，一再追问起母亲的病情。

我们只好暂时瞒他，说没什么事，快好了。他就哭，说："赶紧把你妈接回来！"有时说着说着就急了。我们索性具实告他，说母亲快不行了，大家都着急，让他别再闹了安静会儿好不好?! 不知他是真的听明白了还是故意，大骂我们不孝，要遭报应。

他断定我们合起伙来把母亲送进医院，是害了母亲。

其间，父亲几次强烈提出要去医院看望老伴儿，都被我们拒绝了。我们的理由好像也充分——

1. 以父亲的年岁、身体和精神状况，见到奄奄一息的老伴儿，未必承受得住，万一倒下就更麻烦了。

2. 他完全有可能不管不顾地大闹一番，在医院那种地方，真闹起来谁劝得住？

3. 既然母亲已然这样，我们想让她安安静静地走完最后的路。父亲不分场合的吵闹无疑会使得病危的母亲更不得安生，甚至他做出拔掉氧气面罩、硬逼我们把母亲带回家的事，也说不定。

我们的决定在当时看来完全出于十二万分的理智。现在想，到底没能让父亲在医院见老伴儿最后一面，终究是做子女的不孝。母亲迟迟没咽下最后一口气，她在等什么？

病厄中的母亲会不会刻意在等父亲，等他在病榻前看自己最后一眼？这是两个人生生世世的永别啊！——实在等不到了，母亲只好抱憾而终了。果真是这样，那就原谅我们吧。

子女们替母亲行使了要不要父亲来看她的决定权，并轻易剥夺了父亲探视临终妻子的权利。我们自以为是地以为，母亲昏迷，父亲糊涂，他们就可以不在乎、可以放弃这项权利。

我们做的就一定对吗？

母亲走后，比悲哀更加难以应对的是所有人心中的忐忑不安：要不要把真相告诉父亲？由谁告诉？

这才发现，原来我们所有人当中没有一个人是父亲可以依托和信赖的。他觉得一家人都在共同编织假话骗他，全世界都居心叵测，全世界都与他为敌。

母亲被留在医院的太平间，躺在漆黑而寒冷的冰柜里，一待就是三天。

父亲在家，也许正翘盼着，老伴儿病好了就可以回家了……暂时沉浸在假想的欣慰里的父亲，时而愤怨，时而焦灼。

我们把母亲住院时没用完的一包尿垫、卫生纸和湿纸巾（母亲临死前，背后果然生了褥疮，已经开始溃烂。我在她去世的当天上午，到对面超市特意买了两包强生湿纸巾，准备给母亲擦背用，可惜没能用上）拎回家。

父亲正坐在客厅的窗台上像往常一样自说自话。见我们进来，立刻停止了唠叨，而是以他凌厉的目光对我们每个人察言观色。他好像感觉到了什么，并没像平时那样逼问或暴怒。

无处悲伤。

我觉得自己连一个可以放纵悲伤的场所也没有，不敢哭，不敢流泪。独自溜进卧室，砰的一声关上门。

妻子小心地把消息悄悄告诉了小何，小何当即眼泪就下来了。毕竟在母亲最后这段日子里，她守在母亲身边的时间比我们还要多，她对母亲饮食起居的了解比我们还要清楚，她对这个家的贡献比我们还要大——感谢小何！这个来自陕西农村的善良姑娘。

父亲终于忍不住试探着问："你妈怎么样了？说呀——怎么样了？"

大家都支支吾吾。

叫我们怎么回答：快好了？快出院了？还是已经……不在了？

还是等一个合适的时机再告诉他吧。还有两天就出殡了，谁也不希望他在母亲出殡前大闹起来。还有好多事等着办呢！

两天，就再坚持两天。

父亲连连追问了好几声，每一声追问都像在用刀子扎所有人的心。

民间的丧葬习俗讲究很多，而且说法不一。我不太懂，于是对哪一方善意的提醒都不敢怠慢。中国人讲"祭如在"，讲"事死如事生，事亡如事存"。对死去亲人的祭奠，其实体现的是一种哀思，一种表达。尽管有一大堆繁冗的形式，在今天看来是迷信，有些甚至演变成了闹剧，但最初的形式总还是源于并依附于内容的，这使我对"形式"大都也恭而敬之。我所有的诚意、所有看来迷信的做法，都是出于对母亲——真切的爱！不是别的。

传说有一天，世尊佛陀路过路旁一堆颜色发黑的枯骨，曾躬身顶礼膜拜。众弟子不解。世尊于是对弟子说：因那是一堆女人的枯骨。

"何以见得一定是女人的骨头呢？"阿难问。

佛陀告阿难说，女人用奶水哺养孩子，养一小孩就要吮食八石以上的奶水，而奶乳是由母亲的血变成的，形容怎么会不消瘦憔悴？因此女人死后，其骨骸颜色较黑，分量上也轻得多了……

佛陀又依次颂扬了作为母亲十重难报的恩德，曰："怀胎守护"、"临产受苦"、"生子忘忧"、"咽苦吐干"、"回干就湿"、"哺乳养育"、"洗濯不净"、"远行忆念"、"体恤子女"、"究竟怜子"……

引得众弟子纷纷悲伤落泪。

到医院开死亡证明，挑选、放大遗像，联系殡仪馆，通知亲友，确定时间、人数、车，买黑纱、蜡烛、冥纸，等等……在失去亲人的巨大哀痛的同时，你还必须把这一切做得有条不紊，谓之"料理后事"。

母亲一生也没机会在生活中充任主角，终于在她死后被动地做了一次。母亲这辈子，先后依附于她的丈夫和儿女，从经济到家庭地位一直都是。在我们这个家里，父亲"重男轻女"的封建思想十分顽固，以至连过生日这样的事，我们都习惯于赶在父亲的正日子，顺便给母亲一起过了。母亲从来不提，我们也慢慢忽略了。想来真是愧对母亲！

照片也是——父亲像样的照片还能选出几张，母亲的就很少，几乎没有选择的余地。母亲病后，脸部歪得有点变形，更少照相，除了十几年前换发身份证时照过一张，就再没别的了。遗像最后选用的是她二十年前面容较为周正的一张"近照"。要是她知道现在有这么多人郑重其事地为她忙碌着，母亲心里一定会过意不去。

所有这些都是在瞒骗父亲的前提下，偷偷摸摸进行的。

民间有"倒头香"的说法：即从亲人故去的那一刻起，在逝者头顶方向焚香祈祝逝者平安，傍晚掌灯时分还要在灵前点起蜡烛，为死者照路（黄泉路）。据说蜡烛一直要点到出殡那天，长明不灭。

父亲既不知情，怎么可能在家里为母亲摆设一个小小的灵堂？

当天傍晚，我匆匆买了水果、香烛等祭品，在妻子暂时租住的东直门的房子里，腾出一张写字台，点上香烛，履行了简单的祭拜仪式。

照片是一张很小的一寸照。昏黄的烛光在母亲的像前摇曳——不能相信，母亲真的就这样走了吗?!

遥对那个几乎辨认不清的模糊的身影，默默呆坐了很长时间。

父亲第二天还是得知了真相。是老家的堂兄婉言相告的。据说父亲当时的表现比我们想象的都平静。当听到我们把母亲后事的每个环节都办得妥当，特别是听说母亲走得很安详时，父亲老泪横流，竟连说了几个"好"字。

既然用不着再瞒他什么，我们索性堂而皇之地把供桌设在了家里，显得比较正式一点。

父亲的情绪忽晴忽雨，让人琢磨不定。白天还好好的，入夜，父亲径直从卧室跑到客厅，哭天抢地地——

"老伴儿啊！老伴儿！你等着我!"

头往硬邦邦的桌角上撞，一下，一下。

烛台倒了，蜡油溅得满墙都是。

后来我们发现，父亲的莽撞行为虽说是真情所致，但也不乏表演的成分——做儿女的这样褒贬老人确是不恭，但他的哭声大多是干打雷不下雨，本身就让人起疑。而且，人越多越劝不住。他知道桌子角硬，舍不得真玩命，点到即止。父亲像孩子一样撒泼耍赖的，只为赢取别人的注意和劝慰——真叫人又气又同情。

父亲在家连续折腾了几天。直到母亲火化、下葬以后，父亲的病情却真的发展到无法控制了。保姆在家时，几次打电话给我和姐姐，说父亲成天喊，看见神啊鬼啊的都过来了，他用刀子把自己的手指划破，挺深的血口子，将血含在嘴里，喷得满屋子都是——说是辟邪。母亲的遗像被喷溅的血渍浸成红色。

母亲善良的眼睛注视着这个家。

母亲的眼里也浸出了血色。

看来，父亲真的疯了。

父亲的斗争：不厌其烦地折腾

眼睁睁看着父亲迅速地衰老下去，我们毫无办法。不单单是身体方面，更严重的是精神。

母亲走后，家里显出异乎寻常的空寂。三年来，母亲不分黑天白日地哭喊，惊天动地的哭喊充斥在整个家里，已然习以为常，冷不丁少了一种声音，还真不习惯。母亲用特殊的宁静证明着她确已离去。

但父亲并没有因母亲不在了而稍有收敛，反而是越闹越凶。

一大早，父亲就拄着拐棍从屋里迟缓缓地走出来，坐在客厅的窗边上，面对母亲的遗像大声地——"老伴儿啊，你等着我!"声泪俱下。

一家人的睡眠从此被打断。看着我们一个个都懒懒地起床了，他反而不哭也不喊了，用眼角余光扫视我们一眼，拄着拐棍慢吞吞回到自己的房间。

——这不是成心吗？我当时对父亲的厌恶，大大消解了对他突然失去老伴儿的那种同情。

一天，两天。父亲无时无刻不在与周围人作对。

"你到底想怎么样？还让不让人活了？"我忍不住对他嚷。

"送我回老家！"——父亲反复重申他的唯一要求。

我觉得他说这话时的无赖劲头确实像个不达目的誓不罢休的孩子，让人急不得恼不得。

父亲现阶段的斗争策略应该是清醒的——就是想不厌其烦地折腾我们，最终迫使经不起折腾的我们，主动把他送回老家。

父亲在这座远离城市中心的楼房住了三年，最初的确还感到一种老来得福的满足。本来嘛，比住西四平房时面积大了好几倍，电话、热水一应俱全，医疗方便——社区医院就在家门口，大医院也不远，还有保姆服侍，真正过上了"衣来伸手饭来张口"的生活——我当时觉得他是把一辈子的福都享了，再这么闹下去，不折不扣地是"身在福中不知福"。这也是我们不想把他送回老家的主要理由。论条件，农村毕竟不比城市，平房也毕竟不如楼房。差得远。

但很快，他对这间楼房便开始深恶痛绝，骂他住的地方是"监狱"，是"坟坑"……他一天也不能再住下去了。由于下不了楼，他与外界彻底断了联系。那段时间，电视上新闻老在播伊拉克的战争场面，他就胡乱编排，说战事"已经打到家门口了"，惶惶不可终日，指着对面的楼房——

"这不，都搬空了吗？咱也得赶紧搬，回老家。"

他偶尔从窗户望见楼下，正有搬家公司进进出出地给人搬家，更加心慌意乱，非要我把人家叫上来，"一起搬，越快越好。"

他整天活在这种对自身生活空间的极度不安和恐惧里，自惊自吓。对我们每个人的劝说，更是急赤白脸。认为我们只知道上班挣钱，却不知道着急眼前，简直幼稚可笑。

料理完母亲的后事，原本生活可以恢复到平静。但父亲的"作"却愈演愈烈。我下班回来，还没进楼门，楼下的老疤就向我"告状"："你们家老爷子这几天老是趴在窗户上冲楼下喊，喊救命，喊人上来！……得想想办法了。"

老疤人厚道，话也说得委婉。这些年跟我家楼上楼下住着，先是母亲深更半夜哭闹，后来加上父亲，两个人一起闹，用拐棍戳地板，搅得他正在复习功课的女儿只好与父母掉换了房间，嫌太吵。即使这样，老疤也只是轻描淡写地向我反映，脸上依旧挂着笑容。难得理解。

但今次，我想父亲大概逼得人家实在忍无可忍了。

小何也证实了父亲近几天来歇斯底里的异常。父亲的喊声惊动了小区保安，保安以为真的出了人命，楼宇对讲电话打到家里，问："是不是你家老头儿喊救命啊？"小何解释说没有没有，是老人神经有毛病。保安这才放心离开。小何说，这样下去她也没辙了，我们都上班走了，留她一个人在家，她害怕。真有什么闪失，她怕担负不起。

不是没想过送父亲去敬老院或医院，但无数次的教训是他死活不肯，如果硬来，作为我一是不忍，二也只会把父亲推向更加绝望、更加崩溃的谷底，最终会发生什么，谁也没法预料。

现在，唯一可行的，只剩下送回老家一条路了。

细想之下，住在农村尽管有诸多生活上的不便，但对于父亲来说，也不无益处。1.农村空气新鲜，地阔而平坦，可以随时出去走动；2.母亲就葬在村子边上，父亲回去可以离母亲更近一点；3.更重要的，在这种时候让他换换环境，说不定对他的精神会有好处。

老人大都会为自己的晚年生活找一个安全舒适的退路，我是指在他们头脑尚清醒、能自主决定的时候。父亲很早以前就一直念叨着回老家，回老家，老家成了父亲心中的一个夙愿。尽管许多年过去了，"老家"在他心中其实已演化成一个符号，一个心结，未必有什么实在的意义。

我们把父亲最近的种种表现对老家的堂哥堂嫂说了，兄嫂很开通，更善良。他们一口答应下赡养父亲的责任。堂兄赶过来接父亲走——他们从我手上接过的，不啻于一个压身的养老重担。

母亲5月6日去世，父亲5月23日上午动身，离开了他们老两口共同居住过三年的这间房子。搀扶父亲下楼的时候，父亲没对这间房子表现出半点留恋，咒骂声留在楼道足足有20分钟。临了恶狠狠地扔下一句——

"这辈子再也不回来了!!!"（预言又一次应验了，父亲到死再也没能回来。）

老父亲成了最不受欢迎的"疯老头"

　　父母老家都在河北定兴，距北京 100 多公里。由于家境窘困，人口多，父亲二十岁出头便只身来北京谋生，一猛子扎在京城六十多年。

　　长久以来，定兴人在北京落脚的职业大致有三种：搓澡、修脚、摇煤球。都是一些挣扎在底层的苦劳力。父亲就是从一家叫做"恒和元"的煤铺的伙计干起的，公私合营后改制为国营煤厂。父亲一辈子和煤打交道，我小时候记忆最深的，就是父亲浑身上下散发的煤味，怎么洗都去不掉。

　　我曾为父亲的职业自卑过，而且这种自卑感对我后来性格的养成产生了巨大影响。父亲工作的煤厂就坐落在离家 200 米远的胡同里，凡是和同学经过那里，或学校组织看电影等活动列队必须经过那里，我都低下头尽可能地绕着走，心下祷念，爸千万别碰巧在这时出现，远远地喊我，叫住我，被同学老师撞见。

　　我当时想，父亲不合时宜的出现，定会让我在老师和同学面前很丢面子，根本不曾顾及父亲的面子——他是那样的把我视作珍宝，并时刻以我为荣。

生我那年母亲 42 岁，父亲比妈大了将近一轮，那年 53 岁。我是父亲老年得子的产物。后来常听父亲念叨，说关公 53 岁单刀赴会，而他的骄傲是在这年有了我。

从小到大无数次填写的履历表中，父亲一栏都是："姓名：XXX；职业：工人；文化程度：文盲"；母亲："姓名：XXX；职业：家庭妇女；文化程度：文盲"……当然，如果这在上一辈人中，原也不值得大惊小怪，平民的家境大抵相当。但到了我这一代，同龄的孩子中像我这种出身、家境和受教育环境的，就显得绝无仅有了。

所以我从小就很清楚——在这个纷繁的城市社会中，我无依无靠——我只能算是土生土长在北京城里的最底层！

我从小对"老家"的印象特别深。自打我记事起，几乎每年的春节我都跟着父亲回老家过。在北京一大家子六口人总是要团圆的，所以父亲每年都是在北京过完大年三十除夕夜，初一一大早坐火车走，初三回来。

别看只是个老工人，每年回去，父亲都是一身簇新的裤褂，毛呢大衣披着，显得很有派头——穷也有穷的讲究，父亲一生爱面子，文化不高，但心气儿高，他是典型的老觉着当个省长都屈的人。

常听他说，他年轻时如何如何用自己挣的钱支撑着 30 多口人的一个大家。那时还不兴出外打工，不像现在。父亲的出外谋生就显得意义非凡。回老家把钱一撒，自己一个子儿不留。拆老房的时候，家里人发现房梁上、炕坯里到处是一包一包整整齐齐包着的铜制钱儿，很纳闷——父亲当年怎么会存下这么多钱呢？

父亲是一家人的主心骨，无论在老家，还是在北京的我们这个小家。他有杀伐决断的魄力，在一家人中极有威严。有父亲在，什么难处好像都能迎刃而解。由于他说话句句在理，办事一碗水端得平，所以大家对他的行为处事都心服口服。连老家我的两位大伯也惧怕父亲三分。这些我是知道的。

任谁也无法想象，今天的父亲与那时——往近了说，也就四五年的光景——简直判若两人，如今的父亲变得六亲不认，浑不讲理，甚至在儿女眼里都活得这么没有尊严！

奶奶在老家死的时候，父亲只身漂泊在北京。之前谁也没敢捎信给他，不知道怎么告诉他，怕他受不了。等父亲回到老家，奶奶的尸首已经停在门板上了。父亲急得眼睛往外凸鼓着，直奔灵前，拿脑袋砰砰撞墙，七尺昂藏的汉子，俯在灵前失声大哭。周围人在一边站着，大气都不敢出，更不敢上前劝他……父亲对奶奶的孝敬所有人有目共睹，相信他没理由不为此悲痛欲绝。

在北京待了60多年，连他的儿女们都快成"老北京"了，可老两口依然乡音未改，还是一口纯正的定兴口音。我们印象里，父亲好像从没把北京的家真正当成过自己的家，他操心的永远是老家盖房、修家庙、迁坟的事，他在这里没日没夜地拼命干，有一少半为了儿女，更多的是为了老家，为了将来有一天能回"老家"。

老家是他成为落叶以后，注定要归的根。

　　我和妻子、姐姐们平均隔两周回去看父亲一次，遇到单位加班或特别紧急的事，最多不超过三周。父亲在等待的日子里焦躁得心急火燎，几天前就等着盼着，骂得昏天黑地。

　　堂兄说："有好几次，他一个人深更半夜就跑出去了，摸着黑走出院门口，我们得赶紧追他回来。他拧着，站在门口说什么也不进屋，偏说你们来了，来接他了……"

　　问他："哪儿呢？——这才半夜两点……"

　　父亲指指村口的方向，一口咬定："那不是吗？开车接我来了！"

　　父亲手指的地方一片黑夜的空茫。思维混乱的父亲，只有想念是真实的。

　　刚回去时父亲的状态确实好些。腿脚看上去比住楼房的时候利落很多，能自己推着轮椅车走老远的路，知道按点回家吃饭（作息生物钟比表还准时），大小便也基本能自理，身体倒是颇显健康。几个月不到，父亲的脸色黑了，经常出去坐在太阳底下晒的。我们开玩笑说他："这才像个农村老头了，养尊处优的日子过不上了，终于又恢复了农民本色。"

　　父亲的每一点变化，做儿女的都看在眼里。他健康，我们就快乐；他郁闷，我们就失落，就惶惶不安。他的变化是儿女情绪振奋或消沉的指针、晴雨表。从前是，现在更是。

　　然而好景不长。很快麻烦就来了。

先是不吃饭。做好饭叫他回去吃他也不回，说不饿，接茬儿自怨自骂。稍不如意动辄就掀桌子，嫌做饭晚了，菜里没肉了，更怕别人在他的饭菜里下毒。要不是我们事前知道他疑神疑鬼的毛病，早就给老家的兄嫂打过"预防针"，谁也不能不多心。父亲对生命的不安全感可谓是由来已久了。先后几个保姆都被父亲怀疑过给他下毒，要谋害他。当时保姆委屈，我更是气恨交加，对父亲说——

"人家毒死你一个老头子干吗？图什么呀？人家年纪轻轻的为你坐牢，值吗?! 你怎么心眼这么歪呢!""——放心吧，她就是想谋财害命，也轮不到你头上呢。"当时只试图跟糊里糊涂的老爷子晓之以理，并不知道他那其实是"老年痴呆症"的典型症状（被害感）。

在这里，我要对所有家有类似父亲这样的"老糊涂"的子女们进一言——当你们发现他们行为举止出现"糊涂"得不可理喻的时候，暂且不必跟他们针锋相对吧！当务之急是从病理的角度提高警惕：他们很可能是因病所致，一定及早替老人就医诊治——不要等到病情发展到不可控制了，来不及了，像我父亲一样。真的，后悔也晚了。

在老家，父亲的幻想症更严重了。我和姐姐去看他的时候，中午，他坐在院子里的轮椅上，死活不进屋。堂嫂把饭碗端到他手上让他吃，父亲啪地把碗扣在地上，摔得饭菜七零八落……他小声而神秘地向我解释——不是他要摔，是这饭里原本有毒，是老天爷提醒了他，救了他一命！

这以后，每餐饭对于父亲来说，都成为一次生死考验。八步穿肠散？剧毒。不能吃。不能死！反过来骂哥嫂他们"好狠的心!"我和姐姐从旁一个劲儿偷偷使眼色给父亲，示意他别胡说了，怕堂哥堂嫂听见后起疑心。父亲反而故意提高嗓门，好像特意让别人听到。父亲的浑不讲理，使正常人的人际关系也趋于脆弱和紧张。他时刻警戒周围人的动静，生怕一时的疏忽大意丢了性命。

知道什么是"骂街"吗？父亲就是典型。天热的时候，天不亮，父亲就推着轮椅坐在正对院门的街口骂，中午到点回家吃饭，下午又出去，接茬儿骂。没听众，没理由，更没逻辑。

以前在村里，总有从小在一起长大的父亲的"发小儿"，老哥们儿，多年不见，愿意跟他一块坐着聊天，而且父亲往哪儿一坐，永远是大家的中心。这次回来，父亲却变成了村里一个不受欢迎的"疯老头"。没人愿意搭理他了，他把所有人都骂跑了。他说的话不着边际，匪夷所思，渐渐也就失去了基本的听众。

有一次，他竟蹒跚着走出老远，站在 A 家的门前，上门叫阵，非要人家的孙女叫 A 出来（A 曾是父亲小时候的哥们儿）。那家人说，A 早死了，死好几年了。父亲不信，认准了人家蒙骗他，恶狠狠地堵在人家门口骂了一下午，骂得可难听了——弄得人家一家大小不敢出门，不知拿他怎么办才好。最后打电话到堂兄家，才勉强把父亲接回来。事后堂哥堂嫂一个劲儿向对方赔不是。

一直到现在，人家想起这事还觉得心里犯堵——招谁惹谁了这是?!

下雨天，父亲嫌屋里憋闷，宁可站在院子里被雨淋得精湿。劝也不行。就站着，仰着头向老天爷发号施令——"还下？住了！……老他妈下!!!"连老天爷他也不放过，一起骂。

　　堂嫂提议，他再这样闹下去，只能把院门上锁了。锁上院门，父亲出不去，对自己家人骂就骂了，爱怎么骂怎么骂，谁也不会真往心里去，不搭理他就是了。只要别跑到街上再生事端。

　　这让我想起了在报上看到一则配图的报道，说在安徽某地农村，一位八十多岁的老人，在村里成了人见人怕的"疯老头"，四处追人，打人，伤人，谁都控制不住他。最后他的儿子只能用铁锁链制成的脚镣，把父亲的双脚锁在自家院子的柱子上。触目惊心的照片下面，标题赫然：《给父亲"上刑"，原来是"孝子"》。

父亲头里走，母亲远远地跟在身后

父亲靠每月66.5元的微薄工资，养活我们一家六口人，这样的日子过了至少十年。单位几次动员父亲退休，那年父亲已经快七十岁了，虽说身体尚硬朗，但终究老了。父亲想——不行，还有我和三姐要上学（那时三姐在上大学，我读初中），老伴儿又没工作，一下子基本的经济来源都将失去保障。父亲向单位申请补差——从送煤转到给单位澡堂烧锅炉。至少可以不用那么大体力支撑。后来锅炉也不能烧了。单位的意思是这回非退不可，这才勉强退下来。

从我记事时起，父亲就一个休息日也没真正歇息过。公休日是礼拜二，父亲一早蹬着三轮车转到几十里外的门头沟扫煤，为的是回家来自己摇成煤球好省下买煤火的钱。摇煤球用的筛子直径比我两臂伸开的距离还要长，下面垫小花盆，煤末中夹拌一定比例的黄土增加黏性，摇起来两膀用力如摔跤，带动浑身使劲——这种场面即使在现在的老电视剧中也不多见了。再就是，我印象中，父亲一个星期总要有两天晚上不在家住，而是到单位值夜班，为多挣几个夜班费。一到这两天夜里我就害怕，家里就剩下母亲、三个姐姐和不到十岁的我。我是家里唯一一个"男人"——可我还是不由自主地害怕。

退休以后的父亲百无聊赖，没着没落的，唯一的手艺就是搪炉子——还是没离开本行。父亲走街串巷给老街坊们搪炉子，父亲手艺好，搪出来的炉子好烧还省煤，颇受左邻右舍主顾们的欢迎。但这营生也只限于入冬前的几个月，季节一过立刻就清淡了。还得想别的辙。

一个老朋友廉价卖给父亲一辆半新的三轮车，这让他心里多少算是踏实了下来。先是蹬三轮车拉座，后来经人点拨，开始在胡同口摆摊卖菜和水果，聊以挣钱贴补家用。风吹雨淋日晒，自己上货自己卖，没人帮得上他。七八十岁的老人，负重二三百斤，往返五六十里的路程，辛苦自知。我实在觉得亏欠父亲的太多太多，没有他没日没夜地奔波劳碌，就没有这个家。没有他执意供我上学读书，也没有我今天心灵的安顿与充实——而我已经快把这样一位父亲忘掉了。十几年前，我没有能力也没有意识到分担父亲的辛苦；十几年后，饱受病症折磨的父亲又成了一个我们闻所未闻，让人思之都会心凉到底的负担！原谅我——父亲！尽管我从没有机会，更羞于当面对您表达，只有现在写下我的愧疚和遗憾——原谅我，父亲！

父亲的病正像野草一样，以惊人的速度一天天向着不可预料的方向疯长。

周五一大早，老家的堂兄打来电话说，"老头儿这几天闹得太凶了：经常把东西摔得满地都是，制止他，还用拐棍打人，有时一天都不吃饭，拉屎撒尿自己都不知道了……"为这，哥嫂好几次都急得掉了眼泪。

我猜到了事情的严重性——不到万不得已，他们是不会打电话给我的，怕我工作分心。

又怎么能不分心？焦虑、忐忑、压抑……一整天都是在这样的心境下度过的，心早已经被父亲拽到了他身边。

二姐就父亲最近的种种表现咨询了医生。只讲了几句，即被医生判定为重度的"老年痴呆症"。

看来父亲的症状很典型，在医生那里根本不足为奇。只是自己家人对父亲的性情骤变，感到不可思议而已。这还说明，这种病在诸多老年病中带有相当的普遍性。目前对这种病没有什么更好的治疗方法，用一些安神或活化脑细胞的药物也只能起到"部分控制"的作用，不可能根治，只能任由其发展。最后的结果，就是一步步逼近死亡。

我们在当初对父亲的愤愤不平中，已经失去了最好的治疗时机。

后来同事在网上帮我下载了大量的有关老年痴呆症的资料——

资料一：

老年痴呆的主要表现：起病缓慢，早期症状多样，以近事记忆力障碍为最常见的表现，一天前发生的事情记不得，而几十年前的事情还能记清。其次，以猜疑为其最先出现的症状（父亲两年前就因总是疑心保姆偷他钱，而屡屡与保姆发生矛盾，后来经常疑心别人在饭菜里下毒），精神显著衰退，有心胸狭隘、情绪迟钝、爱闹意见和易发怒（完全符合）、睡眠颠倒（父亲白天随时可以坐着睡着，晚上就失眠）的倾向。进一步发展时，计算力减退，精细思考发生障碍。此阶段也可出现语言障碍，词汇减少，言语单调，喃喃自语（父亲从一个沉默的人变成"话痨"了，一刻不停地自言自语，总不外"回老家"、"盖房子"等几件事）。大多数患者还对时间、人物和地点的定向力发生障碍（住楼房时，他一觉醒来经常"转向"，分不清哪儿是哪儿，彻夜都得开灯睡觉），在痴呆晚期还会出现神经功能障碍，如口面部不自主动作，厌食或贪食、大小便沾身，等等。

资料二：

老年痴呆的主要表现有：1.记忆障碍；2.计算力下降；3.空间定向障碍；4.语言障碍；5.理解力和判断力下降；6.情感与行为障碍：表现为坐立不安、多疑、易激动、淡漠、抑郁、焦虑或欣快（父亲经常莫名地哭笑，喜怒无常），可能出现妄想、错觉、幻觉，有被害感（这些在父亲身上尤其严重）而出现冲动性地伤人、毁物行为。有的病人一改以往的生活习惯，变得不注意衣着，不修边幅，甚至收集废物。有的表现为性欲亢进，纠缠妻子或其他女人，甚至发生不轨行为……

资料三：

老年痴呆是大脑细胞退化萎缩、细胞密度降低的器质性疾病。可引起脑功能下降、记忆力减退、特别是近事记忆越来越差。是指老年期出现的已获得的智能在本质上出现持续的损害，也就是由器质性脑损害导致的基本上不可逆的智能缺失和社会适应能力降低。

资料显示老年痴呆的疾病成因时说：1.它虽不是衰老的必然产物，但与衰老有关；2.多数（70%）与遗传有关。

我不知道父亲的上一辈有没有这方面的遗传，从他得病以前跟我们的讲述里，似乎应该没有。但，我自己呢？——我的下一代呢？会不会因此受到遗传？——想想也够让人不寒而栗。

——比照，父亲的表现几乎与资料上说的全都吻合。可见他的案例不是孤立的。但于我们这个小家，父亲的病则足以压倒一切。

我之所以在这里对相关资料作不厌其烦地引述，正是想提醒所有"上有老"的家庭：既然衰老是一件不可避免的事情，至少我们可以把老人病情的发展控制在最低限度，以防微杜渐。

据统计，目前我国 60 岁以上的老年人口已超过 1.3 亿，占总人口的 10%以上（其中老年痴呆症患者比例已达到 2.9%）。到本世纪中叶，预计中国的老年人口将超过四亿，占到全国总人口的四分之一左右。在这样一个日渐进入"老龄化"的社会里，老人们的各种疾患，将不仅带给他们自身无尽的痛苦，对于他们的家人、对于整个社会来说，注定也将是无尽的负担。养老，不再是一个家庭面临的小痛苦、小悲哀，它更是全社会必须正视和关注的责任！

2004 年农历八月十五的前夕。中午时分，我独自来到母亲坟前，长哭不止。

谁都不知道我去哪儿了，我没跟任何人打招呼，让姐姐们和兄嫂围着村子一通好找。

我就是想一个人看看母亲，跟她说说话。此前的几次上坟（"头七"、"五七"、"百日"等），都是一家人一起，那种仪式化的场面让我变得情绪内敛，欲哭也无泪。

……

> 后来啊
> 乡愁是一方矮矮的坟墓
> 我在外头
> 母亲在里头
> ——余光中《乡愁》

今天，就我们娘儿俩，一个在里面，一个在外面。阳光晴好，我可以感觉到阳光在坟土上的慢慢移动。四周静极了，只有一排排高大挺直的杨树发出的万叶吟风的飒飒声响，像有许多人在身后交谈。然而没有人，连一只狗也没有。静，静得虚空而缥缈，原来人是这样脆弱的，面对自己的内心不堪一击。数月前，母亲令人不安的哭声犹在耳畔，那时我是多么没有耐心啊，如今再也听不到了。出奇的安静让我感到出奇地失落——眼泪就在这个时候情不自禁地倾泻而出。

我点燃一支烟，坐在母亲的面前，仿佛看到了母亲看我抽烟时的

笑容。病中，母亲握着我的手从不愿撒开，好像稍一松手，儿子就再
也不回来了（她无法下床，想见谁，只能被动地等我们来到她的身
边），她的渴望全在她握着我的手的力度。现在，母亲对我彻底撒手
了，真的抓也抓不住了。

那么母亲，您知道现在的我有多难吗？您知道父亲的病有多让人
揪心吗？这些您都知道吗？

无处悲伤，也无人可以倾诉。我忍不住发短信给远在东北老家休
假的妻子。我说："我现在坐在母亲墓前，难过极了。"

妻子回复："别太难过了。老人有知，也不希望看你难过的。"

一时间，泪涌如泉。

我眼前突然出现一幅图景：父亲母亲每次出门逛街，都是一前一
后走的，快六十年的老夫老妻了，居然顾忌一起走被人撞见会笑话，
更别说牵手了。通常是母亲让父亲"先头里走"，然后自己再故意磨磨
蹭蹭地东找西找才出门，远远跟在后面。距离拉开了，心里却彼此相
互照应着——这就是他们那个年代特殊的"爱情"表达方式。这图景
在我印象里已淡忘多年了，今天被翻出来，别有一番滋味。

我怕这是一种不祥的预兆：如今是母亲走在前面，父亲会不会随
后跟着？！

叁章

后花园：父亲无法出来，
我们不愿进去

　　我有时想，父亲竟像个没了玩伴儿的孩子，渴望有人陪他玩，陪他说话，哪怕仅仅是听他说话。但我们谁都不理他，狠心地把他晾在一边。"去，一边自己玩去——没看忙着呢!"——有多少家长对孩子说过这样的话。我们没对父亲说出来，不等于没在心里作如此想。父亲于是只好躲进自己无休止的记忆里，躲进他那满是荒芜的园子里，默默地承受无边的寂寞。他需要来自亲人或朋友更多的心理慰藉。然而我们却谁都没能给他。

寂寞花园：一边自己玩去吧

每个人的内心都有一座花园，在寂寞的最深处，在那些不为人知的隐秘的角落里，繁花盛开，争奇斗妍。对外开放的景致其实很少，没有所谓"通票"可容别人进入园子的所有地方，所以你注定只能走进多少看多少。

没有人可以走进父亲内心这座花园。他的园子已占尽荒芜，没有人愿意走进它。父亲一个人生活在这座寂寞的花园里，他也同样无法走出来。

父亲年轻时是一个沉默寡言的人，一天下来说不了几句话，与母亲和孩子们都很少交流。老了，父亲像变了个人，整天没完没了地唠唠叨叨，话题又毫无新意，渐渐地快把人腻烦死了。

父亲想把郁结在心里一辈子的话都倒出来，可惜找不到愿意听他唠叨的忠实听众。他一开口我们就说——"得了，得了，又你那一套!"让他闭嘴。谁也不再关心他到底说了些什么。我们只把父亲的话看做是不着四六的疯言疯语。有一次，父亲一个人在屋子里憋得实在不耐烦了，推开窗户喊在楼下遛狗的老疤上来陪他聊天。老疤说："改天再陪您啊……"客气地拒绝了。见我回来，老疤忍不住跟我学："你家老爷子可真逗！"

我有时想，父亲竟像个没了玩伴儿的孩子，渴望有人陪他玩，陪他说话，哪怕仅仅是听他说话。但我们谁都不理他，狠心地把他晾在一边。"去，一边自己玩去——没看忙着呢！"——有多少家长对孩子说过这样的话。我们没对父亲说出来，不等于没在心里作如此想。父亲于是只好躲进自己无休止的记忆里，躲进他那满是荒芜的园子里，默默地承受无边的寂寞。其实在父亲那里，精神的需求远比物质需求更要来得急迫。他需要来自亲人或朋友更多的心理慰藉。然而我们却谁都没能给他。

父亲在北京仅存的几个知心的朋友，一个得肝硬化走了，还有一个我们叫张叔的，比父亲小不了几岁，患有脑血栓。尽管还能勉强走路，但说话支支吾吾的含混不清，住的又很远，平时少有往来。父亲想他，就打电话叫人家，顾不得人家方不方便。张叔骑个小三轮车大老远从位于城西北的展览馆赶过来，搞得我们好几次心里都特别过意不去。

父亲一个人时，常坐在客厅明亮的窗台上，翻来覆去念叨着《伯牙摔琴》里的一句戏文——

> "□□□□凤尾寒，子期不在向谁弹。
> 春风满面皆朋友，欲寻知音难上难！"

戏文的前几个字记不得了。父亲当年在耳边重复得把我耳朵快磨出了茧子，现在却怎么也想不起了。

仰天长叹一声，落下泪来。

父亲的一生都是寂寞的。

父亲临终前，我伏在父亲耳边不停地追问："爸——爸——是什么什么'凤尾寒'来着？您记得吗？……"试图唤起他的记忆。昏昏然的父亲当时只是莫名地看了看我，呆呆地"啊？"了几声，又睡去了。到底没问出来。

刚回去那阵，父亲见我们儿女成群地回去看他，一准儿是痛哭流涕，抱怨"你们怎么才来啊……都快把我忘了……"马上又叮嘱："不走了啊，谁也不许再走了！"斩钉截铁，不由分说。

父亲要我们永远陪着他，哪儿也不能去，一步也不许离开。

开玩笑。陪着他，工作怎么办？这已经够耽误了。

所以每次离开，我和姐姐都像做贼一样，趁父亲睡着的时候悄没声息地溜出去，免得他醒了大吵大嚷一番。

有一次，父亲知道我们当天下午要走，中午便开始以"绝食"威胁我们。魂不守舍，坐立不安，抓狂，转磨……

父亲大骂道——"你们都走吧……别来了……我也不活了！"用脑袋砰砰撞门，由于平衡力已经很差，摔倒在地上。他不许我们靠近，更不许别人扶。

好容易起来。又抄起桌上的一把剪刀，死死地攥在手里："操他个奶奶的……都走吧……"

还有一次，在我和二姐临走出门时，父亲冷不防抄起二姐的手机，说什么也不给，看我们怎么走出这个门。堂哥帮我们抢过来，父亲又拄着棍追出我们老远，大骂我们，喊叫得声如鹤唳，怪异失常。

二姐强忍着不回头看他，任凭他骂。一边往外走，一边偷偷掉泪。

这次回来，父亲见到我和姐姐们，明显不再那么激动了。表情很漠然，好像来与不来、走与不走，对他都已经无所谓了。

但偶尔情绪上来，还是念念不忘。区别只是——躺在床上的父亲已经无力追出我们老远了。

父亲躺在床上，拉着我的手："你要走了——你就是不孝!"眼睛使劲瞪着我。

堂兄过来圆场。"我不是在这儿守着你吗?"一旁拽我让我赶紧走。

父亲疑惑："你? 你是谁啊? ……"好像认不清了。

堂兄说："我是你侄子!"

父亲立刻感动地拉过堂兄的手，放声地喊出："儿子!"

堂兄"哎——"地应了一声，眼泪就滚了出来。

父亲一向对我的这位堂兄视同己出般疼爱，堂兄在写给父亲信的落款时从来都自称"儿"。直到有了电话方式，慢慢省略了通信为止。

一个人演一台戏，两个世界里奔忙

父亲的晚年是孤独的，不单没了老伴儿，更因为内心没人理解。去世半年的母亲在父亲心中已经彻底没有了地位，好像没谁再从父亲嘴里听到过母亲。他现在关心的只有自己，他已经不需要听众了。只说给自己听。

可悲的是，这样一来，他的内心到底想些什么，也就没人能知道了。他无法与人正常地交流和沟通，只能任想象驰骋在自己内心那个漫无边际的寂寞的花园里，飞翔，飞翔……永不停落。

他用自说自话的独特形式，回顾着一生的恩恩怨怨，沉浸在自造的假想世界里，时而痛哭，时而悲愤。

幻想更严重了——他想让谁来，就像谁真的在场一样。他一人分饰两个或几个角色，自问自答，一个人演一台戏。

"钢子?"

"哎——"

"不许走啊!"

"哎，不走……"

屋里就父亲一个人，却像是有十个人在场似的。

但偶尔，又仿佛意识到你的存在，神秘地在你耳边说："我有十个小金佛，他们要给我八十万，我没卖给他们……"

我问："谁呀？"

"周恩来带着郭沫若来的……"

他眼前经常出现所有他想见的或不想见到的人，而且据堂兄说，他念叨的大多是村里死去的人的名字（通常认为这不是好兆头）。

我质问他：为什么摔东西还打人？他说屋里老有小鬼儿晃，他就砸它们。看来他的毁物也是事出有因。

父亲像被什么缠身附体，生活在极度的不安全当中。

屋子里所有的箱子，在他看来都藏着人。他指着角落里一只废弃不用的冰柜，急赤白脸地让堂兄救我出来，说"我"被塞在里面快憋死了——堂兄辩说"没人在里面"，险些挨他一棍子。

我去那天，他又指着床头一只木箱子，非说我姐夫在里面，让我救我姐夫……

父亲老了，看上去目光呆滞，个人卫生也不那么讲究了，邋邋遢遢，棉袄上老有一圈亮晶晶的痰渍。走路时右肩倾斜得更加厉害，身体明显变形、失衡，像丢掉重心的钟摆。谁也不敢让他再出去走动。

我不知道父亲沉浸在假想世界里的时候会不会想念母亲？母亲一个人在另一个世界，父亲能放心吗？那么，他是把一颗心分作两半，一半已随母亲飞升到遥远的天际，一半仍弥留在世上，眷念着他的孩子们……

父亲在两个世界里奔忙。

我不知道父亲的生命还能持续多久，我不知道我是希望他活得更长还是希望早点解脱，肯定我祈望前者。不管他活的每一天有多痛苦，不管我们为他的痛苦而更加痛苦，谁也不希望母亲没了，又忽然没了父亲——父亲活一天就是意义，就像当初，只要母亲多活一天，我们就是有妈的人。

父母亲都走了，我们真的是孤儿了！

谁又不是孤儿呢？在精神的层面上，谁不是"孤儿"呢？

张洁在一本书里说："每个敏感的人都是很孤寂的，我是指内心。和世界相通，和人相通是很困难，哪怕是和你最亲爱的人，也是很困难的。碰到这种不被人理解，不能与人相通的情况，你会觉得文字更亲切。"我有时想，父亲要是会写字，他就可以把自己想说的全都写下来，也许他就不会忍受过于强烈的寂寞和孤独，他会不会好很多?!

而现在，父亲的生活几乎丧失了所有的乐趣，只有在自己编织的美梦中，稍稍得到些补偿。

父亲不停地在说，舌头都不好使了，嗓子哑了，还是说。

屋里已经显出寒气。父亲的鼻尖摸上去凉凉的，说话使父亲嘴边冒出阵阵哈气。

吃饱，穿暖——这是我们对父亲仅仅能做到的。然而却不是他仅仅想要的。

父亲的心高着呢！

每次回老家，短短几个小时，我们何尝不希望能多陪老人待会儿？但他的粗暴态度和说话的疯癫又让我们不敢接近他，索性把他晾在一边。我粗略算过，如果按每半个月回去一次，每次跟父亲待上几个小时，即使他能再活几年，我们能与父亲在一起的时间，满打满算还能有几天?!

记得小时候，有次跟随父亲从老家回来，下了火车，坐在返回家的 102 路公共汽车上。父亲坐在前座，我坐后面。傍晚，有路灯从车窗划过。我抬眼正看到父亲的一头白发。当时不知怎么，他的白发触动了我，让我第一次感到父亲老了——那年父亲大概不到 70 岁。我暗自算计着，如果父亲能再活十年，也不过 3650 天，也不过 87600 小时——这就是我能跟父亲在一起的全部时间了。这样算着，自己难过得掉了眼泪。

我无法想象要是有一天父亲没了，我会怎么生活，还能不能生活？——那时父亲是山！山没有倒下，为这个家又屹立了 20 年。

如今，这座山怎么一下子成了太行山、王屋山了？

真成了必须移而后快的累赘和负担了吗？

时间是可以改变记忆的。人是多么容易忘记啊！

过去的父亲带领我们这个家，一直挣扎在贫穷的深渊里。为什么不能像别人家那么有钱？为什么我们的日子就要受人家的怜悯或白眼、讥笑……这些在父亲看来是终极的问题，一直困扰着辛勤谋生的父亲，还有年少的我。

现在的父亲，动不动就说自己有百八十万，还一直梦想着要盖一个大大的"王府"，一家人都住进去。他是在幻想。一说到这，父亲就呵呵乐了，他在幻想的深渊里得到满足和快慰。父亲死后，我们请裱糊匠为父亲糊了座气派的别墅，以了却他生前常萦于心的愿望。

父亲看中了我的手表，也要戴，戴上去就再也不舍得摘下来。我说："爸，赶明儿我再给您买个好的，您先还给我。"他才恋恋不舍地从手腕上慢慢褪下来。"一定要买啊！"像个孩子生怕别人说话不算数，反复叮嘱我。父亲的心思是想向对门的老头显摆——对门老头戴了块金光闪闪的廉价手表。下次我刚见父亲，他就迫不及待地问我——

"表买来了？"

"哎呀，忘了。"——我是真忘了。其实我也想买块廉价的金表糊弄他的。

在村口晒太阳的时候，他会拦住一个素不相识的老乡，央求（其实是命令）人家帮他去银行取钱，一取就是几十万。还说事成后分给人家几万。当然谁也不会当真。父亲把他的美梦编织得天衣无缝。别人跟他掰扯急了，问他：

"钱在哪儿呢？拿出来，拿出来啊？——"

父亲便信手一指，"那不都是吗?!"好像哪间屋子都装满了钱。他生气我们为什么肉眼凡胎愣是看不见。

有一次，堂兄抻出一把烧给死人用的冥币递给他，那上面印的尽是十万百万甚至上亿的大面额，问是不是这个。父亲一脸不屑——

"这不是酆都城的吗？这哪花得了！"

逗得大伙都笑。

我们说父亲快变成"钱串子"了，他总在吹嘘他多么有钱和富有。但现实中，他仍生活在一间并不宽绰的屋子里，凌乱而且寒冷，吃的也只能是面条、烩饼（牙不行了，别的也咬不动），一家人的日子仍旧过得紧紧巴巴的。在他有生之年，他到底没有住上他想象中的那个大大的"王府"。

我想，父亲到晚年变得"爱财如命"，以至出现这样那样的幻想，是与他一生的贫穷困苦分不开的。深层次的心理原因是：

他怕穷——这一辈子，父亲穷怕了！

父亲再也打不动了：这比小时候更疼

父母亲当中，我最怕的是父亲。

父亲的教育方式简单粗暴，动不动就打。我是他"棍棒底下出孝子"的理论和实践的产物。父亲床边的被角下面，永远掖着长短不一的四五根小棍子，都是打我用的。

父亲疼我是发自真心的，就这么一个老儿子，能不疼吗？但父亲打我也是发自真心的，是"恨铁不成钢"的心态，生怕我一不小心走上弯路。很多年以后，有一次父亲与岳父提起各自教育儿女的经验，父亲还说到了小时候打我这段事，但见他眼里满是愧疚的浊泪。

对这一点我丝毫没有怨过父亲。相反我有时会认为，如果说今天的我还勉强算有"仁孝"之心，多亏了父亲不厌其烦的暴打。只是我早已经记不起哪一次挨打是为了什么？（大概都是一些不值一提的事，比如回来晚了）我可以想象当初父亲担心我的程度。看到自己宝贝儿子很晚了还没回家，急得他转磨似的，东找西找左等右等还是不见人影，当我真出现在他面前的时候，顷刻的放心和踏实感觉，更激怒他的一腔愤怒，于是不择手段地一顿风狂雨暴。这些我今天都能理解。记得有一次，父亲用靴子踹我的一幕正好被来串门的表姐撞见，表姐心疼地搂过我，把父亲好一通埋怨。

父亲床边的小棍频繁地更新，都被他打成了两截（真该留下一两根实物作为证据，兴许能唤起父亲的情感记忆）。就连妻子也奇怪：你从小那么听话，学习又好，文文弱弱的老实孩子，怎么会挨你爸那么多打呢？——她开玩笑说："以后一定找你爸为你报仇！"

现在父亲老了，再也打不动了。想想也挺悲哀的。

父亲打我时，是饱含了父爱的。但老年痴呆以后的父亲最后却丧失了真正的情感，对亲人一派漠然，六亲不认。这比我小时候父亲用棍棒给我肉体上的打击更沉痛。

拆迁：谁动了父亲的"地气"

医生说，导致老年痴呆发生的原因有多种，像患有高血压、糖尿病等，都可能最终诱发老年痴呆症。父亲以前的身体很棒，并没有这些老年常见病。医生又说："当然了，这里面的情况很复杂。并不能一概而论。"

对于父母病情究竟是如何一步步发展、恶化的，做子女的永远比医生更清楚。父亲精神变态开始初显端倪，我认为至少可以追溯到2001年的那次拆迁。

父亲住了六十年的房子说拆就拆了，就像拆了父亲的心。

2001年4月，我们住在西四的院子里贴出一纸拆迁令，限令4月11日之前43号院整体搬完。早就听说这一片将要搬迁，只是没想到这次来得这么坚决，时间这么紧促。一时间大伙都没准备。

以北京的危旧房改造速度，我们居住的这片市中心的胡同平房，要拆除是迟早的事。但这次拆除的范围仅限我们这一个院，说是被国土资源部征用为停车场。那几天，小院里一下子沸腾了起来。左右邻居体现出空前的团结精神，互相打探口风，开会共同出谋划策，与拆迁办联合"斗争"——其实无外乎想为自己多挣得一些实惠。这种没有硝烟的"斗争"实在怨不着我们，平民百姓的日子过得都不容易，况且将来要买房，对一般家庭来说是一大笔支出，那点拆迁补偿费根本不够。

"斗争"的具体方式可以归结为两点：一是"痛说革命家史"，通过软磨硬泡向拆迁办晓之以理动之以情，诸如人口多，有老人，孩子的上学问题，自建房该不该算面积，等等；二是采取"拖延"战术，就是不动声色，你不动我也不动，认准了拖得越久所得实惠肯定越多。

拆迁办对我们自鸣得意的伎俩毫不畏惧，轻而易举就各个击破了每家每户的"软肋"。有些家扛不住了，打算见好就收，提前在协议书上签了字。军心随之开始动摇。我们家是在最后期限的前一天开始搬家的，我以为还会有人继续战斗在烽火前沿第一线，与拆迁办"死磕"到底呢，不曾想，当我后来到拆迁办领取那30万元的补偿款时，听到的却是——"全院都已经签字了。"

不是相约一起抱团"斗争"到底吗？这么快就全都妥协了?!

拆迁从根本上改变了每一个底层市民的生存困境，这一点是毋庸置疑的。如果不是因为拆迁，能住上设施齐全的崭新的现代化大居室，对一般老百姓来说真的是很遥远。但对于父亲这样的老年人来说，说拆迁是抽筋断骨之痛，其实并不为过。

自从得到要搬走的确切消息以后，父亲便整日心神不定，坐立不安。这座43号小院，伴随了父亲四十多年（之前我家住在与这儿相隔不远的同一条胡同的另一院子），他曾为巴掌大的一块地方与街坊红过脸，他到处拣来的破旧桌椅木料堆满了一座油毡搭盖的小棚（也许计划着今后盖房用得着）……他怎么舍得搬走？

父亲每天都要跨出小院的门，走出胡同，到街上遛弯。从胡同到大街的距离不过三四百米，他要走上半个小时。那时候不是因为腿脚慢，而是一路上不停地有老街坊、老哥们儿拦住他聊上几句，大到国际国内新闻政事，小到退休养老金的最新变化和煤、水、电价的上涨……父亲的大多数信息来源都与这三四百米的路程有关。谁谁一天不来，老哥们儿们就会猜测——

"老张怎么没来？"

"你还没听说呢？——住院了！"

"呦！什么病啊？昨儿还见着来呢……"

……

为了证实自己的健康硬朗，父亲每天必会准时出现在大家面前，风雨无阻。这已成为他们互报平安的一种特殊的约定方式，一种简单而充实的生活乐趣。

如今，父亲即将与这种习以为常的生活方式彻底告别。

山墙的一侧已经成为工地，轰鸣的开掘机昼夜不停地运转。声音刺耳，更闹心。父亲在屋里，一刻也不安宁。

出去，进来，又出去……

那时候的父亲就像一头憋疯了的困兽，随时准备扑咬一切扰乱他平静生活的人。

临近动迁的最后几天，父亲一整天一整天坐在院门对面的广场上，虎视眈眈地盯着我家的房子和山墙旁边的工地。他大概正盘算着，还有几天我们的家也会像这样被夷为平地，43号小院将永远不复存在。他就这么死死盯着，脑门冒火，心里运气，谁叫也不回。我们看出了父亲的反常，觉得他精神不对，目光发狠，当时却并不十分在意。

我们计划着把年迈的父母暂时安置在农村老家，等这边买了新房，再接二老回来。

搬家那天，父亲寸步不离他的老屋子，强令搬家公司把所有家什一样不落地搬到车上，他要带回老家。一只破椅子、火钩子他都不许留下。我们阻止他，他就大声怒喝我们——

"混蛋！这都是我置的，都得带走！"

胡同里住了一辈子的老哥们特意赶来跟他告别。依依不舍。

父亲从车窗里伸出手来，攥紧对方的手，不禁老泪横流。

老哥儿俩一定都在想，这辈子，也许再也见不着了。

整整一辆大卡车的破旧家什，一路颠簸着运到河北老家，运费1000多元。

我问父亲："这么老远，花这么多钱运一堆破烂回去，值吗？"

父亲狠狠地：

——"值！"

肆章

结婚三周年：
被冷落的纪念蛋糕

　　父亲又把一堆破烂悉数搬回来，七零八碎堆了半间屋子。妻子隐忍着没说什么，但我已感受到她对这个新家未来生活的无比失望。整个下午和晚上，我们就在这工地似的新家里忙活着，收拾规整和做晚饭，我买的结婚纪念日蛋糕竟被冷落在一边，谁都忘了吃。就在结婚三周年这天，我和妻子的"二人世界"，由于我父母的到来，被彻底打破了。

父亲走到哪儿，破烂家当跟到哪儿

回老家看父母——是那期间我和妻子、姐姐们每个周末的固定安排。有时是一起去，更多时候是轮流去。坐长途汽车单程少则三个半小时，还不包括在城里的倒车时间。这样就必须住一晚再往回返。短短两天的双休日，不得不全部花在这上面。

逢有姐姐替换的时候，我和妻子这边还得抓紧四处看房、买房、装修，为的是尽早能把他们接回来。忙得恨不能长出三头六臂。

起初他们对农村的生活还感到亲切，而且适应，可没过多久，父亲就整天闹嚷着要回来。数落老家的人对他这不好那不好，猜疑人家个个敌视他，甚至要毒害他。那时父亲已显出一些痴呆症的迹象。

我们只能把购房的周期缩减到最快。期房基本不予考虑，尽管相对来说，期房通常占有价格优势，但交房短则半年，长的要两三年，加上装修时间，父亲根本等不了。即便现房，也要考虑户型、位置、楼层等因素，四九城转了个遍，看了不下二十处，相比之下，一套位于城东的三室两厅的尾房，在我们综合打分时呼声最高。

　　六层板楼没电梯，上下楼对父母来说肯定是个负担。一层我们考察过了，后窗户紧临草坪，一到夏天蚊虫滋生，不用起降直接就进屋了。再说光线昏暗，阳光被遮挡了一大半，弄不好还有下水道堵塞、漏水等麻烦；二层是装修好的样板间，不卖；三层好，买楼讲究"金三银四"——但就在我们预定的前后脚，三层已被一户人家（就是后来的老疤）以全款抢先一步买走，我们作分期按揭的只能靠后站。

　　最后选定四层。住进以后，我们还一直在为晚一步没能住到三层后悔不迭。其时，另一个单元还有一个五楼没卖掉，价格一样，而且还多出一个能进阳光的小天井，只是考虑到多上一层台阶对老人体力的确是个极大的考验，最终还是放弃了那点宝贵的阳光。

　　从开始选房到装修完毕住进去，五个月。应该算神速了。

　　父亲又吵着要把他的全部家当通通运回北京的新家。我们劝他，"这边什么都是新的，根本用不着。"他不听，最后还是租了一辆汽车运了大部分回来。他人走到哪儿，他的那些破烂家当就跟随他到哪儿——这是父亲的逻辑。

　　新家对父母来说，并没有让他们得到切实的好处，除了大——住平房时的面积只有17平方米，现在大了近10倍。住到楼房以后不到一年，母亲的脑血栓旧病复发，随之而来的，是父亲的精神状况每况愈下。

　　我不能说父母的迅速衰老和病症的急遽加重，与搬进楼房这件事有绝对必然的联系，但至少可以断定，"拆迁"和"搬家"让他们失去了长期以来赖以生存的固有的生活方式，在客观上助长了脑细胞的惰性。他们老的速度惊人。

拆迁的时候政府姑且给了一笔还算公道的拆迁费作为"补偿"，但这也只限于物质上的——精神上的呢？——精神上的拆迁"补偿"我们找谁？父亲的神经一度出现的种种恶变，无不与晚年不得不经历的这次"背井离乡"有很大的关联。由此给一个家庭，甚至更推而广之，给这个家庭所辐射到的社会群体，带来的精神上无可弥补的伤害——有人来"补偿"吗?!

常听身边人说，他们的祖辈、父辈或周围邻居的老人，搬到楼房一年就出不来了，半身不遂了，甚至过世了云云。大都认为"住高了，接不到地气"，就算这是原因之一吧。我理解的"地气"还包括老人惯常的行为方式、沟通方式和他们渴望被重视和理解的社会角色的认同心态。在楼宇的封闭空间里，年轻人都叫不出隔壁邻居的名字，让老人如何适应？

我试验过，让自己一天两天不出屋，不下楼，我还可以用各种休闲娱乐打发时间，一星期不下楼，不与外界接触，我就要郁闷死了。而自从父亲行动不便以来，一年也没有走出过家门。

年轻人闲了，闷了，无聊了，可以约朋友一起出去喝酒、唱歌、上网、看影碟……总之有无数消遣郁闷的方式。而老人什么也没有。由于他们的表达越来越不可理喻，后来连保姆都很少与他们交流了，他们变成只能"吃喝拉撒"的"家庭废物"，被关在钢筋铁铸的"笼子"里的傻子。

这样的日子久了，不病才怪！——不疯才怪？！

　　父亲住进楼房，对于我来说无疑减少了每个星期长途奔波之苦。家里请了一位湖北籍的保姆，38岁，手脚粗大、干活利落，一切家务劳动和照顾二老的琐事，都由保姆去做。这样，解脱出来的我们可以有更多的时间做自己的事。

　　最初的一年，一日三餐二老都还能在别人搀扶下拄着拐棍到客厅的餐桌用饭，脚步是慢了点，但生活尚可自理，一家人的气氛还算是其乐融融。

　　翌年，母亲不慎摔了一跤，从此行动困难。这以后，老两口都嫌出来进去麻烦，不愿再出来吃饭了。我特地从宜家为他们买了一张可以支在床上的折叠桌，迁就他们在床上坐着吃。直到2001年9月中旬，母亲的脑血栓复发，床都下不去了，此后的生活完全得由别人照顾，大小便都在屋里用便盆接。原本平静的生活出现了转折。

爱干净如命，到死都没能洗一次像样的澡

按现在城里年轻人的观念，很少有年轻夫妇愿与父母同住在一处，多是结婚以后单独起家另过，这大概是减少两代人之间天然矛盾最行之有效的权宜办法。鉴于我家情况的特殊性——父母年纪太大，三天两头闹病，身边不能没有子女的照顾，而我又是家中唯一的儿子，虽排行最小，名分却是"长子"（北京话昵称叫"老疙瘩"），我也就理所当然承担起了守在身边赡养父母的责任。当时也有人劝过我，买房时何不买两套相对小一点的居室，为了照看方便，甚至可以考虑门对门。我拒绝了。我们家的老人不同别家，他们须臾离不开我。夜里守着，万一有病有灾的，我能在第一时间作出反应，这样我才安心。

我成全了一个儿子本分内的责任与义务，却没更多地想到妻子的感受。包括买房，一起住，和后来的接父母回来，这一切都被我从我的角度专断独裁了，我竭尽所能地满足父母的一切要求，而夹在我和我父母之间的妻子，却被轻易忽略了。妻子为了成全我的孝心，把未来所有困难尽可能地接受下来。当然，做这样思考的只是现在的我，

那时的我自顾尚且不暇，根本没把心思花在考虑这些问题上。

家有老人，要综合考量的环境因素，就要增加一倍。

最细微的比如理发。搬迁以前，都是父亲的一个老朋友，每月固定一个时间，坐三十里地的公车到我家来为父亲剃头。老哥俩互相剃，手艺极好（父亲老年一直是剃光头，觉得这样才爽快利落，这习惯一经养成，想改也改不了了）。每月一到这天，父亲就真当个事儿似的，老早沏好了茶，等着盼着老朋友的到来，心里的默契俨然把剃头当成了一种仪式，一种约定。

现在搬了楼房，社区美容美发的地方遍地开花，但有剃头手艺的却没几个。再说，刮一秃瓢四五块钱，人家嫌划不来，而老哥们自打搬家以后就失去了联系。

几经周折，终于找到一个在社区开美发店的河北籍大姐，30多岁，学徒出身，能剃光头、刮脸，手艺好，人也好，讲好了可以上门为老爷子服务。这才一块石头落了地。

父亲回老家期间，由于无法行动，家里又没有合适的剃头能手，有一次我一进门就吓了一跳：靠在床上的父亲简直像个白毛老僧，头发稀少而蓬乱，胡子长得几乎挡住嘴，进食都会粘到胡子上。老家的堂哥讲，父亲不让人给他剃，也怕他不配合，乱动，刮破了更麻烦。下一次回去，我特意从北京买了一把剃刀，一家人连哄带劝了半天，才算勉强给他把头剃完。

再就是洗澡。父亲虽一辈子跟煤黑打交道，却极爱清洁。在退休以前，一直都是一天一个澡。离了单位，没那么方便了，渐渐改成两天一次或一周两次。毕竟单位的澡堂离家不远，走着几分钟就到。他在胡同口摆摊的那段时间，每次都是我换他，帮他看摊，他也不能把洗澡的事落下。

住楼房以后，电热水器和燃器都很方便，终于可以随心所欲地洗澡了。但世事的悲哀往往就在于《茶馆》里说的——"有了花生仁，又都没了牙了。"父亲的身体肥胖沉重，自己坐不下也站不起，洗澡时都要我安排他先在小折凳上脱了衣服，坐下，然后打肥皂冲洗。由于洗手间空间局促，两个人（尤其像父亲那样的占地面积）根本施展不开。一趟下来，两个人都是大汗淋漓。

这让我忆起小时候父亲带我洗澡的情景。记得那时，我们一家六口人都是去父亲单位的澡堂去"蹭"澡的。

最早，单位男澡堂有一个正方形可以泡澡的大池子。父亲喜欢用热水泡澡，解乏。久之，我也喜欢上了一点点把身子钻入热水里的舒服感觉了。父亲每每自己洗完，就帮我搓背，打肥皂，这一切做得十分仔细。我想这是每个做儿子的都会在童年得到的特有的小幸福。长大了，当我们可以自己搓背或由老婆代劳的时候，父亲这个细心的搓背者角色，就从我们的记忆里彻底搓掉了。

小时候的我喜欢在澡堂里瞎嚷嚷，回声很大，有混响的效果，大人们说话则跟打架似的，除了嗡嗡声，什么也听不清。他的同事们都认识我，喜欢逗我。那时的父亲经常带我去，一是打心里离不开，再有，也是为了向别人炫耀他得之不易视若珍宝的宝贝疙瘩。

　　从父亲精神出现障碍，到他回老家这段时间算下来，父亲已经将近一年没正儿八经地洗过澡了。其间只是我浮皮潦草地给他擦过几次身（父亲不许我们给他脱衣服，宁可脏着。一劝他换衣服就急，就骂。大不像从前了），发现他身上成片成片地往下掉鱼鳞屑片一样的泥龃，看着让人心疼。父亲临终时我为他擦身，脑海一下子又闪回到从前，那个视洗澡如命的爱干净的父亲，到死——都没能再洗上一次像样的澡。

结婚三周年：被冷落的纪念蛋糕

新房装修完毕是 2001 年的 8 月末，接父母亲过来那天是 9 月 8 日——这天正好是我与妻子结婚三周年的纪念日。

我说过，是时，父亲是多一天也不愿再在老家住下去了。一天四五个电话，恶狠狠地饬令我：一定、马上把他们接回来，说老家的所有人甚至开始对他下"毒手"了。

我几乎还没来得及沉浸在乔迁的喜悦里，就被父亲搅得七上八下了。一切都还没准备好，刚搬过来的东西胡乱堆在地上，没有拆封。我和姐姐们周六一大早出发，把他们接回了北京的新家。

父亲又把一堆破烂悉数搬回来，旧的折叠椅、六七只大大小小的拐棍，还有那些并没用处却被父亲敝帚自珍的七零八碎，堆了半间屋子。妻子隐忍着没说什么，但我已感受到她对这个新家未来生活的无比失望。

整个下午和晚上，我们就在这工地似的新家里忙活着，收拾归整和做晚饭，我买的结婚纪念日蛋糕竟被冷落在一边，谁都忘了吃（也许她是有意没吃，或者没心情吃）。

就在结婚三周年这天，我和妻子的"二人世界"，由于我父母的到来，被彻底打破了。

其实，我和妻子从恋爱的时候起，又何尝像其他人那样，真正拥有过"二人世界"？

我们是大学里的同班同学，刚入校报到那天，这个面容娇好的东北姑娘就成了我锁定的"猎捕"对象。待到谈婚论嫁的时候，我们不约而同决定把报到那天——九月八日，选定为我们登记的日子。

学校要求学生一律住校，实行所谓的"公寓化管理"，即使家在北京，也只能周末回去一次。那时正赶上母亲脑血栓初发，父亲在胡同口摆摊，家里离不开我。我只有下午下课以后，匆匆地骑车从白纸坊的学校跑回西四的家，帮着父亲收摊，做家务（有时即使姐姐们在那儿，并不用我帮什么忙，我也总是见不到父母的面，一颗心就老是悬着），经常是下午五点往家赶，晚上八九点钟再赶回学校。那段时间我究竟为什么非要常常回家？回家又能做什么？同学里大概没有人知道。

交往了近一年，我才壮着胆告诉她我家里的真实情况。一是我一直以来，内心里对自己家庭境况的自卑感在作祟，使我没有勇气开口；二是我们好不容易建立起来难分难舍的感情，我怕因这真相把她给吓跑了。要知道那时，我们真的是谁也离不开谁了，我只能靠这种有意识的隐瞒，来试探我们爱情的强度。

把一切告诉她以后，我体会到一种如释重负的轻松。她先是惊讶了一小会儿，接着说："其实我也早觉得，你故意在回避我什么。"她对我的同情，以及由衷的感佩之情，把我们的爱情又向前推了一步。只是当时谁也没真正想到，面对这样一个家庭，这样一双父母，今后的生活将有多么难！

恋爱那些年，不管是我们出去逛街还是购物，几乎从不敢在外面吃晚饭，始终有一根弦紧绷着：必须在父亲收摊之前赶回去，帮他收摊。出摊时要花很多时间把货物一样一样晾在面上摆好，为的是招揽生意；到收摊时就必须花更多的时间一样样归置起来，回到家又要一样一样卸下三轮车往家里搬送——这让七十多岁的老父亲做起来很是吃力。或是在傍晚时分替他看一会摊，好让他去单位的澡堂洗个澡——太晚去水就凉了，早收摊又会损失不小。这已经成为一种规律和习惯。

可对一对儿恋人，时间被父母切割得支离破碎，显得有多荒谬多不正常。

记录：一块路标，一条环线

结婚的第三年，我和妻子搬到位于甘家口的一套楼房里。这次搬家说来也是被迫的。结婚时家里没房，是父亲求了一位住隔壁的邻居，好说歹说，那老太太才答应把暂时不用的一间平房租给我们结婚用。

由于住"街比儿"，每天在父母家的时间比较长，早出晚归都去父母那儿点个卯，实是探望他们的身体今天又有什么变化。

自从父母身体状况开始下降，我每天的"点卯"几乎成了一种约定俗成的惯例："爸妈我走了——"或是"我回来了……"然后再回自己家。妻子抱怨说，我都快长在父母那儿了，完全看不出像有自己家的已婚的人。

有一次我去二姐家，喝多了，晚上 11 点多从姐姐那儿出来，迤逦歪斜地，还是坚持从二姐家走到了父母那里，就为了看到父母能安下心来。看见了，放心了，再打车回甘家口自己的家。——我甚至也在怀疑，自己的行为几近一种强迫的变态——何苦呢？真的有必要吗？但习惯一经养成，改都改不了了。我对父母的用心，并不希望他们知道，也不想妻子和姐姐们知道。唯一的想法是，在父母的有生之年，我不想因自己力所能及而没做到的，给自己留下无可弥补的更多遗憾。

这样过了一年，邻居终于要把房子收回去了，陈述了一大堆的理由，说儿女们已经为她租房这事，跟她闹得很僵。

根儿既然出在我们这儿，再赖下去也无益。我们只好另外找房搬家。甘家口的楼房是妻子通过报纸上的中介公司找到的，看中它所在位置离西四父母家比较近，照顾老人方便些。

西四——甘家口，成了我每天都要经过的路线。

而当时我上班的地点位于北三环的大钟寺。我整日奔波在北京东西南北的环路上，通常是，下班先回父母家，帮他们做饭洗碗收拾屋子，晚饭后再坐车回到甘家口自己的家，第二天一早，还得从甘家口折腾到单位。周而复始——这条环绕了北京城一周的路线，几乎概括了我 1999 年到 2001 年夏天的人生轨迹。

许多年后，当我在二环路上惊奇地发现一块写有"西四——甘家口"两个方向箭头的指示路标时，我被震撼了。竟有一个标志、一个明确的物证，替我形象地记载了我人生中一段时期艰难的心路选择！

我把它拍成照片，拿给妻子看，妻子的泪水夺眶而出。她没说什么，只是用力握了握我的手，她用力度表达着我们长久以来的默契。就像许多年前，当我们还在大学恋爱的时候，我曾用每个寒暑假与她分开后打给她的长途电话单子，一点点剪碎，拼贴成一个似是而非的"LOVE"形状的字样，作为生日卡片送给她。当时，她的家人都感到不明所以，只有她，第一时间便捕捉到我所传递的爱的密码，被这张小卡片深深地感动了。

妻子下班顺路时，会跟我一起回西四，要是累了懒了，有时也一个人直接回甘家口，等我很晚回去才能见面。一个人的晚饭通常是她自己想办法解决。这样的日子一过就是几年。我当时其实已经完全忽略了妻子作为女人的感受。

特别是父母病重以后，他们的一切饮食起居更是占据了我的全部精力和时间。周末或节假日，哪有心思出去玩？

"二人世界"对我们来说，是一种遥不可及的奢望，一切年轻夫妻正常的生活都被打破了，矛盾和隔阂也随之越来越深。

理解归理解，有多少夫妻之间并不缺乏理解，但仍会最后分手。有时候，理解反倒成为一种负担——我理解，但我无能为力。

新年雪夜：路灯照着两颗孤零零的心

住在甘家口的一年，心里时刻都魂不守舍的——那是怎样的一种心境呢？就好像隔一天不看到父母，就担心会有什么意外发生，而最担心的，是他们会趁我放松警惕的时候，突发险情，身边恰巧又没有人。姐姐们即使经常回去看望他们，毕竟不能夜里也守在身边。而很多猝不及防的意外，经常是在夜里发生的。与其让自己的心揪着，生活在提心吊胆的恐慌中，还不如再晚也亲自跑一趟落得个踏实。

日子周而复始地继续这条轨道。我知道我把很重要的属于自己的时间，全部浪费在了看似无谓的奔波路上。很多时候，仅仅是去看看父母，未必为他们做什么，就是陪着，也基本上很少问长问短地交流。无数个周末，我都在西四，甚至陪他们住一宿，周日下午再返回自己的家。

从那时起，我和妻子就已然没有了自己的周末生活。我的心里只惦念着一天天衰老下去的父母，为了他们，我宁愿丢抛了自己。连同妻子，也成了这个特殊时期，特殊家庭里的"殉葬品"。

　　那时的我经常在想，年迈的父母来日无多，能这样奔波看望他们、陪伴他们的日子，毕竟也不会很长。可我却没有顾及到，妻子的青春毕竟也只有一次，女人的二十岁毕竟也是无法补偿的。

　　——这是多年以后我才忽然感觉到的。

　　有一天，吃过晚饭已是八点多了，外面下着雪。妻子都要睡下了，我说你一个人先睡吧，我不放心，得去西四看看。

　　她劝我："明晚下班再去不行吗？外面还下着雪呢！……"

　　"你先睡吧——"我还是坚持着出了门。

　　走了好久，来到公交车站。片片雪花在路灯的辉映下更助凄冷。

　　八点半左右，到了西四的家。九点多，又乘车返回甘家口。

　　孤独和无奈，让我面对白皑皑的雪世界欲哭无泪——为什么我的生活偏偏是这样？这样的奔波值得吗？

　　从此，我对有雪的夜晚，总是怀着深深的敬畏。

　　2001年的春节，公司组织员工在京郊顺义某度假村搞了一次联谊活动，全体参加。农历二十九去的，大年三十的中午才返回北京。

　　我还记得当天下午的行程——到家后，先和妻子到华联商场置办年货，准备第二天一起回她的东北老家，看她的父母家人——印象中，这也是我们认识这么多年来，唯一的一次她陪我在北京过除夕。上学那会，每年春节都赶上寒假，她不得不回去。毕业甚至结婚后，又由于我父母的原因，大多不能陪她一起回去。而她也不忍心把父母抛在那边留下来陪我。就这样，顾了这边就必然要牺牲另一边。没办法。

那年是个例外。我们终于可以找到一个比较折中的办法，成全两边的家庭了，所以妻子异常兴奋。大包小包的年货拎了一堆，回到西四我父母家，我们用我们的热情点燃了过节的气氛，为冷清的父母添了不少热闹。

新年的钟声敲过，我和妻子便打车回甘家口我们自己的家，为明天的远行做准备。

宁静的新年夜显得格外清冷，只有路灯照着两颗孤零零的心。

……下雪了，尽管很小。雪花迎着路灯，向我们扑过来。

当我在半夜一点多钟，躺在自己的床上的时候，当我在大年初一的早上，坐在从北京开往佳木斯的火车上的时候，我清楚地感到一颗心被牵扯几处的无奈——抑或是幸福?!

伍章

槐花开了，我想妈妈了

夏天，槐花开了。满街都飘着槐花沁人心脾的清香。馨白的槐花可做药材。我小时候对这种花的记忆，就是随母亲一把一把地扫落在地上的槐花，回家晾干，装麻袋，再坐车到很远的收购站卖掉。这馨白的槐花是开在我心里的。闻着沁人的花香，我竟生出许多苦涩——似乎又看到炎炎烈日下，母亲佝偻着腰，把希望一粒一粒拣回家。槐花开了，真香啊！

——妈，您闻到了吗……

我怎么也入不了《天鹅湖》的"戏"

母亲第一次患上脑血栓，是 1993 年的夏天。

记得那天早上，父亲依旧正准备出摊，突然发现母亲不对，嘴怎么歪了，而且目光呆滞，说话也呜里呜突的。父亲想，别是"中风"了吧。口歪眼斜，明显是中风的征兆。父亲没敢耽搁，卸下已装到三轮车上的菜，骑上三轮送母亲去了医院。我那时正值高考刚过，在家等结果，也随着一起去了医院。

照了 CT，母亲被诊断为脑梗塞。

从母亲 1993 年初发病到去世，一共熬了 11 年，中间又复发过两次，且愈见严重。据后来医生讲，这种病人基本都延续了这样一种时间模式。最后瘫痪在床，不能自理，直到各器官全面衰竭而死。

当下，我们还在庆幸，母亲的病情终于得到了有效的控制。没有想到以后的严重后果，会把母亲连同这个家，拖得疲惫不堪。

几组活血药输进体内，母亲的症状有了明显好转。只是嘴还是歪，流口水，走路重心不稳，习惯向一侧倾斜。我们又在别人的建议下，带母亲到中医院扎针灸，坚持了半个月。

家里那辆弃置多年的小三轮车，这次终于被派上用场。每次去中医院，都是我蹬着，父亲扶着母亲坐在后面。一路看尽繁华的闹市。事后想想，那场景在我来说，其实已经很幸福了。只是当时并不觉得。

差点忘了，这期间还发生过一件大事。就是我努力了三年，终于接到了大学的录取通知书。这对于别人也许不算大事，对于我则不同。我希望因此给父母和这个家一个回报，让他们在人前更有一点面子和尊严。

录取结果是我托朋友提前打听到的。当我的好朋友余光晚上兴冲冲跑到我的小屋和我一起分享这份快乐时，我的母亲正躺在隔壁屋的病床上，痛苦地呻吟。

"大妈，钢子考上了——"余光伏在母亲的床前，几乎大声在喊，怕母亲听不见。

母亲显然是听见了。她的脸上有了久违的喜悦表情。母亲含混地，连连吐出几个"好"字，失声地哭了。

尽管糊涂的母亲未必知道儿子考上了哪所大学，哪个专业，但母亲一定知道，这消息对儿子和她来说，都意义非常。她是在病中激动得流泪。

学校要求统一住校，单这一点就让我左右为难。这就意味着，这个家再也指望不上我了——那母亲的病谁来照管？还有奔波的父亲，谁来帮他看摊收摊？我当时甚至一度想过放弃不上大学。能被录取已经证明了自己的努力没有白费，也许母亲恰在这时得病，是上天对我的有意捉弄。

命该如此，我不想再为此丢下母亲。

我是一个须臾离不开朋友的人，我感谢所有朋友在我困顿和危急的时候，对我的慷慨帮助。我的一个"发小儿"对我反复劝说，才让我有勇气作出上学的明智选择，是他主动把照料母亲的事情替我一口承担下来，为了让我后顾无忧地安心读书。还有，在母亲不便去医院输液的那些日子，两位做护士的朋友，每天轮流到家里为母亲输液，照顾得细微而周到。一个叫魏悦，一个叫张洁。

真的感谢你们。也替我远在天上的母亲，谢谢你们。

大学这几年，全班缺课次数最多的就数我了。大家都以为我在外面干"私活"挣钱（这在我们学校几乎很普遍），没人会想到，我的经常溜号却是为了父母的病。我们这个班，家在外地的同学居多，而且大都家境优越，从每月家里寄来的生活费不难看出。像我家既在北京，连以后的妻子也完全料想不到，我的家境和我的父母竟有那么艰难！

上学的第一学期，艺术鉴赏课。系里专门请了舞蹈学院的舞蹈老师史老师，为我们边放录像边讲解著名舞剧《天鹅湖》。教室外面下着淅淅沥沥的雨。我想起了还在雨中摆摊的父亲。

父亲会不会淋着呢？谁又会帮他收摊呢？

紧接着又想母亲的病。突然感到我的生活竟与现场高雅的艺术鉴赏是那么格格不入。

也许我的选择是错的？——艺术自古是有闲和有钱阶层才可以全情投入进去的。现在的我，却怎么也入不了"戏"。我成不了天鹅湖畔的王子。童话与现实有着天壤之别。

母亲每隔三个月左右，就要点一个疗程的"丹参"，一个月量一次血压。天气转凉的季节，血管容易收缩，也是发病的高峰时期，输液的频率也就随着增加。

好在离家不远的几条胡同就有卫生站点，不用再折腾到医院。我扶着母亲，从砖塔胡同，穿敬胜胡同，四道湾到小院胡同，大院胡同……就这样七拐八绕的，才能到卫生站。母亲走得很慢，一步一步往前挪，我也只能尽量压住脚步，就着母亲的步子缓慢地往前挪。一路上，有很多异样的眼光投向我们这一对母子。

我能从那些来自街坊四邻老人们的目光里读出一点羡慕来。

每次我在学校以"陪母亲看病"之类的理由请假的时候，尽管系里老师没问太多，都准假，但还是能感到他们那种不信任——这么一点大的孩子，怎么可能父母老有病呢?! 工作后，父母的病情更加严重，请假的次数不得不越发多起来。单位的领导疑惑更大。工作不像上学，请假与工作绩效有着天然的利益牵扯，准假没那么容易了。

假请多了，连自己说出真实的理由，听着都不可信。

这同样牵涉出一个事儿：我们知道，做了母亲的女人，按规定会得到一段时间的产假，这是铁定的。女人可以利用这段假期，充分调养身体，抚育婴儿。

　　但，对于"上有老"的家庭呢？——儿女为了照顾看护老人，陪他们看病，陪床，等等，等等，所耗费的时间和精力，绝不比照顾一个孩子要少——又有哪个单位和部门可以为他们通融地放开绿灯？是否应该有一种更加人性化的体制辐射到这些"上有老"的人群呢？

　　正如我一再强调的，"养老"，不仅仅针对一个家庭，由此带动的家庭成员的覆盖面，将直接关系到整个社会生产力的发展。

《我的母亲》：一篇迟到了 20 年的命题作文

　　小的时候，许多孩子都有过对父母撒谎的经历，尽管原因各不相同。而我对父母撒的最大的谎是什么呢？是因他们带给我的深深的自卑感。

　　我曾一度在同学和老师面前，尽量回避有关我父母的话题，甚至不愿轻易把小伙伴带到家里来，怕被人家笑话。我无法想象更无法承受，当他们迈进我那又简陋又寒酸的家里时的反应。我的家又小又破又乱，我的父亲母亲目不识丁，没有文化，他们是那么老，以至后来无论小学还是中学的同学，见到我父母第一反应都先是一怔，无措地不知该叫"叔叔阿姨"还是"爷爷奶奶"，或借一步小声问我："那真是你爸妈呀?!"

　　母亲没有工作，穿着陈旧而且邋遢。父亲呢，一个卖苦力为生的工人，他们与我那些同学的父母相比何其悬殊！甚至连家长会都成了我的最怕。我倒不是像其他人怕老师打小报告——我的学习名列前茅，又是中队干部、班长，每次家长会我都是老师表扬的重点——我是怕父母给我丢人！

父亲抽不开身，母亲一般也不张罗要去，通常情况下都是由几个姐姐代劳。父母对我的学习状况几乎一无所知，根本不用操心。所以姐姐回来代行"家长"之责，对我进行督促，也不必向父母汇报。我的作业本上的家长签字基本上都是姐姐的手迹，也有我自己代签的"家长阅"和父亲的名字，不会有谁站出来跟我计较。其实父亲还是能写几个字的，这几个字里就包含他的名字，只是写出来歪歪扭扭不好看罢了。但我却很少给父亲唯一卖弄一下他文墨的机会。

在周围人眼里，我从小就是一个不用家长特别操心的好孩子，甚至连"请家长"这种小学里司空见惯的沟通方式，在我身上竟也为零记录。老师更多的是差派我去请别的同学的家长。我记得只有一次，五年级的时候，我和同学上课捣乱，互相往脸上画圆珠笔道，被老师勒令"必须请家长来一趟"！中午，在老师办公室里，我低着头，哭得像个泪人似的，才终于被赦免。

没有人知道，我不想父母来学校的真实原因竟是：我怕他们丢我的面子。

这其实已经是对父母无可补救的最大伤害了。

我为什么不能让父母在家长会上亲耳听到老师对他们好儿子的表扬呢？让父母可以在人前因儿子而感到骄傲？让长期在困顿的生活里挣扎的父母，偶尔感到一点欣慰，怎么就不行呢？我那自私而且阴暗的小小虚荣和所谓"尊严"，难道要让父母连作为"家长"的权利也享受不到吗？

　　无数次作文里，那个被我夸饰（改装）了的"教育我，帮我改作业、讲人生"的《我的妈妈》，根本就不是我的母亲。这么多年，我竟没有在文字中还原出一个我真实的母亲。直到我长大成人，适逢母亲节前夕，一本杂志约我也写写《我的母亲》，母亲的形象才第一次在我的笔下，还原为我那真实和伟大的母亲。

　　那是一篇整整迟到了 20 年的命题作文。"交卷"的那一刻，我如释重负，并因 20 年对母亲撒的谎羞愧歉疚不已。

"你要是能换个弟弟来也好啊!"

　　母亲比父亲进城晚。虽在北京这座城市住了近五十年,但一口乡音仍然很浓重。母亲一生养了六个孩子,最后只留下了我们姐儿四个。排行最长的我的大哥,如果活着现在也有五六十岁了吧。常听父亲念叨,我来这世间,还有着一段颇为传奇的经历:

　　在我上面已经有了四个女儿,这使一向重男轻女的父亲从此彻底绝望了,整日里郁郁寡欢愁眉不展。更悲哀的是,三姐打一出生就被判了"死刑"——先天性心脏病。

　　人口多,女儿多,等着吃饭的嘴多,就指着父亲一个人挣工资养家,哪还有钱给三姐看病呢?不停地打针吃药,连人民医院的老大夫都认识父亲母亲了,甚至劝他们,不行就别治了,这病没个好。首先要花一大笔钱——他们考虑,以我家的经济条件,无论如何也难以支付,即使活下来,将来也结不了婚,一辈子都得靠父母养着。父亲那年已经五十岁了。他想是啊,老三还没成人,他已经老了,上面几个姐姐将来有一天都嫁出去了,谁来照管这个病孩子呢?

但父亲最后还是下定决心坚持着。只要孩子活一天，就得拼尽全部力量，给她治病！

三天两头往医院跑。父亲为了三姐的病，把什么都搭进去了。

但他也得到快乐。父亲后来对我说，每天下班回到家，三姐就跟四姐（我现在的三姐）大老远迎着父亲跑过去，扑进父亲怀里。父亲一手一个，把她们抱回家。

父亲说，看到别的孩子拉着鸭子车，嘎嘎地神气活现地在街上跑，家里穷，没钱买，三姐就学着别的孩子的样子，用线绳绑个毛巾，在后面拖着……父亲看在眼里，他说，"真是扎我的心啊！"父亲为他没能力给孩子一个幸福的童年而愧疚不已。

每到吃饭的时候，父亲看着手边这个病孩子，我的三姐，眼泪直往碗里掉。他吃不下，对着似懂非懂的老三，叹气道："哎，将来爸爸死了，谁管你呢？——"

"你要是能换个弟弟来也好啊！"

这被父亲认定是他一生说过的最错的话，他为此感到深深自责。

转了年的正月，我出世了。

男孩，七斤多重，老疙瘩。父母喜出望外。

又过了不到半年，三姐终于不治而死，年六岁。我对死去的三姐没有一点记忆。

父亲说，是他当初那句无意的错话，让老天爷真的把三姐收回去了，换来了我。他一辈子打心里觉得对不起我死去的三姐。他一辈子也不能原谅自己。

　　每每看到老两口当着我们的面回忆起这段往事时泪水涟涟的情状，都让我感到一阵心疼。我也觉得三姐是为我而去的。所以我更相信，一个人的生命不是一个人的，它好像冥冥之中有很多莫测的因果。因此，任何人也没有权利怠慢它。

奖给"五好个人"岳金花同志

　　母亲是典型的家庭妇女。和现在很多养尊处优的"家庭妇女"的概念不同，那个时候，家庭妇女意味着要照顾一大家子的吃喝穿用饮食起居，操持所有家务，并不比上班轻松。有一阵政府号召"人人都有一双手，不在城里吃闲饭"，街道工厂几次来家动员母亲参加工作。没办法，只好把孩子锁在家里，由大的带小的。父亲下班回家一看，几个孩子一个个哭天喊地的可怜状，痛下决心：不让母亲工作了，就在家带孩子。母亲上了三天班就不上了，也为此付出了没有任何退休金和医疗保障的沉重代价。

　　母亲粗手笨脚的，不是那种灵巧而麻利的女人。但母亲也在倾其所能，为我们这个家尽她的所有努力。替人家糊纸盒；拆洗棉衣、靠垫；搬运冬储大白菜；扫花……母亲凭老实、不惜力气，挣一点钱贴补家用，所以才有儿女们的今天。

　　母亲拆棉大衣时，满屋子会飘着破棉絮和呛人的油腻味。母亲的哮喘病大概也是那个时候，经常闻这些恶心的异味落下的，一到冬天就喘得上气不接下气。

　　印象里小时候的冬天比现在冷得多。没有洗衣机，母亲要把那些腌臜的棉大衣一件件浸泡在大盆的冷水里反复搓洗，再清洗几遍。母亲枯瘦的双手因长期浸泡在冷水里而变得僵直，发白的皮肤被大衣染成淡淡的蓝色，怎么洗也洗不掉……

　　夏天，槐花开了。满街都飘着槐花沁人心脾的清香。

　　馨白的槐花可做药材。我小时候对这种花的记忆，就是随母亲一把一把地扫落在地上的槐花，回家晾干，装麻袋，再坐车到很远的收购站卖掉——那时觉得远，其实就是从西四到新街口外豁口的距离。

　　剪树上的槐树花骨朵儿要用一种特制的工具，即在长竹竿顶端绑一把剪子，剪子的另一只把儿上系一根绳子直到手上，为了操作灵活。高的树枝够不着，要站到三轮车上举着竹竿往下剪。通常是父亲剪，母亲带我和几个姐姐俯在地上扫，扫慢了还要担心被车或人碾轧坏了。

　　不仅槐花，还有一种叫榕花的，也是药材，现在在北京这种树已经不多见了。树冠阔大，花色为淡红色，毛茸茸似蒲公英的小伞，可爱极了。母亲常带着我，到人民医院的院子里和故宫的筒子河边拾榕花。当时一斤晾干的榕花才卖两毛钱，有时还会因为里面有潮湿的水分而被压价，或干脆拒收打回来。老实善良的母亲从不与人争辩，而是扛回家，继续剪，继续晾……

　　我曾在《我的母亲》文章的结尾处这样写道：

大字不识的母亲给了我文字以外的生命的教育，遗传给我善良的基因。我宁愿相信母亲把全部智慧赠给了儿子，以至让我现在能以文字谋生。母亲当然永远也不会读懂白纸黑字全是儿子对她的礼赞和颂歌，但在心底，母亲一定感觉到了……

母亲一生胆小怕事，又极其善良。

住平房时，整天东家求西家借，母亲从没说过"不"字。"人妈，有改锥吗？""有。""有锤子吗？""拿走。"借走的用着顺手想不起还，母亲也不好意思向人家要。

父亲不快，用眼瞪母亲。

冬天，双职工的家里回来没火，进屋像冰窖一样冷。母亲主动帮人夹烧红的煤球，往往弄得自家火灭，惹来全家的怨言。

下雨天，母亲不仅收自己家晾在外边的衣服，还帮所有不在家的人一块儿收。有一次雨天，母亲在外面帮人家收衣服，我在屋里看电视。电视里演到一个国民党军官警惕地不知问谁——"干什么？"

正在外面忙活的母亲以为我在问她，顺嘴道——"下雨了！收衣服！"

母亲胆小，见不得死人。可偏偏院子里的老邻居死在家里，家属求到母亲，母亲二话不说也去帮着抬，一直送到医院太平间。回来后我们都嫌弃母亲（那时我还在上小学），不愿用她碰过死人的手给我盛饭。

其实母亲更怕，但她从来不会推辞，不会拒绝，哪怕对自己做不来的事。她有求必应，又往往自不量力。为此父亲总骂母亲吃里爬外，"人家把咱们家搬走了，也不敢吱一声！"母亲笑笑，下次依然。

母亲为人的厚道，有时反倒成了被人利用和欺负的把柄。

院子里的茅房堵了，先是母亲的小脚奔走于住家与房管局。三四里路，找一次人家不来，再二，再三地找，求人家，人家才勉强答应。留地址，母亲又不会写字，电话，母亲也不会打，就只会走路。

母亲的逻辑是，自己平时在家，没工作，院子里别人都忙。但谁能忙得不上厕所了呢？

淘粪工来了，老远就闻到臭气熏天。家里讲究点的邻居闭门不出，屏息静气佯装无人在家，躲在屋子里捂鼻子。

母亲不嫌。她用自家的茶壶茶碗给他们沏茶倒水，用自家拮据的一点钱给他们买"大前门""牡丹""恒大"烟抽。家里没人抽烟，连这些牌子都是副食店帮她拿的主意。

管道通了，淘粪工在母亲卑微的连声道谢中走了。院子里顿时恢复了其乐融融笑语声喧的热闹场面。邻居们一个个迫不及待地冲进茅房准备"试拉"，有的不忘对母亲饶个顺水人情——"大妈，刚才您怎么不言语一声？我们家有的是烟，怎么让您买?! 这怎么说的您瞧! ……"母亲认定淘粪的师傅是她请来的，由她出面招待理所当然。

街坊四邻都从心里觉得母亲老实得有点窝囊，或者说有点傻。但在我心里，我的"傻妈"，比那些有文化有教养的贵人更高贵。

忘了是九七年还是九八年了，夏天。母亲上街购物，回来时走到胡同口，被一辆自行车剐倒在地。这一幕被许多人看到了。大家纷纷揪住骑车的小伙子不放。搁别人，赔多赔少不提，至少要让他带人去医院照个片子吧。

年届七十岁的母亲强撑着手腕的剧痛站起来，挥挥手就轻易地把肇事者放走了，令周围人大感失望——哀其不幸，更是怒其不争。这下没热闹看了。

母亲忍着痛走回家，才想起疼来，呼天抢地。

我们赶紧带母亲去医院拍了片子。不只手腕，背部也是骨折。大夏天在家躺了一个多月，翻身都不能，一家人只得轮流照顾母亲，分摊家务，可谓是"损失惨重"。我们愤愤不平地埋怨她："真不知您当时怎么想的?!"母亲在床上哎哟哎哟疼得动弹不得，根本没心思理我们。

都说是好人好报，可偏偏就是这样一位母亲：老实、胆怯、助人，自不量力，生怕得罪人，生怕给别人添麻烦的母亲——得了要命的病。而且发展到后来，给她带来的竟是"非人"的痛苦，让我怎么相信?

母亲一生没见过大世面，更不是外场人（这点不像父亲）。但为了这个家的日子能过得去，在我小的时候，曾目睹母亲多次向西院的孙家老太太张嘴借钱。临到月底，父亲那点有限的工资花得差不多了，母亲就站到老孙家门口的台阶上，低三下四地向人家借两块钱，就两块钱。孙家老太太讲话不无刻薄尖酸，时不时挖苦几句："呦，又没钱了? 不急着还啊!"

母亲赔着小心的笑，但为了孩子，也只有听的份儿。当时无法设想母亲是忍受了怎样的屈辱。现在想来，酸涩无比。

一辈子：怨了，恨了，打了

母亲这一辈子从来没有真正为自己活过。经济上自不必说，母亲依靠父亲。其他方面，她也从没真正做过一回主。

母亲总是很怕父亲。在父亲面前，说话也要低声下气。做什么事都首先观察父亲的眼色。父亲的眼色似乎就是无声的命令，母亲则令行禁止。

母亲在父亲面前常挂在嘴边的口头语是"说的是啊……"（大意是指"我就是这么一说，不行就算了"）。父亲很多时候像守财奴，什么都不舍得送人。这大概因为他对生活的来之不易有切肤之痛。父亲小气、抠门。别人逢年过节送来的点心、水果，父亲自己舍不得吃，但也从不愿给别人吃，经常白白搁坏长了绿毛，才心疼地倒掉。

母亲不。母亲把所有好东西送别人也不吝惜。每每母亲提议把家里的好东西送人的时候，父亲立时把眼一瞪盯着母亲。母亲就低声还他一句："说的是啊——"但内心的愤愤不平，却在嘴唇的动作上显露无遗。

母亲无原则的大方和父亲无原则的狭隘，都做得有些矫枉过正。但大多时候，我们愿意站在母亲一边。

我知道不是所有的婚姻都有爱情，更不是所有爱情都能走向婚姻，特别是他们那个年代。我父亲母亲的婚姻里有多少爱情的分量，我无法揣度。我几乎从未见过他俩手拉手一起走过，更没拥抱在一起留下一张照片。我甚至无法想象，两个人在半个世纪以前是否接过吻。当然这样揣度父母是大不敬的。但既然要说到他们各自的病况，思前想后，我总感到与感情这一层有着很深切的关联。

父亲这人心气儿高。父母之命，媒妁之言，包办了父亲的婚姻。但听父亲病重后口无遮拦地对我们讲，他打第一眼看到母亲就失望至极，嫌弃她又瘦弱又不好看，甚至一度产生过"逃婚"的念头。娶过门，也只好认了命。

体弱的母亲"肩不能担担，手不能提篮"，粗手笨脚的，甚至连家务都做得丢三落四一塌糊涂。据说母亲的第一个孩子是由于她照顾上的疏忽才夭折的，不知是真是假。这话父亲偶然提过一次，就再没说过。若是事实的话，这也应成为两个人一辈子的心结吧。

父亲看不上母亲，总认为娶了母亲这件事，是他一生的命运写照——悲哀。唯念在母亲为他生养了我们姐儿四个，特别是最后竟给他带来一个老儿子。这份功劳父亲诚心诚意地记在母亲身上。越到晚年，他的儿女越成为他炫耀的资本，逢人便显摆他一个穷卖力气的，家里竟出了"四个大学生"（其实大姐二姐都没上过大学，父亲是把三姐夫和我妻子的学历一并算进去了），向人谝道——"这都是我们老伴儿的功劳！"

姥姥、姥爷早在我出生前就已经不在了。只在我刚出生不久，父母亲抱着我回过一趟母亲的娘家，一晃三十多年过去了，母亲再没回去过。以至我们渐渐忘了母亲还有个娘家——她想过回去吗？想我的舅舅和三个姨妈吗？

舅舅倒是几乎每年都过来北京，我的一帮表兄弟们（舅舅家七个儿子）也时常过来。父亲每次对舅舅的到来都很热情，好像比跟母亲的话还多。我从小就被父亲告知"娘亲舅大"的道理。只是母亲平时少言寡语不擅说道，很少提及她的愿望。

母亲娘家人多，探一次亲要有不小的花费，父亲又顾面子，所以母亲回娘家这事一直拖下来，没能成行。在老两口第一次回老家住的2003年的春夏之交，表兄们奉命，曾郑重地表示要接母亲回娘家住几日，但被父亲横加拦下了——

"不去。"

父亲的态度几乎是不容分说的坚决。旋即又好言好语地劝说母亲："等咱儿子过来，开车送咱们去，再买上东西……"

父亲临到这时还念念不忘，要在母亲的娘家人面前炫耀一番。据说当时母亲一边兴奋地收拾衣服，准备穿鞋，一边用乞求的目光看着父亲，征询父亲的同意。父亲拒绝后，母亲只能忍气吞声地把已经穿上的新鞋脱下来，又坐回床上。那年母亲的神志还清楚，想必母亲会永远为这件事记恨我那专横霸道的父亲。

2003 年 10 月，舅舅因肺心病不治去世了，走在了母亲前面。

奔丧回来，我试图把这消息告诉不停哭闹的母亲。我在母亲耳边小心翼翼地说："妈！你知道吗？——舅舅没了！"然而母亲却全无回应，还是自顾自地沉浸在她的"病人世界"里。

对母亲来说，她此刻的浑然不觉，该是一种残酷，还是一种幸福？

母亲到死也没能回她的娘家看上一眼。这当然首先归咎于我那不近人情的父亲，但作为儿女的我们，何尝在乎过母亲的感受呢？

母亲旧病复发以后，终日瘫在床上哭天喊地。整整三年。母亲像在用这种无尽的折磨，对父亲实行着一辈子的"报复"。

我们还可用上班或其他方式，暂时从母亲噩梦般的哭喊中挣逃出来。父亲不行。一张窄窄的床把两个人的命运、痛苦紧紧纠结在一起。父亲在这张床上陪母亲过了三年，无片刻逃遁的空间。

这期间，父亲遭受的惩罚，远比任何人都多。

半夜，一觉醒来，父亲会为母亲掖掖被角，免得母亲受凉。母亲爬起来，父亲就知道母亲要撒尿了，赶紧喊隔壁房间里的保姆起来，扶母亲下床撒尿。母亲起来几次，父亲也得陪着折腾几次，经常整夜无法睡眠。即便这样，母亲并不领情，而是下意识地伸出脚踹父亲。听父亲的叨唠不入耳了，母亲也踹，而且很用力。随着母亲的脾气越变越坏，有时干脆是用指甲掐。母亲很少对我们下这样的"狠手"，只对父亲。

母亲每次感到不舒服或病了，第一个着急的准是父亲。是父亲第一时间发现母亲的异常并报告给全家人。一旦母亲的病稍有起色，父亲又是第一个很快忘记的人，继续他对母亲的漠然和冷酷。

父母亲仇恨了一辈子，怨了一辈子，打了一辈子。

但父亲从我们小时候起就教育我们要首先孝敬母亲。母亲生病后，父亲看我们一口一口喂母亲吃水果吃点心，经常在一旁感动地流下泪来。我相信他的感动是真诚的。

父亲在晚年，用多年的积蓄给母亲买过唯一一件礼物——一只金戒指，并亲自为母亲戴上。他对母亲的"爱"也是真诚的。

而母亲，最担心的也还是父亲。

父亲摆摊卖水果的那阵儿，是母亲每每想着为父亲送水送饭。刮风下雨，是母亲想着帮父亲收摊。回来晚了，不停看表念叨着"怎么还不回来"的那个人也是母亲。母亲见一头栽在床上的父亲突然全无知觉，第一个大声把我们喊起来，拼命摇撼着父亲——"仫儿了？（怎么了）……"焦灼又束手无策的母亲至今历历在目。及至母亲病重，思维混乱，母亲也把手伸给父亲，紧紧握着不松开。似乎在这握紧的手中，感受着生命中本能的依赖。

——那么，父亲和母亲，到底有没有"爱情"呢?!

妈妈到底是女人，老了才想起爱美了

得病以后，母亲的性情变了。

逢人都会把笑容嵌在脸上的母亲，再也没有了。母亲的标准表情是：随时准备咧嘴要哭出来的样子。有时并不真的流泪，而是下颌起伏几下作哭状，发出哭声，再演变成喊、叫、嚷、吼……严重的时候则目光呆滞地下垂，像是找不到落点地盲目顾盼，舌头半含在双唇中间，闭不上嘴。消瘦的脸部极度向下耷拉着。

一向慢性子很少急躁的母亲，开始变得暴躁。稍不如意，即迫不及待地使劲拍打床沿。当别人无法正确领会她的意图时，比如她要这只鞋而给她拿了那只，母亲就把鞋狠狠地摔在地上，再递给她，她就又摔，直到别人猜对并改正为止。这些"恶劣"的粗暴和专横，直追当年的父亲。

失语后的母亲无法表达简单的意图，所以就用粗暴折磨身边的人。

病"拿"她，她"拿"我们。

　　邋遢的母亲一生挣扎在贫穷的深渊里，渐渐失去了女人对于美的本能追求。她从不主动要求买新衣服，即或偶尔姐姐们为她买，她也舍不得（不好意思）穿。母亲只在那些在她看来特别正式的场合，比如父亲过生日、我结婚，还有就是带她看病等，才在我们死乞白赖的劝说下，勉强穿新衣服。在整理母亲遗物的时候，我们才惊讶地发现，原来母亲竟有那么多一次都没上过身的"新衣服"，静静地躺在柜子的角落里，从没舍得穿！——母亲总等着，将来有一天，有一个"特别"的日子，再把它们拿出来派上用场。——可那些"特别"的日子在哪儿呢?!

　　母亲无法想象，也无法理解：其实每一天，都是值得庆祝和享受的"特别"的日子。母亲对那些神圣的"特别"的日子，苦等了一辈子，直到耗尽她生命的全部。

　　母亲在穿着饮食方面，时刻记着自己的身份，怕周围人说闲话。在母亲观念里，好像穷人就根本没权利穿得光鲜体面，穷人家过年也不能吃顿饺子。

　　得病以后的母亲变了。给她新买的毛衣，颜色鲜艳带大花的，母亲一定示意穿上。母亲手摸着上面的鲜花图案，像孩子一样珍视，满意，睡觉都舍不得脱下来。

　　有一次，母亲指着衣柜的门，向保姆支支吾吾比画了半天，保姆也不明白。叫我过去，母亲还是指着衣柜比画，很急的样子。

　　我打开衣柜，把前几天刚买的一双新鞋拿给母亲。

　　"是要这个吗?"

母亲一把就抱在怀里不撒手，自己艰难地往脚上穿。

一旁，妻子动容地说："其实妈到底还是女人，老了老了的，才想起爱美了……"从我记事起，母亲已经是年届五十的老人了。我曾一度为母亲的不年轻感到失望过。我从没认为母亲也有过青春。

那时，母亲拉扯着我们一帮孩子，又穷，从没专心打扮过自己，别说涂脂抹粉，就连新衣服也很少买，很少穿。母亲在她去世前，才凭着本能而非意识——真正把已逝的青春挥霍了一把。她居然一直手指着衣柜，明确地、强烈地表达她要穿她喜欢的那双新鞋！病中的母亲，是糊涂呢，还是终于活明白了呢？

槐树花开的季节，香飘十里不绝。

这馨白的槐花是开在我心里的。

闻着沁人的花香，我竟生出许多苦涩——似乎又看到炎炎烈日下，母亲佝偻着腰，把希望一粒一粒拣回家。

槐花开了，真香啊！

——妈，您闻到了吗？……

祭母文

呜呼吾母，仙逝百日，忽念前情，泣泪沾襟。补悼祭文，遥报春晖。
母生犬子，年四十二，所受辛苦，自不待言。目不识丁，家境窘困，
教子成人，全赖厚德。不与人争，善良怯弱，有求必应，睦邻助人。
倾其所有，惠施周际。予所遗传，唯此为荣。八月槐香，榕花纷落，
扫拾变卖，贴补家用。寒风彻骨，霜冷露重，搬运白菜，得无几钱。
浆洗棉衣，油污遍室，衣渍水冷，手骨僵白。至今思之，不堪承受。
呜呼吾母，虽于国无大贡献，然持家确有功德。吾幼多病，三天两头，
抱送医院，无分寅卯，夜半无眠，风雨无阻。养育之情，反哺难报。
天不佑人，病瘴突来，患脑梗塞，达十余载。寻医问诊，中西合璧，
先有起色，终致复发。卧床三年，一病不起。神志痴呆，魂不守舍，
夜哭昼喊，捣枕捶床。儿急于心，忧忡如焚。虽竭人力，难悖天命。
天丧吾母，祸兮福兮？亲者痛失，逝者解脱？天堂有位，惟愿吾母
以积善之德微笑、安息！
呜呼哀哉尚飨！
儿　刚子叩撰文于 2004 年 8 月 13 日

陆章

三年，换了七个保姆

一部频频更换保姆的历史，其实是一部不堪回首的伤心史，也是父母病程的发展史。我们，不比保姆更有优越感。反过来，我们也许比保姆活得更辛苦、更无奈、更谈不上尊严！对这样一个深牢大狱似的家庭，保姆实在忍受不了了，还可以随时选择离开，而身为人子的我，我们，有选择吗？——没有！

因为他们是自己的生身父母。我别无选择。

第一个被辞了，第二个被骂走了

前几年，热播过一部很有名的电视剧叫《田教授家的二十八个保姆》，剧情颇显喜剧风格。但在现实生活中，具体说在我家里，短短31个月更换了七个保姆，却绝无轻松可言，而是让我们深深领受了与保姆相处过程中的种种辛苦与无奈。

七位保姆先后是：徐姐（38岁，湖北），小马（21岁，山东），小任（20岁，甘肃），小王（19岁，甘肃），刘姐（39岁，山东），王姐（37岁，甘肃），小何（31岁，陕西）。

早在接父母回来住之前，我和妻子就设想过，今后家里就要多一个陌生人朝夕相处了，会不会因此别扭。我们谁也没有过家里请保姆的经验。小时工倒是偶尔请过，但吃住在家里，日夜厮守在一起，却要打此首开先河。

装修房子的时候，我们特意把原来的餐厅部分打成隔断，四平方米多的面积，准备用作保姆卧室。花150元从家具城拉回一张折叠单人钢丝床，一切准备停当。

看来是我们对形势估计过于乐观了，以为到劳务公司，指不定有多少像电视里演的年轻、秀气的农村姑娘，排着队等我们挑呢！没有。依报上的小广告打电话问过很多公司，都说现在是保姆淡季，暂时没人，让我们再耐心等等。现在是水开了等米下锅，我们没时间等下去。最后还是辗转经熟人介绍，才找到一家位于偏僻的居民楼地下室的劳务公司。

劳务公司能提供的劳务人员只有一位四十岁上下的湖北女人，根本没的挑拣。我直觉面前的女人面相即带几分刁钻，至少是很精明，有点想放弃。对方好像也并不急于找活儿干，坐在那儿打毛衣，有话答音地把我们家里的情况详细问过一遍，才勉强跟我们回家。

徐姐干活、做菜都很麻利。起初我们还为此着实庆幸了一阵子，觉得请了保姆真的让自己有种解脱感。但问题很快来了。

起因是父亲（那时父亲还不糊涂，还讲理，说话有分寸）。父亲不止一次私下里向我和妻子反映，保姆一个人在家的时候，经常长时间打电话。有时下午出去买菜，两三个小时不回来。

——这怎么行？父母行动不便（其时母亲的病尚未复发，老两口生活都能自理）磕了碰了的身边没人怎么能行？

我们试探着打电话回家，父亲接的，说保姆又出去了。在当月发薪之前，我们决定找她谈一次话。

没想到她先急了。为自己开脱了一大堆理由：说我们给她的钱又少活儿又累人，说她来不是受气的，她也根本不想伺候人，北京人都很坏，跟她耍心眼儿……连珠炮似的，声音越嚷越大，几乎吵起来。

父亲闷坐一旁不言声。母亲吓得直哭，不知所措。

"走，明天就给我走！！！"妻子被她肆无忌惮的叫嚷逼急了，"也不看看这在谁家?! 你再这样我们就报警了告诉你!"

总算把她给唬住了。

斤斤计较领过了工钱。第二天一早，我们把她辞了。

第一次请保姆，就让我们领教了保姆的厉害。

现在请保姆条件很多。我是指保姆的要求：首先要具备独立的保姆卧室（住楼房比住平房找保姆略有优势），有休息日，能看电视和每天洗澡，活儿不能安排太多太满太累，而且很多还对看护老人、孩子和宠物根本不予考虑。像我父母后来发展到生活不能自理，或干脆无法保证人家睡眠时，应征者则更是寥寥。不得不在老人和孩子之间二选一，很多保姆则宁愿看护刚出生的婴儿或伺候"月子"，也不愿看护老人。

人老了，如隔夜的残羹冷炙。

依照以上条件参考，我家最大的麻烦是，保姆节假日基本不能休息。另外，看护老人必须要昼夜值守，责任重大。太年轻的干不来，不愿干，身体瘦弱没力气也不行。所以我们把目标锁定在四十岁上下、身体结实的、有耐心和责任感的、本分、朴实的农村女性。还不能太笨，要能掌握家电的使用，能独立完成买菜和记账的任务。

无异于公司招聘。只是工作环境是在雇主家里。

雇主则要本着"用人不疑，疑人不用"的基本原则，努力说服自己，要相信保姆的道德水准，尽量跟她们相处为一家人。否则防不胜防，早晚累死。你不可能事先把所有想到的物品都转移到安全地带，大衣柜也上锁——那样当贼似的防着，更易使保姆产生仇富和报复心理。

以上实为请保姆的一些切身感受。还是回到徐姐走后。

换了一家劳务公司，让我们遇上了小马。

这位来自山东聊城的姑娘，别看年纪小，但为人老实，做起家务不惜力。粉扑扑的圆润脸膛，让人联想起杨柳青年画上抱着金鱼的白胖娃娃。爱脸红，由外而内透着一股健康气息。

我和妻子照例要先向她交代家里的电器使用，洗衣机水位怎么设定；晾衣架如何升降；微波炉热牛奶需要几分钟；电饭煲煮饭加多少水，怎样才算熟了；空调的升温、降温键分别在哪儿；怎么装吸尘器的各种吸头；灰满了怎么换袋；油盐酱醋在哪儿；下楼在哪儿买菜，账本怎么记录；物业公司电话多少；社区医院在哪儿，电话多少；老人爱吃什么；专门给父亲剃头的师傅在哪儿，电话多少……听起来，要干的活儿的确很繁杂琐碎，但适应几天下来，远没想象的复杂。

小马刚来的时候不会做饭，我和妻子就轮流"培训"她，从蒸米饭、炸酱面到烙饼、饺子、炒菜……坚持了一个礼拜。小马悟性强，终于能把家常的饭菜做得有模有样了。我们常开玩笑说——"从我们家走出去的保姆，再找工作肯定不困难。我们成岗前培训班了。"

以后，每次换人，我们都要不厌其烦地把所有事宜从头交代一番。

一个想不到，指不定哪儿就出岔子。

渐渐的，举一反三，小马自己也能总结出一套行之有效的工作方法，干起来很顺手。（以后我们发现，几乎每个保姆在不同方面，都能总结出一套心得。比如扶母亲下床撒尿，刘姐的方法既简便又省力：第一步，先跪在床上将母亲平拽出半个身子；第二步，把母亲的身体转过来，双腿顺到床沿；第三步，用脚作支撑，借着母亲的劲儿把沉重的母亲搬到坐便椅子上。我们便纷纷仿效。）

但父亲见人起疑的毛病，也就是在这时开始显出端倪的。小马一开始隐忍着。但她毕竟年轻，没受过这样的委屈，终于被父亲骂走了。

小马本打算"五一"节之前回老家一趟，为回老家麦收专程跟我请过几次假。我们劝她能不能"五一"以后再作打算。其时恰逢妻子"五一"期间要出差上海，一周左右，保不准家里要来很多亲戚，我怕一个人应付不过来。

其实为了父母，在我们的生活里，早就没有"七天长假"一说了。几乎所有假期都是在家守着他们。赶上保姆请假，更是要由我们兼起买菜做饭的重任。老人须臾离不开人，别说出远门——在外住一宿的事想都别想，就连去趟超市，都放心不下把两个老人丢在家里，母亲撒尿必须由人扶下床，而且病重后的母亲小便失禁，隔不到半小时就有尿意。对我来说，假期比平时上班更累人。

2002年5月2日。前一天晚上三姐一家过来，我和姐夫喝了不少酒，晕乎乎的。睡得很晚，起得很迟。起来时三姐一家三口已经走了。

大概是中午吧——父母那屋，父亲对小马大喊大叫——

"你给我走!!!"

父亲疯了一般。小马不敢大声顶嘴，在一边委屈地哭。起因是父亲认定小马两边挑拨，把这个家搅得人人都反对他。还有前几天，母亲病的时候，小马给母亲喂药，第二天母亲就拉稀了——父亲把这些"偶然"按自己的逻辑串联成一个"必然"，硬说小马给母亲喂的是"毒药"。

小马哭着向我保证："我怎么可能给大妈喂毒药?……"

越说越委屈，哭声越大。

"我们知道。老头儿是糊涂了，别往心里去……"我们还能怎么劝?!

母亲病的时候，小马给二姐和我打电话。父亲听不清，猜测小马背地里向我们告他的状，意在煽动儿女们集体起来反对父亲，让我们数落他。父亲把所有人都往最坏的方向想。他把所有他看到、听到的细节，经过自己的猜疑和加工，嵌入他自己编织的逻辑网里面。这在以后愈演愈烈。

小马穿一件颜色鲜艳点的衣服，父亲竟也不能容忍。觉得小马定是别有用心，盼着他死。

扫床的时候，小马说："您靠边点，我给您收拾收拾。"父亲把"收拾"听成了给他"收尸"，气更不打一处来。

"你一趟一趟过来瞅，是看我们死没死，啊?!"父亲恶狠狠地。

父亲闹起来，一副歇斯底里的劲儿头，整个像变了一个人，谁劝，他敢跟谁玩命。

我过去，跟父亲大声争执，起先还打算以理服他。父亲更急了，大骂我——"你也护着她，啊?! 你们串通一气!"

"这下她可遂愿了……"父亲举起拐棍朝我打来。这种时候，任何劝说都无异于火上浇油。

父亲怒气不消，一个人坐在屋里。手冰凉，在抖，一副灰头土脸的枯槁。我真怕再僵持下去会闹出人命，所以不再出声。

母亲只是哭，一定也被这场面吓住了。

我劝小马，现在就收拾东西走吧。尽管舍不得，但我们既拿父亲没办法，只能劝走小马。

人是我们劝说留下的，现在又劝走。

小马更多的是流露出不舍。送她回公司的一路上，泪水不停地往下淌像被雨水淋湿的年画，毕竟干了六七个月，相处都很好，她也很珍惜我们这个家。

难得她还记得妻子买给她的手表、发卡等小礼物。当初施这样的"小恩小惠"，无非是希望以此打动保姆，让她们工作起来能更尽心。以后的几个保姆，我们也都采取了不同的"表示"方式。

但面对所有老人与保姆的矛盾，谁对谁错已经没的分说——化解的唯一途径只能是，换掉保姆。

小任家走了：远在老家的父亲摔下山

公司说，至少要等长假过后才会再来一批。

只好等。每天联系。

这几天让我体验了小马平时的所有家务劳动着实不易。对于我这样平时没怎么做过饭的男人，只这一日三餐，就要费尽心思计划并付诸实施。虽是放假，懒觉却睡不成了。七点就要起来，给他们买早点，回来用微波炉加热，伺候他们吃完。再回屋躺下睡回笼觉。

父亲在小马走后稍稍平静下来。但他对我做的一切并不领情。

一早看我准备出门，父亲严厉地："干什么去?"

"给你们买早点去，是你把人轰走了，让一家子不得安生。"

"你混蛋!"父亲怒吼。

觉察到我的怨气，父亲更气了："你应该的! ——怎么?!"他用咄咄的目光，逼我把想发作的话吞咽回去。

晚上躲到书房，听到父亲还是如常唠叨，像是对着母亲，更像是自言自语，或有意说给我听? 他私下猜我"五一"期间亲自为他们下厨做饭伺候他们，不为别的，就为了省下一些保姆费，等上班后再找，两下里都不耽误。

他还好像忽然流露出对我"良苦用心"的深切同情（又一次沉浸在自己编织的故事里），他早把由于他的原因辞退小马的事，忘得一干二净。

我在当天的日记里记下——

> ……六日，早点煮了饺子。说话近中午，面条下少了，××（妻子）没吃就去加班了。下午吸地，擦地板，洗碗。叫理发的小于上门为父剃头。赶紧得想晚上吃啥？人虽少，也得换换样啊。一个西红柿炒菜花，把表姐带过来的肘子热了，主食是烩饼。我一瓶啤酒下肚，眼泪就下来了。这叫什么日子啊！苦，我能受，能忍，还要担负着不理解，我忍不了……

每次对新保姆的"相看"，都要耗费大量时间，有时不止跑一次。

通常是，把大姐叫过来，临时照顾二老。我和妻子去保姆公司一次次去谈，交定金，签合同，领人……回来又要如法将注意事项一一交代清楚，并亲自带她们一个下午，才能放手让她们独立上岗。

现实情况是，心胸狭隘的父亲几乎跟每个保姆都处不好，隔一段时间就开始疑神疑鬼地寻衅找茬儿，根本合不来。

母亲的症结不在这儿。但她病情的急遽恶化，更让人头疼。

2002 年 9 月，母亲不慎摔了一跤。当时保姆小任在场，慌乱异常。我们安慰她别害怕，这不怪她。我们不想让每个保姆对父母的意外背负什么责任。毕竟父母的年岁加病史，无论对谁都防不胜防。对他们的意外事故，保姆只要能及时扶助，及时通知我们，尽心就好了。

但母亲因几次摔跤，脚肿得特别高，已经无法走路。即使由人搀扶，也不能走到洗手间上厕所了。于是索性让她在屋里蹲马扎式的便盆里解手。

夜里，父亲突然把我从睡梦中叫醒，说母亲老想坐起来，根本不睡觉。

母亲坐在靠窗的椅子上，两眼直勾勾地望着窗外。少顷，便开始又哭又闹。我把她抱上床，安慰她。母亲好像突然不懂事了，目光呆滞，强硬地挣脱，还是想坐回到窗下。

熬到凌晨，打电话给社区医院——前几天母亲也是情况不好，曾请社区大夫输了几天"清开灵"。大夫说，这是输液后的正常反应。社区大夫总喜欢对病情轻描淡写，与大医院的动辄耸人听闻比，似乎更让病人和家属看到希望，但有时也耽误事。大夫即又开了几天的"脑复康"，并建议可以适当服用安定片。

一个疗程下来，母亲的病未见起色，反而更加重了。

母亲从此每晚必莫名地哭闹，说话更加含混不清，思维像是不受控。整宿失眠。一家人只好陪着失眠。

躺下。起来。

再扶她躺下。

她再挣扎着起来。如此持续了近三年。

母亲经常失魂落魄，胡思乱想。又常坐在窗边的椅子上，梦呓般念叨着："我想跳楼……"

父亲、母亲以及周围很多类似的老年精神病患者和脑病患者，他们在病魔缠身的绝望时刻，表现出的行为意识，却有着惊人的相似——为什么都会想到"跳楼"？

母亲夜里的喊声极为恐怖，像夜哭的冤鬼在喊魂。从她那屋突然传来的每一声哭喊，都牵动着这屋里儿子的心，使我魂不守舍，心悸难捱。我猜想，如在当时有一种仪器，能准确监测到自己身体里细胞的死亡率的话，在听到母亲冷不丁大声哭喊的一瞬间，我体里的细胞一定会大量死掉。真的体会到什么叫"心如刀绞"的疼痛。

由于母亲连轴儿不睡，只偶尔白天眯一小会儿，晚上还是闹。我们有意尝试颠倒她的睡眠习惯，尽量使她白天不睡或少睡，但不行。

母亲经常哭着提及给她钱，"买纸（烧纸）"、"烧纸……""妈呀妈呀——"的叫嚷，憋得脸涨红，极吃力和难受。

她说她想回老家——

"送我家去……"母亲哭着求我，搜我的手。

"还回哪儿呀？这就是家！"

"家去……"母亲还哭，"送我走……"明白了，她是指回农村的老家。

9月9日晚10时许。母亲突然闹肚子，拉了一裤子。刚换上新的衬裤，一会又拉了，床上也是。小任勉强扶母亲去洗手间冲洗，还是边洗边拉，完全失禁。吃了几片痢特灵，仍止不住。

一早请来社区大夫。黄连素、颠茄片、复方新诺明合用，药力强劲，总算不拉了。

哭闹却更加严重。不单在夜里，白天也闹也哭。

输液成了麻烦事。母亲不能安坐，浑身铰劲、挣扎。滚钎还得重新扎，母亲受二茬罪不说，手臂上还留下了青一块紫一块的淤血斑痕。

12日，周四。我们决定一早送母亲去民航总医院检查（社区医院显然已经无能为力）。照过 CT，诊断为"多发性脑梗塞，部分陈旧，加脑动脉硬化"。母亲被缓缓送进 CT 机下面的床上，缓缓推进检查仓。母亲的形容瘦小而且安详，让我突然联想到母亲如果死去，样子也应该大致如此吧？

医院建议住院观察。经我们再三解释——1.家里还有病着的八十多岁的父亲，他肯定不能同意；2.母亲住院的费用全部要我们自己负担(我们还是以此站不住脚的理由，再次牺牲了母亲的利益)。医生最后决定开些药（血栓通和一些片剂）让我们回去由社区大夫到家上门输液。

就在母亲看病之前的那天清早，小任接到老家的电话，说她远在甘肃天水的父亲不慎从山上摔下来，情况很严重。

她匆匆辞别了我们。扶母亲下了楼，小任趴在车窗上最后看了母亲一眼，眼泪在眼睛里打转。我们常以为这个平时很少讲话、不太伶俐的小姑娘，一定也不会有太丰富的感情——我们错怪她了。

父亲此前不断向我告状，埋怨小任"一出去就大半天不回，家里没人……""你妈摔了都没人管"之类的。父亲一贯拿不懂事的母亲说事，其实是为表达他自己的愤怨。小任听不入耳，但也不会强辩。

后来父亲又无中生有地怀疑小任偷了给母亲的戒指和钱，抑或在他饭菜里下毒。有一天，小任端了一个饭盆进入他的房间，父亲固执地认定，小任手上捧的是给他预备的骨灰盒，怒不可遏地把小任轰了出去。

听完小任的转述，我顿时觉得不寒而栗。倒不是因为父亲的无理取闹蛮不讲理，而是我曾听说过——老人通常出现这种遇见神鬼等幻觉，便意味着来日无多了。我有一个朋友，在他爷爷病危期间日夜守候。后来，他的爷爷老是在幻觉中，说有人抢他床头柜子里的药，并经常念叨死去的人的名字，还说，有人动了他"上路"用的纸钱。问他"哪儿呢？"他便指向屋子里一个明确的方向——"那不是吗？——就那儿！"一个月后，朋友的爷爷就去世了。

母亲既已这样，又开始担心父亲了。

换人：新来的小王玩心很大

　　一家人兵分几路。在我和二姐、三姐送母亲去医院的同时，父亲有大姐在家照看，妻子负责把小任送回公司——这是规定，辞退时必须雇主亲自将服务员送回并办理相关手续，再跑到另一家公司，领了一位新的保姆回家。

　　是夜。母亲仍旧不能安睡。三姐过来值守，嘱咐我们母亲哭闹时谁也不用起来，由她一个人哄，否则第二天都甭打算上班了。她说日子还长着呢！

　　三姐整整陪母亲坐了一夜没合眼。我在母亲的哭喊声中，倒睡了个安稳觉。据三姐讲，母亲那一宿翻来覆去，躺下，起来，躺下，起来，稍不顺她的意，就用手拧人、打人，劲儿很大，生气了就把床上的枕头、被子等一股脑胡噜扔到地上。情绪十分焦躁不安。

　　看来母亲是要以无休止的哭闹，与大家长期战斗下去了。

　　面对母亲的病痛和随时可能发生的危险（尤其是在夜里），只靠保姆一个人恐难尽心和胜任，再说还有父亲，以及大量家务要做——下下策：只能我们姐儿几个在我家轮着"上夜班"。

当时我能想到的救治母亲的希望有（唯物的和唯心的）：1.送她回老家一段时间，换换环境，看能否改善；2.买电影《喜盈门》VCD影碟——母亲平时最喜欢的一部农村电影，曾百看不厌，借以找回记忆；3.到中医院试试，看能否有转机；4.住院治疗；5.去雍和宫烧香拜佛，保佑母亲平安。在人力所不能及的危难中，往往只能求助于一种超自然的神秘力量……

我们还想到，如果能找到一位"全天候"型的保姆，日夜照顾他们，我们愿付给她双倍的工资。

17日，妻子从杭州出差回来。说她这次特地到灵隐寺拜了佛，极度诚地保佑母亲的病能好转。不可思议的是，连续哭闹了四个晚上的母亲，在妻子回来的当晚竟能安然入睡，而且坚持到第二天白天都一直很好。但第二天夜里，母亲又哭闹如常了，且变本加厉地补回来。

这是怎样一段日子啊……

白天连着夜晚，哭声连着哭声……

母亲的哭喊就是命令。不由分说，无缘无故。她已经没有了黑夜白天的概念，时间对母亲彻底失去了意义——后来，父亲又变成那样。

母亲的脸上，从此极少再绽露出慈祥和蔼的笑容。她的所有表情一律深刻着扭曲和痛苦。她的生命只剩下一天天的耗损，委顿，绝望……

新来的小王还处在少女花季的年龄，玩心很大，责任心很少。打一开始她就厌烦了我家繁重的劳动，更有父母带给她的精神上的负担。从她来的第一天，正逢母亲病重的开始。别说她一个小姑娘，以后再找到能胜任如此"家务"的保姆，恐怕真的也很难。

为了劝服她留下，妻子找来动画片的影碟，让她忙中偷闲的时候可以看看，出差也不忘带点小女孩喜欢的饰品送她。到底还是个孩子——她会由衷地很开心。可她就是不愿回到工作上来，甚至把嫌弃和咒骂老人的心里话，通通发泄在账本的背面。从她只言片语的记录看，她是一直在忍受，忍受，已经忍无可忍了。

这样下去对她不公平。对我们也不公平。

干满一个月的试工期，我们决定换人。

她对辞退她的决定一点也不意外，很爽快地接受下来。像久禁樊笼的小鸟，当即甩下还泡在水池里待洗的碗筷，就要我们送她回公司。

站在公司里办辞退手续的时候，我们注意到她脚上穿着一双单鞋。时值 12 月，近三九天，让我们隐隐感到一阵心疼。当初真该给她买双棉鞋，我们怎么一直没注意到呢?! 小女孩纵有千错万错，毕竟小小年纪就出门在外，不易啊!

吃一堑，长一智。

有了小王这次教训，再找保姆，绝不可以找年龄太小的小姑娘。心会飞。

又是一段漫长的等待——教训二：绝不能坐以待"等"，青黄不接。要学会骑驴找马。

劳务公司这次矫枉过正，极力向我们推荐了一位年纪五十开外，头发已然花白的老太太。公司说这老太太愿意看护老人，只求能挣多点。她本身已是不折不扣的"老人"了，谁看护谁呀?! 怕我们没信心，劳务公司专程把她约来面谈。

"老人"一口天南地北的家乡话，让人费解，只能连蒙带猜。

"您做过保姆吗?"

摇头。"俺看过自己的孩子，几个孩子都是俺带大的。"

"您会写字吗? 将来买菜什么的您得记账。"

摇头。"俺不认字。"

"您会打电话吗? 能认电话号码吗?"

还是摇头。没打过。替她拨通了她能讲话。

"那您会使用家用电器吗? 比如洗衣机、微波炉之类的?"

还没等她摇头，公司已经替她说话了："没关系，她能硬记，开关在哪儿，插电在哪儿，她们有她们的一套办法"，又转对"老人"——

"是吧老太太?!"

老人懵懂地笑着点头，表情显然不明所以。

这怎么行? 闹不好发生事故可不是闹着玩的。我们不解公司为什么这么热情推荐这样一位老人? 还是看我们用人心切，饥不择食?

为安全起见，我们宁可忍痛割爱。

刘姐基本符合我们想要找的人

山东大姐叫刘合芳，38岁，体格健壮。样子看上去憨厚朴实。刘姐两个孩子，大女儿已经在上高中了。丈夫也在北京的一家加油站给人打工。

刘姐的条件基本符合我们想要找的。

她家里也有公婆，七十多岁了尚能下地干活儿，自身的生活经历使她懂得怎么照顾老人，不用我们多说。这一次，我们事先把父母的情况如实作了通报，瞒和骗毕竟只能一时，还不如早早打消保姆的期待和幻想。就是这样一对双双不能自理的累人的老人，成不成你自己选择。

干起活儿来，刘姐比我们想象得还要得心应手，有条不紊。她在这个岗位上发挥了农村人的才智，让我们真正放心把家交给她。

父亲与所有保姆都像是一对"天敌"，矛盾永远无法调和。

开始还好，父亲尚能拘着面子，说话注意分寸。他也确实把刘姐当成自家人一样对待，其乐融融地一派祥和。但没过多久，父亲又旧病复发，重施故技，把矛头直指刘姐。

一天夜里，三点多。刘姐刚给母亲把完尿，回自己屋躺下。父亲一嗓子把我喊起来，急赤白脸一通逼问：

"钱呢？我在兜里掖的十块钱呢？怎么没了？"

父亲声音洪亮，在走廊里连骂带喊——"给我找去！王八蛋操的你们，到底谁拿去了？"

灯关着，但可以肯定刘姐还没入睡。即使睡了，父亲的巨大喊声也会把她惊醒。但她并没吱声。我能想象她是强忍着不发作。怕保姆多想，我劝父亲深更半夜的先睡觉，明天再找。

父亲谁的话也不听，他就要搅得所有人都别睡。

只能由着他闹。

五点多。又听见父亲在那屋大声声明："找着了，钱在这儿呢！——对不起啊，我错怪了你了。"（显然也是说给刘姐听的）

刘姐第二天就委屈地向我说："真没法干了，老爷子怀疑我不是一天两天了，这个家里里外外就我一个人是外人，不是明摆着指我吗?!""你说再累点我都能忍，但老是这样我真是受不了……"刘姐说着眼泪就流出来了。

劳务合同里特别有一条："不得侮辱、打骂家庭服务员。"父亲的表现其实已经构成"侮辱"和"谩骂"了，无论如何太过分。

我们只能好言相劝，极力挽留："老头儿是老糊涂了，他这是病，也未必针对你来的，他现在对谁都这样——咱们别跟他一般见识就是了。从你到我们家来，你的工作表现我们都看在眼里呢，我们心里有数……"

除此之外我们还能说什么？我们深知找一个适合的保姆，并且干得逐步顺手，有多不容易。这些父亲是不能体谅的。

回过头来我对父亲一顿厉声指责，当着刘姐的面，故意让她听到。算是替刘姐撑了腰、出了气——这也是为了从长计议迫不得已。好让她知道——这家里不是都浑不讲理，我们是理解她的。

经过这件事以后的父亲，并没有稍作收敛，反而更变本加厉地胡闹。竟然有一次，他质问刘姐——"是不是跟钢子睡觉了？"刘姐没敢跟我说，而是把这话偷偷告诉了我姐。

简直变态！！！

难以启齿。

我为我的父亲感到耻辱，无地自容！我简直对面前的父亲充满鄙夷和仇恨——他还算是我的父亲吗？他还配做父亲吗？！我气得浑身发抖！他异想天开的污蔑、侮辱，殃及了全家人——至少是保姆、我和妻子的人格。

不明就里的旁人要是听到，会作何想？！

父亲极力发挥着他不着边际的想象力。他的世界没有光明，全部是暗无天日。所有人，所有事，他都把它们想到最坏最坏，然后长叹一声——"天啊！"好像世界末日近在眼前了。

母亲的哭闹平均隔两天暂歇一次，这一天夜里基本能安睡，养精蓄锐以备继续闹。父亲就在母亲哭声暂歇的缓冲时段，及时补充进来，施展他的叫骂,狂躁。

此起彼伏。此消彼长。轮番轰炸。这个家也就永无宁日。

处于小便失禁状态的母亲,最迫切的要求就是用哭喊表达她要尿尿的意愿,而且每次都刻不容缓。当你好不容易把她连拉带拽折腾到便盆上,她却憋了半天只尿几滴,或干脆一滴也尿不出,怎么折腾下来的,还要怎么把她折腾回床上去。不过半小时,母亲又要撒尿。有时一次哗哗地尿很多,大多时候还是渐渐沥沥几滴,没规律,让人摸不清哪次是真,哪次是假。

除了哭,她无法以其他方式表达"我要撒尿"这一简单的要求。父亲就成了母亲的"代言人"。

在这一点上,父亲确实是"尽职尽责"。母亲稍一有动静,想喊未喊的时候,父亲就抢先喊我们起来。很多时候,母亲还睡得好好的,父亲一觉醒来,看看表估摸有半个钟头了,也把我们(主要是保姆,她离得近)喊起来,非要我们协助还在睡梦中的母亲,撒了这泡尿。

起来,尿一点。或一点没有。

一次,两次。无数次。真真假假。

搞不懂父亲是关心还是成心。反正折腾得一夜谁也甭想睡。

刘姐有时抱怨母亲:"就尿这么一点啊——折腾人玩!"语气像在开玩笑,又不像。举着仅仅被尿沾湿的尿桶,给母亲看。

一旁的父亲无名火起:"尿那么一点,你喝了啊?!"

气得刘姐愤愤然而去。砰的一声关紧门。一夜把母亲晾在一边。

父亲对保姆的栽赃、辱骂和挑拨,受到伤害的终端,一定是我那无从表达的母亲。我们在家时还好办——不在呢？类似这样的尴尬局面，往往不受我的意志所控。这也就是我们平时为什么会对每个保姆尽量宽容一点、好一点的原因，就是希望我们对她的好，能在我们不在家的时候，反馈给老人（人心换人心）。

父亲精明一世，这一点怎么就不理解呢？

其实父亲并非是不通人情世故的人。相反，在我记忆里，父亲虽来自河北农村，却完整纳受了北京人"讲礼讲面"的传统（逢年过节，必嘱我给他的那些老同事、老哥们儿送东西，而且总是"创意"翻新。这已经成为我家的保留节目。类似的例子不胜枚举）。晚年的父亲，眼睛里注意到的细节全是"故事"，在他看来都"大有深意存焉"（事实＋想象＋组合）。

父亲看刘姐出来进去，总是随手披起母亲的一件棉袄，就电话里嘱咐我姐"给刘儿也买件棉袄吧，她穿着你妈的袄，都舍不得脱下来……"不管他分析得靠不靠谱，姐姐还是去批发市场给刘姐买了一件，作为礼物送她——刘姐的感激之情溢于言表——这不得不归功于父亲细致入微的猜想。

我们从心里觉得，照顾这样一对老人，无论从体力还是心理的承受力来讲，都是一种巨大的考验。而保姆要与他们朝夕相处，事无巨细，比上班工作的儿女们还要难。

我们能做的，就是以平等的心态为她们创造一些可以暂时放松的时间和空间。虽然事先就已谈好，来我家干，一般节假日是无法休息的。但只要我们放假在家，都会安排一天让刘姐去探望她的老公——

通常约定早饭后去，晚饭前赶回来。每隔一个月左右，准许她在爱人那里住一宿。我们发现这种机动变通的管理方式很奏效，往往更能鼓舞保姆的工作热情。代价仅仅是牺牲了我们自己的节假日。

想想结婚五年，由于家庭的拖累，无数个周末，我和妻子竟没一起去过一次公园。

最担心的是，哪个保姆一旦产生"想走"的念头，一准儿打我们个措手不及。所以，哪怕是为她加薪、适当减少工作量，只要她不提走，还愿意继续忍受下去，就算万幸。

每天下班回家后，第一件事就是问保姆——"他们今天怎么样？又闹了吗？"

得到的回答如果是"还行"，"还那样"——就已经很满足了。如果说"今天还真不错，没怎么闹"，一家人的心情都会因此而阳光明媚心花怒放。真的。

但，让我们见得更多的，是刘姐皱着眉头，一脸抑郁和无奈的一声叹息。想必父母这一整天有多熬人。刘姐脸上的表情是父母一天表现的晴雨表，父母表现的好与坏，同样是我们心情的晴雨表。

刘姐体谅我们出门在外上班的不容易，所以尽量不在上班时间打电话给我们，怕打扰我们工作。只要不出现大的反常或意外，她都能自己承受并解决。我们把老人全权委托给她，同时提醒她："家里有什么事，一定及时通知我们。"我们相信保姆有判断事情轻重缓急的能力。不相信父亲的危言耸听和夸大其词。

父亲的牢骚、抱怨和命令式的下达，则无论何时何地，金牌调来银牌宣，步步紧逼。我说过，父亲晚年生活中，电话——成了他与家人、儿女们唯一的联络手段，电话机放在他伸手够得到的床头柜上。为了方便紧急时的联络，我特意打印了一张工整的通讯录，贴在电话上方的墙上，字号加大，为了让父亲清楚地辨认。上面不仅有以我为首的所有儿女、姑爷儿媳的单位电话、手机、家庭电话，还有老家亲戚、他的老同事，以及社区医院、急救、物业、剃头师傅的电话号码，一应俱全。这下好，父亲每天以打电话为使命，开始不断骚扰所有人——

"快回来吧，你妈不好呢（指病得严重）。赶紧！"

"你妈摔下地了，磕的都是血。保姆不知干吗去了，半天不在家……"

我只能撂下手头的工作，万分不好意思地向单位请假。从单位到家的距离，开车最快也要近一个小时。一路上心情沉重，不知到底发生了什么。

进得家门，母亲已经好好地坐在床上吃饭了。刘姐在喂她。

鼻子磕破了皮，已经上了药。

保姆解释说，她去买菜的工夫，母亲摔下来了（根本不是"大半天"），已经找社区大夫看了，涂了药，没那么严重。

虚惊一场。然而班却上不成了。

这样的事今后又发生过无数次。

父亲电话那头的一点不安，相隔遥远的电话这一头，就会放大成十倍的不安。

一个不明所以的电话，就会搞得人心惶惶不可终日。这父亲也不理解。父亲是否在以这样的骚扰，证实他存在的重要性？

电话那边的父亲几乎没有与我们和颜悦色地沟通过。每次电话一响，都是他怒气冲天、十万火急的声音。哪怕是他临时想到一句无关紧要的猜想，比如"要打仗了"，"保姆扔下你妈不管了"，"在饭菜里下毒了"，等等，他也一定会在第一时间，让你跟他一起分担！

有几次在单位的大庭广众之下，对父亲这种无稽之谈的电话，挂也不是接也不是。不安、惦念、担心……说没事吧，又怕有事；说有事吧，翻来覆去无非就那点事。搞得人一整天都失魂散魄的，不踏实。

父亲："你还不快回来啊？"

其时，正参加一个客户会，很多人盯着。只得极力装出平静："啊？是吗？……"

父亲："再不回来我就死了！"

"什么？——"

父亲："你妈快被毒死了！！！王八蛋操的你！"

"好吧……"

我不知该以怎样的方式，应对父亲威吓而又强硬的语态。如果是当面，我一定会跟他大吵大闹一番，训斥他以后别再无理取闹了。可在电话里，在周围那么多陌生人面前，我不得不把自己伪装得有教养一点。况且，我在电话这一头的努力掩饰，是不想让人知道——我有一个患有严重痴呆、妄想症的父亲。

　　只要是与父母分开，不在他们身边，我的手机从来都保持 24 小时待机状态，为的是家里有任何突发的状况，他们随时能找到我。电话一响，一看是家里的号码，所有神经便立刻高度警惕起来。

　　手机于我，变成了另一种意义上的"手雷"。不期然就把我坚强的神经炸一个稀巴烂。

　　父母去世以后，这么多年我第一次在夜晚关闭了手机。没有什么比来自他们的不祥消息，更能让我惊心动魄的了。手机在夜晚监守的使命已经结束。我在拥有每一晚充实睡眠的同时，也在享受着从未有过的失落。

王姐慢待，还点化我们要加薪

父亲一心想让老家的堂兄过来看他，说哪怕只跟他说"一句话"，其实他所谓的"一句话"，我们已听他重复过无数次了——无非是"回老家"、"盖房子"。堂兄为听他这"一句话"，也往返奔波无数次了。虽说不是很远，但几天下来，无疑耽误很多农活儿。

堂兄刚离京没几天，父亲又让二姐给老家打电话，要他再来。父亲对我们子女的分工很明确，像给老家打电话这种事，他只认准了二姐。二姐也怕麻烦堂兄，就敷衍父亲说电话已经打了。其实根本没打。父亲更急了，骂二姐总嘴里"好好好是是是"，其实最坏。

二姐也抱怨——"看我，这是招谁惹谁了?!"

电话的长途拨叫功能被加了密码锁，一来防止保姆时常往老家打长途，二来也为了避免父亲动辄往老家打。父亲误以为我家的电话没有长途功能，所以才委托二姐帮他。

二姐在单位一天接到父亲好几个电话，问给老家的电话打了没有？怒斥——"怎么还不打？看着我死在这儿啊?"最后，父亲分析出二姐故意拖延不打电话的原因是"舍不得那几个电话费"。

父亲为自己头头是道的分析恍然大悟。这时在他看来，钱不是问题，他有百八十万呢，永远花不完……他不理解：为什么他有那么多钱，而我们还要累死拼活地去上班，去工作呢？

"不要紧，"他说，"电话费我来出。"

二姐在单位的同事面前，气得直劲儿哭。别人家的父母都知道心疼孩子，打电话来，也不过说些想念之类的体己话，或劝子女别为他们担心。而我们永远得不到这种温情。

二姐每星期休息一天，倒三趟车从复兴门赶到我这儿。哪怕来了依旧面对父亲没完没了的唠叨，招惹一肚子气，但心里总算踏实。不来就惦记，就想，就不安。

付出的越多，委屈也就越大。

二姐说，单位的同事都习惯了，一有电话找她就猜到："又是你们家老爷子吧?!"有时连续几个电话追过来。

"还有一句!""再一句!"父亲反复强调他那无关紧要的"最后一句"。连二姐单位的领导都委婉地提到过由于个别人的私人电话过多，业务上有事打不进来。

保姆劝父亲："没什么事，别老给所有人打电话，影响孩子们的工作。"

父亲据此怀疑保姆是"别有用心"，目的在于挑拨离间，搞散这个家——"父不父，子不子"，让人人都对父亲充满仇恨，她好趁机"下手"（卷包）——于是父亲更恨保姆。

如果恰在这时，我稍有对父亲指责的意思，他便认为我是听从了保姆的离间，骂我"书呆子"，只会念书，对书本以外的社会经验一点都没有。我气得脸红耳热，百口莫辩。

嘴长在父亲身上，能拿他怎么办好呢？

越到最后，随着母亲病情的不断升级，我们付给保姆的工资也越高，而且要她们承担的其他家务越少，只希望她们能全心全力照顾好老人，就足够了。

并不是每个保姆都会把雇主（尤其是像母亲那样病重的人）当做亲人看待。有本质纯良的，就有斤斤计较、古怪刁钻、敷衍对付的。新来的王姐就属于后者。看母亲嚷、哭，她可以心安理得地坐在客厅看她的电视，只等我们回来，才装作忙碌的样子，离开电视机去做饭和安抚老人——这是我偶然一次早回家撞见的情景实录。

她几次向我抱怨说，整天被喊得头都疼了——我相信她的感触是真的，也很同情，并在很多时候尽量替她分担一些。但她又说，她不是不能忍受，意在点化我们为她加薪。她认为"反正老太太也……"意思是老人快不行了，用不着尽心照顾。王姐这样慢待，实在让人不快。

一天早上，王姐没做早饭。父亲喊母亲哭，都没见她起来过。我因前一天晚上陪了母亲一夜，实在困倦极了，没起来。

走出卧室的时候，见饭桌上王姐留下的字条：

"王先生，你家是不是很穷啊？给不起生活费啊？……"接下来："这些天都是我垫的钱。"这我倒忽略了，保姆的生活费都是我们提前给她，随用随给，免得花钱没节制，大手大脚——但垫付的事以前也有过，事后我们都会按账本的记录及时补齐，没那么严重吧！

她最后说："……两个老尖儿喊得我头快炸了，你考虑及早换人……"信写得极不客气。

我们决定撤换她，她又央求着赖着不走。

"你们不能说辞就辞啊，我是没有你们会说话。你们拿保姆不当人！"

"那你拿我们又当什么？我们尊重你也体谅你，可你自己却不珍惜。再怎么说这也是你的工作。对工作不满意你可以走，就是不能这么敷衍对付，特别是对老人。"

……

看我意已决，她开始撒泼耍赖，在家里大吵大闹。

"我也不是好欺负的！告诉你！"她竟以此要挟我。

夜长梦多——这样的悍妇如何留得？

王姐离开我家后，又给我打过几次电话，揶揄、讽刺、指责我们把她"往外撵，没有一点情面"，"逼得我现在没有饭吃了……"最后还断言："你们一家人，你、还有你媳妇、你姐，都不是什么好人！"

没等我反驳她，"啪"的一声，她先挂了。

一个自己先提出辞职，后被我们成全又怀恨在心的保姆，就这样把雇主一家人骂了个遍。

最后来的小何深得全家人的赏识

一次次教训使我得出，家政公司推荐的保姆未必可靠，"黑市交易"也未必有想象的那样危机四伏。

一位朋友看我正为保姆的事一筹莫展，向我引见了在一家医院做护工的"家庭式保姆源"。一家人从她本人到嫂子、弟媳、侄女，都在北京给人家做保姆。我朋友家的保姆就以这种方式请的。据他说，看护他爷爷奶奶已经一年了，双方都很满意。

打过电话，约好了在医院的一间病房里，与"保姆源"接洽。

她正在看护一位重症昏迷的病人。老人一只手被绑在床沿上——防止输液时乱动，昏沉沉睡着。"保姆源"重任在身，走不开。与我的会晤只能因陋就简地即地进行。听过我的介绍和要求，她当即把她的弟媳推荐给我。

小何——比我还小两岁，但已经是两个孩子的母亲了。

小何的到来，深得我们全家人的赏识。她陪伴母亲走完了最后的岁月。任劳任怨，事无巨细，体贴入微。后来母亲走了，小何又陪我们送父亲回老家。再回来的时候，这个家平日声震屋宇的喧闹彻底没有了。

尽管我们没敢立刻把辞退她的话说出口，但她已经觉得，自己待下去没有意义了。她来这个家，好像注定就是与哭天抢地的吵闹声相依而存的。声音没了，她也便失去了与这个家、这份工作联系的意义。

她说她新换了一家，也是看护老人，住鼓楼一带的平房。

她说先去看看。说舍不得我们，舍不得看护了那么长时间的大爷大妈。

我和妻子安慰说，随时欢迎她回来。

她点点头，哭了。

床单上，还有她给母亲喂饭时，落在上面的汤汤水水的印渍。尿桶倚在靠墙的角落里，这些都已随母亲的离去而失去了生命，失去了意义。满目仿佛都能撞到母亲黯然的眼神和母亲心里无从表达的感激。

是的，母亲地下有知，也会感激她的。

就在母亲去世的前几天。父亲还跟小何拌过一次嘴。

起因还是父亲老打电话骚扰别人的事。小何大概说了他几句，父亲就急了——原本在历任保姆中，父亲唯独对小何最满意。明里暗里都不吝赞美她"性情好，有耐心，仁义"。那段时间不知是怎么了，父亲的脾气沾火就着，哪怕对他一向信任的小何。

下班路上接到"保姆源"打来的电话，让我回去看看："小何被关在门外了，没带钥匙进不去，只好用公用电话跟我说了，我这才告诉你……"

　　等我赶回去的时候，见小何正可怜巴巴一个人坐在楼道里，已经几个小时了。像是哭过的样子。

　　问她怎么了，她也不说。

　　随我们进家后，父亲劈头盖脸就埋怨她："出去半天也不着家，到底是怎么了这是？"——她回得去吗？父亲倒一脸无辜。经询问才知，是父亲气得把小何追出客厅，要轰她走，小何怯怯地前脚刚迈出门槛，父亲就一把将防盗门撞上……

　　为这事，小何委屈了好几天。

　　一部频频更换保姆的历史，其实是一部不堪回首的伤心史，也是父母病程的发展史。

　　我们，不比保姆更有优越感。反过来，我们也许比保姆活得更辛苦、更无奈、更谈不上尊严！

　　对这样一个深牢大狱似的家庭，保姆实在忍受不了了，还可以随时选择离开，而身为人子的我，我们，有选择吗？

　　——没有！

　　因为他们是自己的生身父母。我别无选择。

柒章

我们把守护忘记了

我的灾难：
心思太重，生活失衡

父母得病这几年，我整个生命的重心全向着他们这边倾斜，搞得自己疲惫不堪。有次出浴时发现，大把大把脱落的头发堵塞在浴缸的下水孔处。从青春到苍老的转变，竟在倏忽之间。在对待父母问题上，我和妻子的分歧也越来越具体，越来越无法调和。在自己人生的规划等大事上，十几年来我却一无建树。妻子因看不到自己丈夫的未来而倍感绝望。

恐惧比爱更有威慑力

　　父母得病这几年，我整个生命的重心全向着他们这边倾斜，搞得自己疲惫不堪。有次出浴时发现，大把大把脱落的头发堵塞在浴缸的下水孔处。从青春到苍老的转变，竟在倏忽之间。

　　很多人的人生轨迹也许大致如此吧——四十岁以前，为父母活；四十岁以后，又时刻为儿女活着——什么时候可以为自己活一回呢？

　　那时听到来自朋友或家人最多的一句劝慰就是——想开点！你的心太重了……

　　一语中的。

　　不错。在对待父母的问题上，我是心太重了。很早以前就是。年龄上的巨大差距，使我过早地在父母随时可能离我而去的惴惴不安中，度过了一个沉重的童年。那是一种玉山将崩的恐惧。恐惧比爱更有威慑力。

　　记得小时候，自己曾照着戒台寺里的戒台，恭恭敬敬地绘过一张佛像，摆在衣柜上方的玻璃门里。不定期地双手合十，以我自己的方式参拜一番。嘴里还念念有词，无非是祈求父母平安健康之类的。整个过程鬼鬼祟祟，忐忑而紧张，生怕引起家人的注意。长大后搬了几次家，这张比例失调的小小佛像，终于下落不明。

我不知为什么总会对父亲产生不祥的联想，越想越真，以至伤心欲绝。大概是太怕失去吧。

父亲当年摆摊时，批发的地方在大钟寺，离我家二十余里。父亲天不亮就要起来，蹬着三轮车去上货。家里没有别人能帮上他的忙。

他老说："困啊！……有时困得一边蹬车一边打盹，猛睁眼，车的前轱辘已冲向路边的马路牙子。"花两个小时骑到目的地，路灯才刚刚熄灭。

除了困，更要防路霸和小偷。路遇强人，冷不防从车后边搬走你几筐菜，找都没处找。即使看到对方明抢明夺，也只能自认倒霉。一个七十多岁身单力薄的老人，再强壮也不是他们成帮结伙的对手。

父亲就遇到过好几次。回来一路还纳罕，车怎么一下子轻了？回来盘点后发现果然少了。还没开张，便把好几天的利润白白送了强盗，除了唉声叹气又能如何?！还得打起精神加倍去奔！一家人的衣食之忧摆在那儿，不容父亲有怨天尤人的时间。就这样，父亲风雨无阻，舍不得给自己放一天假。

老马拉套。父亲捡话——他"还没完成任务呢!"（指供我上大学）

有多少次，父亲一去四五个小时不回来。谁都不知父亲在哪儿。

可怜的母亲只会焦急地一会儿看一下表，嘟囔着——"你爸怎么还不回来？都一半日了!"我现在能理解母亲当时的心情，一定比谁都更没着落，她一定承受着无法对子女言传的恐慌和不安，表针的转动在人的等待中，会变得夸张刺耳。碰巧我在家的时候，母亲会用商量的口吻提醒我："还不去找找你爸？看到哪儿了？"

我骑上自行车，沿着父亲可能途经的路，一路飞驰。脑海里快速闪过父亲可能路遇的种种不祥的场面：会不会出了车祸？会不会被人抢，据理力争之后又被那帮丧心病狂的王八蛋打了？

脑子里乱得很。如果从迎面方向的马路对面，正看到父亲艰难地往回骑，心里便骤然一松，像死里逃生躲过了一场大灾难。

母亲从屋里走到屋外，瞭望，没影儿。回来，坐立不安，又出门瞭望——家中的母亲比在路上寻找父亲的我，其实更多希望，更晚知道父亲的消息，也更难耐。

父亲进得家门，照常喝水，擦汗。念叨着今天上的菜，种类如何多，或路上如何不好走……我和母亲只是听父亲念叨，谁都不提之前为他担心到什么程度。

心里却又充满了无以复加的侥幸。

真正的爱是埋藏在心里，不轻易表达出来的。是单向的惦念，甚至不想让被惦念的人察觉到。

真正的爱永远有所保留，不轻易和盘托出。

每个子女不一定都为父母"心重"

2001 年重阳节，由于工作原因，我被派往海淀区一家敬老院慰问老人。去时给他们带去了糖果、衣物等简单的慰问品。

老人们知道我们要来，有组织地在楼道站成两排，夹道欢迎。他们把果丹皮等食物紧紧贴在自己怀里，生怕被人抢去似的。他们在院子里有组织地集体晒太阳，聊天。你会发现他们中也"分拨儿"，也会拉帮结派。有些性情孤僻的老人被冷落在一边，比冬日的阳光更清冷。

一个坐在轮椅上的老太太拉着我的手，紧紧握着不松开，眼里莫名地闪着浑浊的泪水。他们好像孤独封闭得太久了。他们多么希望与人的交流，或仅仅是握着你的手，好让他们有确定的依靠。

进得双人间寝室，一股呛人的尿臊味充塞鼻间。凌乱而单薄的被褥，简陋的药品……据院长说，老人们的一日三餐都是经过合理搭配以保证营养（其实也都很简陋，青菜加少许荤肉而已）。厕所是院子里的公用厕所。尚能自理的老人都是自己去。我亲眼看到一位七十多岁的老人，扶着墙艰难地往厕所挪动，还有的正一边出来，一边两只手揪着随时可能褪下来的裤带。老人们热情地把我们往屋里让，意识不到我们迟迟不肯进去不是出于客套，而是不习惯那股呛人的尿臊味。他们待得久了，肯定闻不到。

院长说，在北京来说，他们这儿已经算条件很好的敬老院了。不仅附近的村民往这里送老人，连住城里的都来。今年的床位已经全部住满了。

北京正规一点的敬老院好像都很抢手。由于条件、床位和人手所限，大都规定只能收生活行动自理的老人，半自理都不要。那些瘫痪在床的，吃喝拉撒完全要靠别人的，不能自理甚至患有严重精神障碍的老人，几乎没有哪家愿意收留。

就是说，有些老人，成了连敬老院也不愿收留的、被遗弃的群体。

我问院长："这里面住的，是否孤寡老人居多？"

答："大都是有儿有女的，老人自己愿意来。"

"儿女好多都是当什么'长'的，有头有脸的人物，一个月过来看老人一次，可孝顺了！"

……哑然。

对孝顺，不同人有不同的理解。家家有老人。可见有老人的家庭，也并不一定都成为子女在社会上为事业打拼的障碍——看你怎么想。

不一定每个子女都为父母"心重"。你不能说他们不"孝敬"。

看着一个个老人送别我们的不舍的目光（我们既不是他们的亲人、儿女，而相聚竟短暂到一两小时——他们何至若此？），我茫然了——

他们是可怜的，也是可爱的一群老人。由此我又想到我的父母，为他们能在我身边，与我朝夕相处（的确只有"朝夕"相处，其余时间都在外面忙工作）感到庆幸。

中国有多少瘫痪在床的老人，便牵累出多少陷于瘫痪的家庭。

父母在，不远游，游必有方

生活与事业，尽孝与尽忠，个人与父母……

孰重孰轻？——总要你艰难取舍，立断分明。

人们说："既已如此，父母已然无可改变了，干吗还要那么心重呢？"

是啊，干吗要以这种"心重"自己折磨自己呢？我其实早已经为自己想了很多，能想明白的，我都想了。剩下的就是我怎么想也想不明白的了。

大概"心重"是一种养成，"心重"也是一种遗传（父亲若是一个乐观、达观的人，也不见得就会得老年痴呆）。由此我便设想，也许我的晚年生活会更加不幸，也许心理的变态程度比父母更有过之。

守在父母身边的日子周而复始，毫无新意可言。精神痛苦积压得越久，与人谈起时，越像是祥林嫂没完没了的裹脚布故事——"我真傻，我只知道冬天里有狼……"听腻了，听众渐渐地连最后一点同情的防线也崩溃了。

由于父母的拖累，而放弃自己对事业、生活乃至情感的追求，可信吗？也许有人会认为这只不过是借口，但当时的我确信：我个人生活的一败涂地，与我的父母实在难脱干系。

没有人相信，一个生活在当代、城市中的年轻人，对来自父母方面的压力，会如此不堪重负。

孔子早就教导我们："父母在，不远游，游必有方。"——即父母在世的时候，子女不宜去太远的地方游历，以免父母挂念或者来不及应对突发事件。即使不得不出游，也要告知父母自己去的地方。这些观念早已被视为"愚孝"而被现代人摒弃了，但于我则不同。

哪怕是很短暂的出差，我也要在临行前精打细算父母的承受度，尽可能早去早回，更别说常驻（甚至会放弃出差机会）。逢年过节，朋友一起去外地旅游，我总是以父母离不开为由，一推再推，弄得大家很扫兴。久而久之，再没人好意思拽上我了。

2001 年春，单位同事一起去"新马泰港澳"度假，行程 15 天。这大概是此前经历中去得最远、时间最长的一次了。每次出门前，父亲都潸然泪下，说我这一走像"摘了他的心"，这次更是。由于电话不便，我的手机偏又无法与国内联系，彻底断绝了与父母的沟通。

一晚，在泰国的宾馆做了一宿噩梦：梦到父亲死了，素白的灵棚，老远就能看见家人在办丧事。醒来惊出一身冷汗，总觉谶兆不祥。第二天，迫不及待地用同事的手机拨通了家里的电话——

电话那头是三姐接的。我急问："家里怎么样？老爸身体怎样？"（最想知道又最怕知道）答："没事……挺好的……"

　　我似乎听出三姐在电话那头像在刻意掩饰什么。所以我一直催她："让咱爸接电话——"

　　可三姐总说，"没什么事……"（我真的感觉，是否父亲已经……）后来电话里隐隐传来父亲剧烈的哮喘声，反倒使我略微放下心来。尽管喘得很重。还听到，父亲要姐姐催促我"赶紧让钢子回来！"被三姐喝止了——"那么远怎么回来啊！你别说了！"

　　父亲接起电话，咳喘伴着嘶嘶拉拉的锣音。没说几句就让三姐给强行挂断了。

　　三姐怕远隔千里万里的我因此而分心，玩也玩不踏实。

　　这才是我们行程的第四天。还要在外面待上十一天。

　　泰国的芭堤亚海滩，碧水晴空，人间仙境。

　　我心却极度惶恐不安。

　　购了很多当地据说是治哮喘有特效的"土药"。

　　泰国是佛国。我更是见佛便拜。花重金在金佛寺请了一尊高僧现场开光的三色金佛挂饰，从此须臾不离身，祝祷父亲能平安。

　　对超自然力量的顶礼膜拜，成了我彼时唯一能为父亲做的事。

　　整整十一天。好像是在游山玩水，其实心里的那根弦无时无刻不紧绷着，想马上飞回来。

　　事实证明我的判断没错。那次父亲喘得的确上气不接下气，把姐姐们吓坏了。姐姐们又不敢据实告诉我，左右为难。输了几天液，后来渐渐竟好转了。这件事提醒我，今后凡出远门，都必须提心吊胆，未雨绸缪。

还有一次，与朋友去司马台长城，夜宿于山下。接到保姆电话说，父亲把头磕破了，血流不止。连夜请社区大夫出诊，简单包扎了一下，还是止不住血。保姆知道我深更半夜的无法赶回来，只能叫来二姐和二姐夫，一起带父亲去医院。后面的细节是我回京后听说的。

结婚这么多年，我几乎很少陪妻子一起回她东北的老家看望她父母。岳父母常为此感到遗憾，说一家人聚在一起时独少了我，但他们又善解我的难处——万一恰在我离开这段时间父母有什么闪失，那样他们会更内疚。

父母这么多年，每每在我离开他们身边的时候，便以各种猝不及防的突发状况来捉弄我，搞得我措手不及，忧心忡忡——但只要我回来，他们的病症又会奇迹般地好起来——为什么？

所以我一直相信，在最亲的亲人之间，一定存在某种情感密码。

红果罐头堵心，电紧箍堵嘴

　　如果老人还享有敏感的味觉和旺盛的食欲（吃嘛嘛香），是一件多么幸福的事啊！

　　母亲病重后，对一日三餐已经没有了任何愿望。给什么吃什么。

　　面条要煮得软一点，我们吃面只开两开就可以出锅了，给他们的就得煮三开。母亲一度爱吃饺子，保姆自己动手包的饺子，母亲一餐能吃下将近二十个——每看到母亲胃口大开，嚼得津津有味，都让全家人为之振奋。这至少证明她内脏器官是健康的，能及时补充因哭闹所消耗的能量，后来减少到十五个，十个。直到对这她认为是天下最好吃的美食彻底失去兴趣。

　　母亲的手后来竟无力端住碗，经常拿碗的一只手轻轻一歪（另一只手向内呈弯钩状，早就不能动了），整碗的面条或热汤洒了一身一床。先是我们锻炼母亲自己端，由于碗和嘴的距离太远，光看母亲张嘴，却无法把食物递到嘴边。只好由保姆喂她。

　　父亲的食量一直很大，比年轻人吃得还多。也许是一辈子卖苦力的缘故。一直到死，父亲的嘴都没亏过。

我从小看父亲吃饭都觉得是一种享受，他有本事把粗茶淡饭吃得嘴颊生香。一口是一口的，有嚼谷。

父亲晚年仍凭着"饭是纲"的理念，保持着年轻人的血气方刚。但他比较挑剔，对保姆做的饭菜越来越不满意。咸了淡了，都会惹致父亲的抱怨。父亲一生嗜肉如命，如果哪餐缺少了荤腥，父亲就急得跟什么似的。

刘姐每天早上买包子或油条给他当早点。偶尔一天想换换花样，买了素馅的包子。父亲觉得是有意克扣他，一把将包子摔在地上。

"爱吃不吃，拿走——"我赌气地命令刘姐。

父亲气哼哼地用眼角余光盯着我，索性连饭桌一起掀翻在地。

怎么日子越过越好，反倒"烧包"得不识好歹了？我不理解他这算什么病。

还记得当年的父亲，在家给我们做揪面片吃。自己擀面自己揪，筋道。再调制少许韭菜花和花椒油一拌，真香啊！

隔几个月，父亲便买回一个微微笑的大猪头。在院子里，用火筷子烫净猪头嘴脸的毛，可怜的猪头被烫得发出吱吱的尖叫声，像在痛苦挣扎地嘶吼———一只猪头够全家人吃一个礼拜。在当时已算是改善生活的美食了。

在我上小学的时候，父亲几乎每个公休日都领我走去位于平安里的杏园，吃一碗刀削面。这种吃"独食"的特殊待遇，在姐姐们身上是没有的。

生活糊涂我怀念那个充满温暖父爱的父亲。

在母亲床头伸手可及的地方，永远放着几件母亲爱吃的零食：冰糖、油炒面、葱香小饼干、红果罐头……因为只有在喂母亲吃这些东西的时候，她脸上才会有意犹未尽的满足的表情。

如今红果罐头在超市，早已少人问津。我为了唯一一点能给母亲带来的喜悦，曾一度跑遍北京城的大小超市。

我陶醉于母亲在享受这些"美食"时，能有片刻的不哭不闹，并怡然自得。吃过了指指柜子，表示还要吃……这时母亲的眼里也有了难得一见的神采。

母亲走了，床上还留有母亲掰碎了的饼干残渣儿。

某天无意中在超市的货架上发现大量的红果罐头，一时心里面比红果更酸。真想买很多回去，让母亲吃个够。

然而母亲一走把我尽孝的机会也带走了——红果罐头还买给谁呢？

再后来，我与妻子去超市时，常常有意避开卖罐头、葱香饼干或油炒面的货柜。像是刻意闪避一段无可弥补的令人伤心的记忆。

妻子但凡有个头疼脑热，总信赖我。各种药的搭配、剂量、何时吃为宜、包括禁忌和可能出现的副作用，我都可以一一指导她。她更是据此在亲朋面前把我一通吹嘘。

这要感谢父母多年的病，把我炼得"久病成医"。

小区内先后几家社区医院更名换主。但每一任医生、护士，几乎都踏熟了我家的门槛。社区医院的好处首先在于它的便利，可以花多点钱请他们出诊，送医上门。这对于我那几近卧床无法行动的父母尤可依信。

打点滴输液成了父母的"家常便饭"。坚硬的水泥墙上，生生地楔进一枚挂钩，是固定用来挂药瓶的。

母亲发展到病情严重时已不肯听任摆布，对长达几个小时的输液过程表现出异常烦躁的情绪。一旦闹起来，几个人都按不住她。

再就是，怕母亲输液过程中喊撒尿（尽管大多时候并没有尿），全家人只能托瓶子举罐儿地一通忙活。滚针更是常有的事，需打电话请护士过来，重新扎——我们只被护士培训了如何起针，对于技术含量较高的扎针，始终不敢妄动。有时输一瓶液要请护士劳返几次，赔尽歉意的笑脸。

一个疗程至少十天。天天如此。

母亲的病让我开始对各类医疗、医药信息格外关注。报纸上的医药健康版、电视的求医问药栏目，甚至社区内随意张贴或报纸夹页附送的各种小广告，都不放过。

有一段时间，报纸软性广告版，铺天盖地都在介绍一种治愈脑梗塞的治疗仪如何神奇。有对发明人历经数十载刻苦钻研终于成功一举扬名引誉海内外的事迹访问，更有无数久受病痛折磨慕名而来的患者争先恐后现身说法的场景再现。况且，文中所描述的症状竟与母亲无不相似。我一向对这类宣传无动于衷。怎么说自己也算是个"广告人"，但家有病老，就不一样了。那种"病急乱投医"的迫切心情，瞬间就可以把你理智的分析、判断彻底摧毁。

治疗仪买回来，价格不菲。

当时念头只有一个：我是在用钱给母亲买一个渺茫的希望。对于已经无药可医的母亲，任何奇迹我都宁信其有。希冀能在这一次、能在母亲身上发生！哪怕只有万万分之一的可能性，我也不愿在日后，仅仅因为我当初对一种可能性的怀疑，而真的让母亲与希望失之交臂，延误了治疗。

说明书就厚厚一本，足够唬人。

药液分1、2、3号，给药穴位也标明A、B、C、D、E若干区域。电流可以调节大小，又分磁疗棒按摩和将治疗仪紧箍在头上"过电"两种。早晚各一次，一次十分钟。

母亲开始并不愿戴，感觉像受刑。渐渐地习惯了，每天饭后都主动嚷着要戴。后来又不让戴了，反反复复。至于疗效，远不像承诺的那样"三个月即有明显效果。半年后，多年瘫痪的病人就可以丢下拐棍，下地行走"。

母亲依旧失眠、哭闹、折腾人。问过厂家，答："病人也因人而异，像你母亲这样长年的老病号，怎么可能一下子效果明显？"

还是时间短——劝我们还得不懈努力火上加油巩固成果继续再继续……

后来我总结出这类骗人的"新发明"，一个共同原理：既治不了病，但也绝要不了命。充其量无效。

况且，人家对无效也有冠冕堂皇的理由堵住你的嘴——不是告诉你"因人而异"了吗？

第二次续药没多久，母亲就去世了。电紧箍和剩下的 1、2、3 号瓶瓶罐罐，至今弃置在我书房的角落里。它们应该了解母亲的痛苦，但它们却没有尽到为母亲减轻病痛的责任。

夜夜警号，声声入耳；忍气吞声，生不如死

经过这些年家庭环境的熏染，我对身边各种声音来源，保持着超常的敏感。

父亲成天唉声叹气，骂声震彻楼宇；母亲如夜鬼哭号，声嘶力竭；保姆怨声载道，终于发出最后的声讨；妻子再也忍无可忍了，口口声声要离家出走……

震耳欲聋的电视声，深更半夜父亲"咚咚咚"的拐棍声，母亲病榻上痛苦万状的呻吟声，楼下邻居因不满找上门来的敲门声，怨怒声、指责声、电话铃声、水壶叫声、救护车声……

任凭声声入耳。

只好忍气吞声。

夜夜提高警惕。陪着母亲一起失眠。努力把自己卧室的电视音量调到最小，怕偶一疏忽，无法及时听到父母屋里的动静。又担心母亲半夜想起来撒尿没人管，或她不由自主地起身，摔到床下。

晚上睡觉，也不敢把卧室门关严，永远留一道足以能探听到他们

声息的缝隙。听到他们打呼噜的声音，是我最感安慰的时刻。证明他们此刻平安无事，正睡得安详。

母亲的哭号真的很恐怖，几乎是扯着嗓子干号，直到气短，嘶哑。频率几同于恐怖片中鬼怪出现的声响，好几次都让我误以为是电视里的故弄玄虚，而实际却来自屋里的母亲。到现在，一听到这种音响，还会本能地联想起母亲，以及那段不堪的日子。

母亲的哭闹夺走了所有人的睡眠。

第二天她还有可能睡上一觉。然而我们必须一早起来，赶到单位，开始一天的工作，加之路况危险重重（据统计，司机在仅维持四个小时睡眠的疲劳状态下驾驶车辆，其判断力和应变能力会有明显下降，相当于饮六个易拉罐啤酒），眼睛永远是红肿的，布满血丝。特别遇到加班，更是把整个人折腾得疲惫不堪。

家里的所有墙上，哪儿都挂满了钟表。大大小小的挂钟、石英表、座钟、闹钟……奇怪，每一个表盘的指针都指向不同的时间。那么我该相信谁呢？

起床——我要去上班！强迫自己起床。再不起就迟到了。尽管困，犯懒，赖在被窝里不想起来。那也不行！公司已经警告过多次了，再不能晚了，什么原因也无济于事。再睡一会就一小会……

糟糕！所有的表都不准，所有的表都不可信！——时间呢？时间好像因为表的失职，也不存在了。也就是说——这个世界从现在起，彻底没有时间概念了……

"叮——"闹钟在耳边响了。才七点十分——醒来。庆幸自己今天终于不会晚了。

妻子的工作更紧张。经常加班到深夜或参加各种活动，回家一头栽倒床上，累成一摊泥。睡眠的严重不足导致她情绪低落。她说她最幸福的睡眠是出差时，躺在酒店的床上，才能享受到的。四周静极。她说那时候心生感慨："多少年了，都忘了夜晚本来是安静的。"

最惊心动魄的，是在你刚有睡意或沉浸在梦中的时候，母亲冷不丁一声哭喊——"妈呀——"立马把你的整个睡眠碾成粉碎。母亲的哭声成了我们每夜必须经历的、对意志力的巨大考验。从梦寐中挣扎着起来，又一下子掉进现实的泥沼中。

父母的作息则完全混乱。睡一会，醒来就嚷，就闹。闹得没精神了，又会随便睡一小会，再闹。不分黑天白日。（过去，父亲从不失眠。到晚上收摊回来，吃着饭坐在床上就呼呼睡着了，饭碗还在手里端着……那时的父亲实在是太累了。）

还是 96 年左右。有一天夜里，父亲一夜被噩梦缠身。迷迷糊糊意识里挣扎着想醒，就是睁不开眼，喊我名字。我拍打他的脸，摇晃他："爸——醒醒！"睡梦里父亲跟我一对一答，"我这不是醒着的吗……"像被梦魇着了，还是不睁眼……整整闹了半宿。第二天一早终于醒了。没事人一样。问他昨晚的事，他什么也记不起来……

（——是不是几年后父亲痴呆症的最初征兆？）

保姆披衣出来，把父母屋里的窗帘拉开，让母亲看，"看看，天还黑着呢，别人都睡觉呢！是不是？——别嚷了啊?!"

母亲盯着黑黢黢的窗外，仍坚持说："亮了，亮了！"

"大姐，起来，撒尿——"母亲喊保姆。

未必有尿，就是躺不下。

不理她，她就"大姐，大姐，大姐——"不住声地喊。

自己拽着被单慢慢蹭到床边。

病痛让母亲无法安静地躺下来。她自己烦躁不安，搅得别人也跟着烦躁不安。

有几次母亲都要保姆帮她把被褥铺在地板上，非要在地上睡。无奈，保姆依了她。我进去，见到母亲躺在"地铺"上，心里很不舒服，于是告诉保姆，再不能由着母亲这样胡来。但母亲像小孩子一样固执任性。她哭着向我表示，睡在床上"胆小"。似乎必须与地面接触，才能有实实在在的安全感。

安定片从每次一片增至两片，仍不管用。母亲身体逐渐有了抗药性。偶尔多吃半片，第二天又浑身瘫软无力。

所以只能任由母亲夺走所有人的睡眠。

我的眼睛看上去永远是红肿的，布满血丝。特别遇到加班，更是把整个人消耗得疲倦不堪。

妻子经常加班到深夜或参加各种活动，回家便一头栽倒在床上，累成一摊泥。睡眠的严重不足导致她情绪低落。她说她最幸福的睡眠是在外地出差，躺在酒店的床上才能享受到的。四周静极。她说那时候突然会心生感慨："多少年了，都忘了夜晚本来是安静的……"

　　而我每天起床都要进行一番激烈的思想斗争。起床——我要去上班！强迫自己起床。再不起就迟到了。尽管困，赖在被窝里不想起来。那也不行！

　　"丁零零——"闹钟在耳边响了。才七点十分——醒来。庆幸自己今天终于不会晚了。

　　与母亲无意识地哭喊相比，父亲最大的不近人情之处就在于：多数情况他是"成心"搅局。父亲每天无数次拄着拐棍，从他的房间走到客厅，巡视一番，再缓慢地走回去。为防滑，同时也为了减少戳地板的声音对楼下造成过度干扰，我特地在拐棍头上钉了块胶皮，即便这样，地板与木棍的碰触声响还是很大。

　　蹒跚的步履伴随他一路的骂骂咧咧，一下一下，在静夜里尤其成为每个人心里防不胜防的噩梦。倘使当初买楼时老疤早有预见，有一天必须忍受来自楼上无休止的声音折磨，我想打死他也不会跟我争着买什么"金三银四"。

　　谛听从父母处传来的各种声音，已经成为我多年来的一种习惯。一旦夜如死寂般悄无声息，我反倒更加惴惴不安——我怕他们在某个深夜的某个时刻突然被死神捜走。我怕，我怕我一觉醒来，蓦然发现自己已经变成了一个"孤儿"。

　　回首那几年的日子，过得简直黑白颠倒。所有人的时差也不得不随之颠倒。父母把夜晚当白天过，哭喊叫骂，在静夜里不绝于耳。我们就像一架不停运转的破机器上被过度磨损的零件，带着满身锈蚀，疲惫得摇摇欲坠。

哭声、喊声、惊醒……

有谁经历过这样的夜晚，这样的家？

我和妻子正常的夫妻生活完全被打破了。一阵阵令人惊悸的哭喊声从隔壁传来，渐渐让我们对那种事失去了兴致，主要是没心情。不得不承认：父母亲不择时机的哭喊声，对夫妻间的"个体活动"是多么大的干扰！甚至连向对方表达甜言蜜语，都成奢侈。

二人世界难寻，我们已习惯过着氏族部落里的群居生活。

妻子那年二十八岁，我三十一。

多少个无眠的夜晚，我站在阳台上，迷茫地望向远处。有时是根本不能睡，有时是突然半夜醒来，再想睡却怎么也睡不着了。

夜空。偶尔有夜航的飞机划过，灯光一明一灭，一明一灭。

对面的楼里漆黑一片。清晨，所有的灯再一盏一盏地亮起来。那漆黑本应属于安宁的睡眠——当一个人，连最基本的睡眠都成一种奢望，他还敢对生活有更高的要求吗？

独对这片被我看得厌了的夜空，多少次，我会想到"生不如死"。

对于父母，如果他们还不曾把儿女家人折磨得这么久，这么烦——而是在我们还没准备好的某一天突然死去，也许停留在儿女印象里的父母，将永远是尽善尽美无可指摘的。当然一时的悲痛欲绝总是难免。但我想，即使那样，也总比熬得周围人筋疲力尽要好些吧。

反过来，对于病情沉重的父母，何尝不是一种解脱？

我又想到自己，同样是在"生不如死"中苦苦挣扎的牺牲品。——什么"养儿防老"？他们可曾想过，子女会为他们当初一个草率的决定，付出"正值当年"的代价？他们想过吗？

那么，假如我死了呢？或者假如压根儿就没有我？地球还依旧会每天转动，天也不会因此塌下来。而父母可能面临同样的病。真要是那样，总有办法面对的是不是？总有人替代我的位置，去面对的是不是？既然我没有那么重要，为什么一定要为此承担这么多的痛苦和煎熬？为什么呢？

有一次开车行在回家的路上。前面一辆铲车的翻斗里，挤了一群灰头土脸但笑容可掬的农民工。他们发自内心的满足笑容一下子感染了我。

比起他们，我经常问自己：到底优越在哪儿呢？在他们眼里，充满了对这座陌生城市的憧憬，他们的脚步是踏实的。他们在白天流了一天的臭汗，到了晚上，却可以倒在木板支起的床上，舒舒服服地躲进自己温暖的梦乡，做着衣锦荣归的美梦——也许不是梦，而是正在一步步实现的现实。

而我呢？

妈没了，没妈了，结松了

　　尽管我有一双无法为外人道的"非典型"父母，尽管我每天都必须守在这个炼狱般的家庭里，忍受着身心的煎熬，但我仍没有资格谈及所谓"孝道"。我能做到的只是忍受——逆来顺受。心里的抱怨其实比谁都多。

　　2003年春的一场"非典"，把个车马喧腾的北京，一下子变成一座"空城"。

　　那段时间，各医院都专门辟出"发烧门诊部"，一经发现有疑似症状的，立即采取"隔离"措施。凡到医院就诊患者均首先经过反复排查，方可正常接受治疗。住院的病人家属也一概不能履行正常探视。

　　因在医院被传染的可能性极大，所以人们都尽量避免去医院。

　　我最担心的就是，父母的病千万别恰巧这时候恶化或复发，那样即使不被染上"非典"，也隐着无数种可能性而让他们在劫难逃。单单是住院"隔离"这一条，不夸张地说，就能活活要了老人的命。

　　我嘱咐保姆尽量减少出门，戴口罩，家里常用"84"消毒液和过氧乙酸消毒液消毒。因她与老人接触最多，又要照顾他们饮食，所以保姆自然成了家里的重点保护对象。

父亲大概从电视里看到了事态的严重性。惶惶不可终日。

我劝姐姐们这段时间也不必来了，因路上要倒几趟车，无形中加大了被传染的可能。

父亲却认为是我故意挡着姐姐们来看望他，三番五次打电话让大家来。

父亲挪揄道："是你舍不得钱，留你姐姐吃碗面啊?! ——不要紧，钱我出，让她们来吧!"

"非典"的不期而至更阻止了所有北京人"五一"长假出行的脚步。这对我倒无所谓。

母亲连续几天几夜没有睡，闹得更凶了。脸部迅速消瘦下去。坐在床上哈欠连天，强睁着俩眼，就是睡不着。隔三五分钟嚷一次。

父亲又在催促我带他看牙的事。他的假牙与牙床分离，挂钩已经挂不住了，吃东西生怕一不小心囫囵地连同假牙一起咽下去。

社区医院的院长正是牙科出身，四十多岁，据说早年在日本留过学，专习牙医，想必技艺不凡。我把老爷子的情况简单向院长作了介绍，希望他能体谅父亲的腿脚不便，破例出诊。

"从没听说过牙科出诊的，"院长一句话给我搪塞了回去。"各种检查的仪器都没法带，还是带病人来一趟吧!"我退而求其次，又恳求他能否先随我到家里看看，免得老爷子跑好几趟。院长看在我真诚的分儿上，带了窥镜等一些简单的检查工具，跟我到了家。

　　一进家门，就听到母亲声嘶力竭的哭喊声。

　　我忙解释："是我母亲。"

　　院长看了看我瘫痪在床的母亲，拍拍我的肩："小伙子，照顾两个病重的老人，不容易啊！"

　　院长的态度大约是在说我"真不容易"的时候，开始转变的。

　　他和蔼地跟父亲开着玩笑，并一口答应父亲：保证亲自为他做一口戴着舒适的假牙。院长又观察了母亲的神色，偷偷对我交底："你可要有个准备啊，通常这种病人连续十天半个月地折腾、不睡觉，然后再老是醒不了（昏迷），人就完了。你母亲看样子挺危险——"院长说："我母亲当年得的也是这病，症状都一样。在那一年里，我送走了两个老人！"

　　送院长下楼，他还一再语重心长地提醒我："为你母亲准备一下吧（后事），看来，老太太得走在你父亲前面。"

　　尽管无数次设想过，母亲最终要走，迟早要走，谁也留不住。但当时院长的一番话，还是让我心里咯噔一下，好像母亲的死期因院长的预言而被明确下来，顿时难受极了。

　　开车行进在四环、三环、二环路上，去接妻子。

　　夜幕降临，华灯初上。北京的街巷到处是难得一见的萧疏和寂寥。车内音乐调得很大。我第一次真切地感到：也许母亲与我的永别，就在今后的短短几天，而我一生能和母亲相处的时间，也仅剩下这最后的几天了。

也许，从此的夜晚再也听不到母亲的哭声。但那种安静是以我永远失去母亲为代价换来的——那种安静是我真正想要的吗？

泪水，抽泣，然后一个人在车厢里失声痛哭……

母亲每一天都活得苦不堪言。

今天和明天，白天和黑夜，对母亲来说早已经混乱了，没有任何意义了。母亲长久忍受着病魔（确实是个"魔"）的摧残、蹂躏、折磨……任凭生命在对苦难的忍受中，一点点地消耗殆尽。

有人说："还是'安乐死'更人道。为什么中国就没有'安乐死'呢?! 这才是对病人的尊重。他们没有选择生的权利，却应该有权利选择死。"

"但别忘了，大多数病人在意识不清的情况下，必须由他们的子女作出决定，他们是没有能力作决定的。"

"但很多人——特别是知识层次较高的人，都是主张'安乐死'的。他们希望提早向子女说明，如果，万一，有一天，自己病得不行了，到了活着就是受罪的地步，完全没有希望，甚至失去生命起码的尊严与意义了，千万给他们打一针，以此获得彻底的解脱……"

"要是我母亲处于这种情况，我就主张给她'安乐死'，这可不算不孝。相反，为他们减少痛苦，才是最大的孝——不是吗？"

"那是你!"

"难道仅仅活着，呼吸着，就是意义吗？"

"对，有时候，活着，呼吸着——就是意义!"我的母亲只是一位目不识丁的普通农村妇女，但母亲对于这个家来说，具有同样的意义——

　　只要母亲在，一家人就有凝聚在一起的理由，姐姐们也就有个理直气壮的"娘家"可奔。父母病重以后，姐姐们每周都会过来好几次。一是为了看望父母，同时也为我们姐弟之间的沟通联络创造出更多的机会。

　　在火葬场，眼睁睁目送母亲被推进火化炉的那一刻，二姐抱着我痛哭失声——"钢子，咱没妈了！……"二姐撕心裂肺的喊声至今犹在耳畔。

　　妈没了，

　　没妈了……

　　父母亲在他们走的时候，把自己精心绾扣的，联系在兄弟姐妹之间的那个结儿，就这么轻轻一拉，就松动了。

捌章

家里乱象：父不父，子不子

　　"好孩子……"母亲近乎乞怜的求饶声此刻仍响在我的身体里，像尖利的刀锋一下下划过我羞耻的心！这是在我儿时母亲常常用来鼓励我的一句话——母亲带着浓重的定兴口音，一遍一遍嘱咐我："好孩子，路上看车！""好孩子，起床吧别睡了，上学晚了……""好孩子……"

　　可是这次，神志依稀的母亲，本能地躲避着我的拳掌，在惊恐万状的无助里哀求她的儿子："好孩子……别打我了……"——我还是母亲的儿子吗？

险一步，父亲差点走上绝路

天才蒙蒙亮的时候，保姆小王急匆匆跑到我卧室门前喊我——

"哥，哥——快过来看看吧，大爷要跳楼呢……"

我急忙披衣跑进父亲的房间里。见窗扇大开，父亲拖着沉重的身躯已经爬到了窗前的椅子上，就是他平时坐在上面向外望风景的那只椅子。没想到椅子摆放的位置，竟潜藏着这样的危险。幸好窗台高。父亲一条腿跪在椅子上，另一条腿正试图迈向窗外。头已经探了出去。脖子上还胡乱缠了一条不知何时、从哪儿翻腾出来的白绸绫——是不是之前还想过上吊？

父亲失声向楼下喊——"救我！救我！……"

我上前一把抱住父亲的腿，本想生拉硬拽地把他推搡到床上，可是父亲身子太重，这一拽把我们两个人都拽倒了。

"您要干什么？让对面人看见好看是怎么的?!"家丑不可外扬。我首先想到的是立即关闭窗子。

父亲仍喘着粗气，一副余怒未消的样子。隔了好长时间，父亲才恶狠狠地对我说：

"我想死！你也别想活着！——连你妈咱仨人一块儿死！"

虎毒尚不食子。父亲在这时候，却舍不得把他生命中最重要的两个人丢下。

"我不！要死你自己去死！"我冲父亲吼叫。泪水在脸上肆意流淌。

保姆低声劝我和父亲，帮着收拾现场。

险一步，父亲就走上绝路。

父亲想死也许是因为我的一句话。头天夜里父亲一宿没睡。前半夜，父亲一嗓子把所有人都喊起来，说他的佛珠丢了，认定是我拿的，让我给他去找。任凭我怎样辩白都没用。佛珠最终在他的枕头下面找到了。他又要找痒痒挠，也找到了。我吼了他几句：无外乎"为这点小事不让人睡觉……"之类的话，他就冲我来了——大骂我不孝，扬言要死，不活了。

"死就死吧！别再唠叨了！"我实在被他唠叨烦了，用力关上他的房间的门，回来睡。

谁料想第二天一早，就发生这样的事。

难道在我回屋以后的这段漫长的夜里，父亲一直都在下着"不活了"的决心？还是刻意用性命兑现他的诺言？仅仅一言不合，父亲又何至于此，把自己逼上绝路呢？

我又想：如果当时父亲真的跳下去，那我真是跳到黄河也洗不清。这将使我永远背负"逼死生父"的恶名。

我救了父亲一命，父亲也救了我。

我以为这只是一次意外，但以后，父亲这种寻死觅活的"表演"又重复过多次。

父亲发作时不择时间（多在晚上），特别是当大家都在熟睡的时候。父亲一个盹儿睡醒后，随即可能爆发出一句惊心动魄的骂声！行迹也似有可寻——

通常先是寻衅丢了东西，比如藏在眼镜盒里的钱没了，手电找不着了，等等，然后急不可待地把所有人轰起来帮他找。接下来便疑心有人跟他作对，陈芝麻烂谷子地翻腾旧事，从夹枪带棒的唠叨上升为破口大骂。别人稍有异议，更激起父亲的一腔不满。

年轻时行为保守的父亲，越到后来越百无禁忌了，经常半夜里脱个精光，坐在床边上独自运气。弄得保姆连把母亲起夜，也不好意思进去。

父亲经常无缘无故地狠狠拍打自己，拍头或大腿，直到拍红了。"咣啷"一声把拐棍往地上一扔，好像故意要欣赏自己在静夜里制造出的令人反感的噪声。父亲这时已没有自知之明了。

逼急了，我冲过去质问他："还让不让人睡觉了，深更半夜——想干什么?"

父亲奚落："你还想睡觉啊，儿子?!"那意思天都塌了，谁也在劫难逃。

"有完没完了? 想怎么着，你说吧——"

父亲："我想死!"

旋即他又自己劝解自己，"不能死，我要跳楼了，不是给我儿子难看吗？不能这么死。"好像突然又明白了利害。

所以我一直搞不懂，父亲是真糊涂呢？还是装糊涂？！

父亲经常半夜起来，便再也睡不着，一个人呆呆地坐在床边唉声叹气，或出来进去在屋子里走柳儿，转磨，据他说，是因为"心窄"。自己控制不了自己。

现在我明白了，父亲指的"心窄"——实际是"心胸狭窄"的简称。常年的封闭生活，使父亲的性格变得自闭而且多疑，而这正是老年痴呆症的明显表征。当时不懂，对他的每一句话都针锋相对，非要掰扯出个子丑寅卯是非对错来，不懂得顺从他。更想不到由于我的疏忽，使父亲的病错过了最佳的诊治时机。

由于过去近六十年一直住的是平房，父亲对于住楼房从未养成良好的卫生习惯。

他肺不好，痰盛咳嗽，又不会自我控制。给父亲预备的垃圾桶就搁在离床不远的地方。我多次叮嘱父亲把痰吐在手纸上，然后扔进纸篓里。可父亲白我一眼，根本听不进去。等不及，索性"啪"地一口，直接吐在木地板上。痰液挥发后干在木地板上，又恶心又难擦。

父亲前列腺肥大的毛病久已有之，尿急尿频尿滴沥都占全了。专门去药店为他买了搪瓷尿壶，可父亲往往等不及把尿壶拿到手上对准，就已经尿得满地都是。从卧室走向客厅的这几米距离，父亲居然隔着裤裆下围着的裤子，还会沥沥拉拉尿一路。

后来我也不怪他了，每次在他尿过之后，无非自己多擦几次地板而已。父亲反倒从一旁甩风凉话，"就在意你的地板……"

这还算好的。一旦父亲闹起肚子来，更加麻烦。有几次都是父亲感觉有便意，刚走到洗手间褪下裤子，还未及蹲到马桶上，就已经拉了。遍地污秽不堪。我因顾及保姆或妻子看到了恶心腻烦，就一个人默默帮父亲收拾。在恶臭难当的封闭的小空间里，一遍遍用水冲，用手纸擦，腿上、地上、马桶沿上……直到把洗手间和父亲都整饬得光洁如初。

父亲身体上的一天天力不从心，固然令人心忧。最主要还是精神上，一反常态，匪夷所思。

"白日做梦"用在父亲身上，不是贬义，而是写照。父亲大白天梦见有一大堆蝎子在床上爬，爬到他身体上，蜇他。遂惊醒。一身冷汗。疑梦似真，四处在床上找，还动员我也帮他一起找。我们说，"您做梦了吧，哪儿有什么蝎子？"

父亲不信，指着床上的缝隙——"那不是？！"

父亲经常在打盹醒来的时候，神情恍惚，疯话连篇。见我站在门外，父亲厉喝一声："谁？"有时还拉起昏昏欲睡的母亲，指着我问母亲："这个人是钢子吗？！"我走近给他看。他仍不敢确定，自言自语道："这个是谁呢……"

一瞬间，父亲脑子里的识别系统出现乱码。

父亲一大早都会例行公事地转到客厅，再转到我们的卧室门前。有一次他竟糊里糊涂地推门，问躺在床上的妻子："钢子上班去了？"

第二句就更离谱了，父亲疑惑地问——

"××（妻子的名字）和谁走的呢？"父亲一时已分不清谁是谁了。走了的是谁？留下来的又是谁？

父亲嘴里最常冒出的是老家堂兄的名字。叫他别光站着，进屋来。并吩咐保姆给堂兄煮面吃，怕他刚下车一路还没吃饭。——其实堂兄根本没来。完全是父亲的想象、幻觉。父亲老想让人家来。

偶尔片刻，他竟意识不到自己是活着还是死了？说他"过了个鬼门关，好长啊……"他问我，让我提醒他。我说："别那么吓人搞怪的好不好？您不活得好好的吗？"他狠狠在自己某个部位掐一把，感觉疼了，这才放心。

夜晚不关灯，是父亲搬来这座楼里就养成的习惯。夜阑人静。整座楼里只有402的灯光永远亮着，讲述着永无宁日的不安。

父亲怕黑，怕一觉醒来迷糊得找不着北，更加心急气躁。为了省电，我把他作夜灯用的彻夜长明的一盏台灯装上了节能灯泡。

父亲偏执得容不下房间内有一点对光源的遮挡。

客厅是他每天必须往返几次"莅临视察"的地方。他永远命令不许保姆将飘窗的罗马卷帘垂下来。

由于怕黑，父亲便尤其不能容忍停电的事发生。

家里常备着大大小小的蜡烛无数，放在父亲或保姆伸手可及的地方。一旦停电，父亲还是会疯了一般在屋子里乱转，抓狂似的大吼大叫，一副要死要活的架势。

有一次，妻子对着父亲大声辩驳道："您还嚷？——都是您老开着灯，用电超负荷才跳闸的！"父亲一时无言相对，坐在那儿呼呼喘着粗气。

如果母亲仍是健康的，能陪父亲说说话，如果父母亲在年轻的时候就感情笃深，如果我们做儿女的能经常与父亲交流，哪怕是顺话搭音，有一搭没一搭的也好，如果父亲腿脚还灵便，能时常下楼出去走动，如果父亲在北京还有朋友常来看他，或他去看望人家，如果……

如果上述一个因素成立——我想，父亲的痴呆症也不会发展得如此迅速。

家里全乱了：我对父母，父母对我

这个家里，一切都混乱了……

我承认我的脾气越来越坏了，没有足够的耐心应对这一双父母。我从未指望过旁人能从我的种种劣迹中，看到我由衷的善意和孝心。我无从向他们抱怨，他们的儿子为了他们，忍受了多少委屈与无奈。当父亲肆无忌惮地大声吼骂时，稍一劝他"小声点，别人还得睡觉呢……"父亲就猜度——"怕吵了你媳妇吧?!"

在妻子和父亲那里，他们都会觉得我的天平偏向对方，于是搞得自己两边不落好，里外难做人。

有一次周末，我原计划带父亲下楼透透气，好容易说动妻子跟我一起去。就在穿戴停当准备下楼的工夫，父亲不知是出于激动还是什么个心态，又甩开闲话了："坐我儿子的车，让我儿子拉着我，想去哪儿去哪儿……"本来妻子在车子的贷款问题上已经倾其所有了，父亲偏偏在这时一口一个"我儿子"，好像根本没拿妻子当回事。那天妻子也早窝着火，一气之下把穿好的外套又脱下来，赌气说她不去了。

一路上，我一边开车一边不住地数落父亲，晓之以利弊，摆明我和妻子之间随时可能一触即发的潜在危机。"您老这么说话没个分寸，不是让您儿子我为难吗？""动不动就把人往歪处想！××（妻子）家那么远，她连自己父母都顾不了，整天围着你转，委屈人家受着……您就不能少说点？"父亲听没听进去我不确定，反正他坐在车里始终低着头一声不吭。

那时的父亲大致还明白事理，凡与保姆或妻子发生矛盾后，我都会找个时机——察言观色以父亲有可能接受的方式为宜，找一整块儿时间跟他谈一次。往往这样的谈话效果能保持三到五天。后来不行了，在与父亲的精神交流方面，我感到彻底失望了。我对父亲的依赖和爱，慢慢转化为反感甚至是厌恶。

我们爷俩儿的沟通越来越少。父亲显然也感觉到了这种变化，他开始嗔怪我每次见他都没有一副和颜悦色，形容我"恨不得把他的头拧下来"。我只是反感，对他的每句话都无以复加地反感。父亲见我时，也总是莫名其妙狠狠地瞪我，揶揄、指责、挖苦我。我当时想，是他恶意对我在先的——普天之下，再找不出像父亲那样无理取闹的"父亲"了。

气急败坏的父亲行为失范。气急败坏的我行为也失范——我伸手打过父亲。在怎样的情境下打了父亲，现在已完全忘了。甚至骂过父亲"混蛋"……人在一种极端恶劣的环境中待久了，竟会异化到非人。

父子反目成仇。正像父亲常挂在嘴边的——"父不父，子不子"。

父亲知道传统戏里有一出叫《清风亭》，《清风亭》里有个过继的儿子叫张继保，张继保有一段尽人皆知的，因不孝养父母，最后被天打雷劈的著名"事迹"——

剧写打草鞋的老汉张元秀夫妇，抚养他人一子名张继保至13岁，偶于清风亭上遇其生母，遂相认而去。后张继保高中做官赴任，又路过清风亭。张老夫妇已沦为乞丐，张继保拒不相认。老人悲愤交加，双双碰死在清风亭上。

当老汉确信周桂英要把亲生子领走时，还想做最后的努力：（张元秀）："小娘子啊！这儿虽是你所生，也亏我抚养，怎么就这样领去了？"

他又把最后的希望转向儿子，"你立在东边，老汉立在西边，这小畜生立在中间，看哪个叫得来，就是哪个的儿子"。

这场"夺子战争"，终于以周桂英的最后胜利而收场。此时，万念俱灰的张老汉不得不声泪俱下地哀求儿子——"啊呀，亲儿！你真个去了？为父的还有几句言语，你可牢牢记着：昔日元宵十五夜，抱归抚养得成人，几回打骂何曾走，今日里啊！得见亲娘便负恩！你同母亲上东京回来，若在我二老门前经过，有那吃不了的饭，与我二老一碗充充饥；有那穿不得的破衣，与我二老一件遮遮寒体；若是二老亡故之后，你拿一碗水饭、一陌纸钱，到我坟上连哭几声。不但我为父的争你一点光，也好与世上人抚养螟蛉之子的看样（哭介）。好比燕子衔泥空费力，长大毛干各自飞……（大哭介）"

张继保高中，对义父母拒不相认。（张元秀）："世人难挣市上钱，有钱无子也枉然。是我无子又无钱，恩养此子接香烟。身荣不把义父认，逼死恩母在亭前。抱男抱女世上有，愚者愚来贤者贤。奉劝列公休继子，报恩只得……这二百钱"）

......

这个恶名昭著的张继保——就是彼时父亲眼里的儿子。

我同样伸出过罪恶的手，打过我那毫无还手之力的病重的母亲。

前提还是母亲夜半的反复磨人。

我索性也不睡了，亲自坐镇，拿一册书陪着她，看她闹（劝也劝不好，干脆连劝也懒得劝了）。哪里看得进一个字，无非是这样心理平衡一点罢了，好像是没有白白浪费时间。看着母亲不厌其烦地在床上，吃力地一次次爬起来，倒下去，再爬起来，竟引不起我的一点同情。

这次我没帮她，任由她这么一次次做无用功。后来实在看不下去了，过去伸手打了母亲几巴掌。先是打在她腿上，母亲哭得更厉害了。

母亲的没有知觉的麻木的反应，好像增加了我施暴的快感。我下手更狠了。

母亲含混地几乎是在哀求了——"好孩子……别打我了……"

巴掌落在母亲的腿上，一下，两下……

我甚至用被子捂住号啕不止的母亲，想让她因一时的惊恐而暂时住嘴。

父亲被惊醒，大骂我！

我隐隐听到自己血脉贲张的狂嚣。

"好孩子……"母亲近乎乞怜的求饶声此刻仍响在我的身体里，像尖利的刀锋一下下划过我羞耻的心！这是在我儿时母亲常常用来鼓励我的一句话——母亲带着浓重的定兴口音，一遍一遍嘱咐我："好孩子，路上看车！""好孩子，起床吧别睡了，上学晚了……""好孩子……"

可是这次，神志依稀的母亲，本能地躲避着我的拳掌，在惊恐万状的无助里哀求她的儿子："好孩子……别打我了……"

——我还是母亲的儿子吗？

我还算是"人"吗？

躲回自己房里的洗手间，对着镜子，我泪流满面，使劲抽自己的嘴巴。一下，两下……我把施在母亲身上的暴力加倍还给自己。

妈，儿不孝，儿竟那么没人性地以粗暴制驭您身不由己的躁动。我不是祈求您的原谅，您也不应该原谅我！

有人说："能看见自己灵魂黑暗的人，在灵魂的更深处，总有一盏更明亮的灯在照耀着。"……那么今天，我鼓足勇气把灵魂里的黑暗和丑恶写出来，算是一种忏悔和救赎吗？当父母亲已经撒手离我远去的今天，我的救赎也好，忏悔也好——还有意义吗？

是的，我无时不在羡慕别人有一双善解人意的父母。他们牵挂着儿女的衣食冷暖；他们对儿女的工作问长问短，关怀备至，甚至不辞辛苦地到处托关系找门路；他们在儿女下班前，就早早把可口的饭菜做好了等着，他们有时间、有体力，帮忙碌的儿女带孩子，毫无怨言并乐此不疲；他们即使在自己生病时也总说"没事，你忙你的，别影响了工作……"他们看到儿女偶尔回一次家，自己情愿当"义工"，奔前忙后屁颠儿屁颠儿的；他们会拉家常，会把自己的不愉快掩饰起来，给孩子一个宽松的气氛；他们的怀抱是儿女们永远的避风港，可以让儿女们随时随地任意地撒娇使性……

这些我都没有。相反，我必须承担来自父母方面的所有无奈与压力。

我必须承受父母对我的正常生活的一点一点的侵蚀和伤害。

在我强调上班工作的重要性时，父亲认为这是要弃他们二老于不顾，大不孝。在我历数一家的日常开销，如要还贷款，要买水、买电、买气，要给保姆发工资，要看病买药，买米、面、粮、油、蔬菜、水果……哪一样不要钱？不上班从哪来呢？？父亲又鄙薄我的意识狭隘，只认得钱，简直掉到钱眼儿里了……

一辈子靠卖苦力养活了我们一家人的父亲，对于钱的重要性和挣钱的辛苦，感触比谁都更深刻。但现在，父亲却认为要那么多身外之物做什么呢？！

说不清，道不明；剪不断，理还乱。

这就是我对我的父母，我的父母对我。

胡同口摆摊的王老头儿的儿媳妇

妻子每天见到的都是一个愁眉不展、阴郁、沉默、难以自拔的丈夫。按她说，是一副"活不起"的样子。

妻子与我同在一个屋檐下生活，自然承受和忍受着同样的压力。但她却依然保持着积极乐观的生活态度，她说她每天装作很开心的样子，就是想尽力用她的情绪，给这个死气沉沉的家里注入一点鲜活的亮色。

她希望我也能感染到对生活的信心。

"该怎样过就怎样过，还不活了?!"这是她的理论，"你看人家张大民，生活不比你难? 人家还不照样知道给自己找乐子，还想着给老婆买炸鸡腿……"

妻子的达观心态，也许才是她比我干得成功的关键。

她会在看电视的时候发出由衷的笑声，她会在逗猫咪的时候感受到由衷的快乐。而在我看来，这种快乐和家里的整体气氛是那么不协调。笑声，在这个家里往往显得孤单和奢侈——因为大家都习惯了父母的哭声、骂声……

妻子的有意而为，被我视作"没心没肺"，反而更加深了我对她的嫌恶。

妻子原在一家媒体做到总监的职位，月薪过万——长期以来，这个家里的一大部分支出都来自妻子。而我，却从一开始的少年有成，一步步跌落到事业的谷底。

由于经济地位的悬殊和男人的虚荣心、自尊心作祟，使我对妻子带给我的信心（按理说，应该是我带给她信心才对啊）丝毫不领情。相反，我把我所有的焦虑、痛苦、积怨，全无保留地都施加给了妻子。

我每天在妻子兴高采烈进门的时候，都会把父母的病、保姆与他们的矛盾，等等，一路委屈地向她道来。听得多了，妻子也会不耐烦地嗔怨——"每天进门就是这些，快把人烦死了！"

妻子每天要奔忙于各种各样的酒会、发布会，接受各种采访，自然没有更多精力投入到我的父母身上。但她还是坚持着，在这种极端恶劣的环境中一天天、一年年地忍耐着，从最初与我恋爱，到结婚，到搬入新家。

她的同事或朋友大概很少有人了解光鲜妻子的背后，竟有一双昼夜哭闹、怨骂连天的公婆，甚至得不到一个完整的睡眠。

她要与我一起请保姆、哄着保姆，每月对着账本一项项地核对开销明细，计划着所有家庭的开销，想着装修的细节而且样样要亲历亲为。从妻子身上我看到了女人如水般的韧性与坚强，哪怕仅仅是外表上装的，也能装得坚强和快乐。妻子对幸福生活的理解也许并不是"尽如人意"的圆满，而是在与苦难挣扎的时候，仍不失乐观积极的生活态度和情趣。具体说就是张大民用"贫嘴"化解生活各种磨难的本事，就是于忧心忡忡的重压之下"还想着给老婆买个炸鸡腿"——这样简单而又深刻的生活哲学。

我们成长在两个完全不同的家庭环境里面，典型的"门不当、户不对"那种。她从小受过良好的文化教育，而我的父母亲都是文盲；她从小没挨过一下打骂，而我却是棍棒的"宠儿"；她从小不识忧不识愁，而自打跟了我以后，每天要面对的都是忧愁和困苦；她从小因父母给她带来的优越感而骄傲，而我却在自卑的阴影下活到今天……

结婚前几年，有一次妻子开玩笑似的兴奋地对我说："我去胡同口修车（自行车，记得还是父亲给她买的）的时候，修车人都认识我了——说你不就是胡同口摆摊的王老头儿的儿媳妇嘛！……多奇怪啊！跟了你以后，我成了'胡同口摆摊的王老头儿的儿媳妇'了……"

我反问："你以为你不是啊?!"

来北京以前，妻子从没下过厨，据她讲只会摊鸡蛋和泡方便面。来北京上学以后，一切都要自己照顾自己了。特别是我们正式开始过日子这些年，煎炒烹炸虽不敢说她样样精通，招待个亲朋好友的家宴是绝不成问题的。这令她的家人至今还都无法相信。

十年忧苦，患难与共。女人在学着为一个男人付出无微不至的关爱以后，往往以留下一身的好厨艺，作为曾经有过的永久的见证。

一般人家的矛盾普遍存在于婆媳之间。我家不。

母亲老实，胆小怕事，从来惹不起急风恶浪。如果有矛盾，全出在父亲这边。

我说过，我们两家本来就"门不当户不对"，而没受过几天私塾教育又心强好胜的父亲，多半出于自尊心的暗使，打开始心里就有点七上八下。

妻子还记得第一次来我家时，看到父亲的样子：适时父亲正把一筐筐的水果往门口的平板车上搬，与妻子（当时叫"女朋友"）在狭窄的门道迎面碰上。妻子说，她当时叫了一声"叔叔——"，马上又意识到：父亲老得比她爷爷还大，似有不妥。而父亲却只不冷不淡地从鼻子里"哼"了一声。并且——据说当时父亲竟斜觑着眼睛，瞪了她一眼。后来我说："哪有那么严重，他干吗要瞪你?!"妻说："我也纳闷，他干吗第一次就瞪我，不过，是瞪了!"

父亲对我女朋友第一次到来没有表现出应有的热情，以他的性格倒像是真的。还是粗手笨脚的母亲善解人意。母亲悄摸儿地跑到街上，买回一只现场切拌的白斩鸡（在那时的母亲看来，这是她能想象出的最好吃的美食了）给我女朋友当午饭吃。与父亲第一次瞪她的那一眼同样令她难以释怀的是，母亲大热天端回的这只"不伦不类"的午餐，让妻子记了一辈子。

我解释说，父亲就那么一人，对谁都那样。从小我的同学、朋友来我家，都怕他。他经常在我们聊到兴头的时候，推门闯进来，说：

"太晚了，睡去吧!"就把我的一帮小哥们儿轰走了。

当我长大后，高中毕了业，常约很多朋友到我不足四平方米的"单间"聚会喝酒。父亲还是不合时宜地突然闯进来，平白无故教训人家一通。父亲操着河北口音，却一嘴的时髦词："这儿酒吧啊还是歌舞厅啊?!——孩子，可别走了弯路啊……"他痛心疾首的样子，好像我所有的朋友，都有意在拉我下水。人家当我面讷讷，背后一准会说："他爸怎么这样啊?!"

这些"典故"我认为有助于让妻子全面了解我的父亲。父亲有时表现得深谙世故，有时却又做得让人匪夷所思。

但父亲还是以自己儿子能娶到一个这样的媳妇，觉得很有光彩。依他话讲是"祖上有德"。父亲也开始渐渐喜欢妻子，什么事都愿意跟她念叨。

其实在父亲眼里，怎么看我们怎么是一对孩子，所以也倍加怜爱。看着妻子在外面风云叱咤独当一面，父亲骄傲；到家来妻子又换作村姑打扮，忙前忙后不嫌脏累，父亲又心疼。我和妻子偶尔的打闹、嬉戏，被父亲不经意看在眼里，他也会像所有仁厚慈蔼的老人一样抿着嘴在一旁笑，"真呢……"父亲这两个字的全部含义似乎是："真是俩孩子啊!"

妻子也笑，还故意装作欺负我、打我的架势给父亲看，父亲知道我们在和睦地闹着玩，为逗他开心，于是笑得更可爱了……这时的父亲才最像个父亲。

犯起糊涂来，父亲特意把妻子叫到身边，打开一套木鱼石的茶具，煞有介事地说："这是一套木鱼石……这可是价值连城的宝贝啊！将来把它献给皇上，你有什么罪过都能赦免……"此时，在父亲叠加错乱的意识里，早已分不清今夕何夕。只是他那片真正为孩子着想的爱，让人哭笑不得，又肃然起敬。

父亲去世那天妻子正在北京，由于入殓仓促，她没能见着我父亲的最后一面。但她还是在北京的家这边，取出两位老人的一张彩色的合影，点上两支蜡烛，摆了水果等供品，郑重其事地烧了三炷香。她发短信给我："……以后再也听不到有人用特有的声调×啊×啊（父亲对妻子的昵称）地叫我了……"我能从语气中想见妻子的欷歔泪落，体会到她那种复杂而真挚的惆怅。

死脸：照顾老人的人都会挂相

父母与儿女血脉相连。就我来说，我有34年与父母一起生活的经历。父母于我，有生身和教养之恩，有相知相处之情，有牵连不断的共同磨难和记忆。我对父母的孝敬是天经地义的感恩和回报。

但妻子没有。我们成长在各自的家庭里，到二十几岁，才像两股不同走向的涓流汇合在一处。在这之前的我的父母，在她的记忆和体验中则完全是空白的，所以不能要求另一半对我的父母，也怀着与我同样深厚的感情。

我们那段时间的分开，并不是因为我父母让她无法忍受，而是我长期沉溺于父母的病况之中，从此一蹶不振的生活态度。我一进家门就带回一张半死不活、扫眉耷眼的"死脸"，这让妻子顿觉信心全无。

我只会逆来顺受，并因此怨天尤人。但从根本上说，我是缺乏张大民那种乐观面对生活的勇气。我一度把妻子的乐观，误解为是她"别有用心"，是"站着说话不腰疼"——敢情生病的不是她的父母——我当时就是这么想的。

我发现：长期守护家中久病老人的人，似乎无一例外都挂着一张因极度绝望而颓废，因颓废而茫然，因茫然而木讷、呆滞的"死脸"。这张脸上，写着痛苦万状、无以对人言的悲戚人生。即使年轻，也刻画出无比的苍老，让人一览无余洞悉到他们内心的无奈和衰颓。

在母亲住院的病房，我见过哥儿俩（当时谁也没看出是亲哥儿俩，因精神面貌太过悬殊），推他们的父亲进观察室输液。看上去很显年轻的一个，也就四十多岁吧，穿着体面，把他的老父亲安顿好，又向和他一起来的胡子拉碴的精瘦的男人交代了几句注意事项之类的话。胡子男人则一劲儿唯唯诺诺点头，看上去好像是他家特意雇佣的男保姆。一打听才知道，人家是亲哥俩。胡子男人是哥哥，早就下了岗。平时父亲跟着他过。

我对姐姐说："你看，照顾老人的人就是挂相。"姐姐一定以为我别有所指，其实我想说的是自己。

后来我在一张剪报上找到一组数据，证实了我长期阴郁性格的形成——

　　美国研究人员对 47 名曾在过去或现在正在家中照顾老年痴呆病人的受试者进行了研究。对照组是同样数量但为未照顾老年痴呆病人的受试者。研究人员在这两组受试者接受流感疫苗接种前以及接种疫苗两周后，分别从他们身上获取了血样。受试者们还填写了有关忧郁症情况的调查表。调查表明，曾在过去或现在正在家中照顾老年痴呆病人的受试者均有着轻度的忧郁症状（但尚未达到需要医治的程度），而检查他们的血样时，研究人员发现，这组受试者的免疫系统因子白细胞间素 -6 在接种流感疫苗两周后升高了 30%。但对照组同期血样中白细胞间素 -6 的含量基本没变……这种升高表明，即使轻度忧郁也能使人的免疫系统做出强烈反应。从免疫学上讲，白细胞间素 -6 的持续高位通常与长期炎症有关，而长期炎症又会引起一系列与老龄有关的健康问题，如糖尿病、心血管疾病、骨质疏松症、关节炎、癌症、老年痴呆症、牙周炎等。

研究人员表示，忧郁症已不仅仅是一种造成人的精神委靡不振、对周围事物厌倦的心理表征，而是直接可以影响人体免疫系统正常工作的冷杀手……

我终于为这一张张活生生的"死脸"，找到了科学的依据。原来他们有一个共同的名字——"忧郁症"。原来，他们也有共同的生活背景，那就是，长期照看着老年痴呆的病人。

眼科手术惊魂记 （1）

2002 年 11 月 23 日，凌晨一点多钟。刘姐半夜起来时，发现母亲已经摔倒在地上，从眼睛里往外渗血。地板上也到处是血。

母亲面无表情，好像根本不觉得疼。但从她磕肿了的眼角、眼眶、鼻梁骨的模糊血渍中不难想象，母亲怎么会不疼？也许是麻木了吧。母亲在这么大事故发生以后，竟一声没吭，完全不像从前无缘无故地喊叫和哭闹。

刘姐说："哪怕大妈喊我叫我，我也能知道啊！就今天夜里安静，一声也没喊——"她话语里充满了来迟一步的内疚。我们怎能怪保姆呢？是我们自己也疏忽了——从此，安静的夜晚，比母亲哭闹更让我们揪心。

母亲是什么时候掉下床的？如果保姆不及时发现，会不会母亲等的时间更长，流的血会更多？妈呀，您老是要下地干什么呢？

事不宜迟，赶紧送医院。父亲看到满脸是血的母亲大概也害怕了，这次没有反驳。我、妻子还有刘姐三个人，合抱在一起把母亲端下楼。

家里只留父亲一个人。平日父亲最怕夜里自己独守空房的寂寞，一通喊叫自然难免了。但这黑夜里，情急之下，已经顾不得那么多了。

先开车到离家很近的一家医院。分诊台冷冷清清，护士听完我的描述，说还是去专门的眼科医院吧，他们的急诊无法做眼科缝合手术。

母亲眼睛的血水顺着纱巾往外洇。刘姐和妻子一左一右，就这么一路把母亲攲在怀里。感到母亲似乎昏昏欲睡，怕她是失血过多导致的昏迷，于是一路都在叫喊她，摇撼她——

"妈，妈，别睡啊！"

"大妈，大妈——"

城市的道路一片空寂。白天的喧嚣都哪儿去了？

我有幸驱车带着母亲领略了一次静夜中的北京城。然而却是在母亲眼睛还渗着血，毫无知觉的情境之下。

我在这座著名的眼科医院四周转了半天，竟没找到一个为夜晚急奔而来的病人准备的停车位（也许白天很多，晚上却不易发现）。

匆忙把车泊在楼间的通道边上，刘姐和妻子在车里守着母亲，我跑去挂号。

一进挂号处的门，就看见地上横七竖八躺着从昨晚就来排队挂号的外地人。每一次落脚都必须小心翼翼，见缝插针。天南地北的呼吸汇合在一处，鼾声此起彼伏。要知道他们千里迢迢到北京的专科医院、挂一个专家号有多难！

一个病人告诉我，急诊挂号不在这里，可以直接上四楼的门诊——我纳闷，怎么来这里就医的病人比医护人员还门儿清？多亏他，因为在四周，你根本找不到一位医护人员和一块明显的指示牌。

　　几个人合力抬母亲进电梯，电梯工人在电梯间支起两张椅子鼾睡。我们不忍心打扰人家，只能拥着母亲，局促在电梯间的一隅，自行控制上下。到了四楼，空旷的候诊大厅更是静得怕人。

　　没有借到担架。我们费尽力气，端着母亲，在大厅里横冲直撞。

　　好不容易发现眼科门诊的门。从里面上了锁，我们只能站在玻璃门外使劲儿敲门，一边敲一边喊"大夫，大夫——"喊了很多声，一个像过去学校里"舍监"模样的女大夫，才拿着钥匙姗姗走来开门。见她哈欠连天一副没睡醒的懊恼，倒叫我们过意不去。

　　为母亲冲洗了泪道，医生诊断为泪小管断裂，须做吻合手术。

　　但她提醒我们："吻合手术也不一定能找到断管，即使找到了，手术顺利的话，病人也要戴三个月的导管，能不能愈合还很难说。"

　　"那要是吻合不上，像您说的，会出现什么后果？"

　　"后果就是眼泪无法排出，看起来老是泪汪汪的……你们自己考虑做还是不做。"

　　母亲完全听不懂这些，她在一旁表现得痛苦而绝望。我心想，妈啊，您不是不睡觉吗——这下，您可真别想睡了。

　　鉴于母亲十年的脑血栓病史，并于三个月前刚刚复发，于大夫（胸牌上写着她姓于）让我们下到地下二层的内科，测量血压和心电图。直到这时，我们才在内科租到一辆平推车，可以推着母亲。

第一次量血压，是 160—90，并有心肌缺血。医生给开了些静点的针剂，准备手术时用。

把母亲抬到三楼眼科，吃过药约二十分钟。我们找于大夫请她再为母亲量下血压，偏血压计又坏了。她又把我们支使到 B2 的内科。母亲这次的血压是 120—90。仍有点高，但只能凑合了。

本以为终于可以做手术了，但我们没料到，母亲长期以来不由自主的哭闹，使她根本无法配合手术。哪怕整个手术只需短短的十几分钟，她也无法坚持。母亲已经没有意识，任何哄劝对母亲都无济于事。

手术的大夫没辙了，怎么推进去的，我们又把母亲怎么推了出来。母亲一出手术室门就嚷着要撒尿。刘姐与妻子两个女人，连拉带拽帮她到女厕小解。我这时干着急插不上手。

我们把母亲推在门诊室外的过道里。此时的母亲相反不哭了也不闹了，面无表情，睁着失神的大眼睛望着我。母亲偶尔打个大大的哈欠（说明她很困，已经熬不住了），但还是跟在家一样睡不着。

"您怎么就不能坚持一下呢？十分钟也不成吗?? 手术做不成，眼睛就完蛋了您知道吗?!"我的抱怨只能说给自己听。我又急又恨，然而母亲却对她自己造成的无穷后患一无所知。

面对这样的母亲，我还能怎么样呢？看着母亲我行我素的漠然，我心里一阵难过和心酸。

我曾在哪里见过这样无精打采的，失神、无助的眼睛么？——

开车在 107 国道上，正遇到一个保姆模样的人，推一位老太太过马路。似要过又不敢过，犹豫了几次。当我欲强行闯过去的时候，她们又突然往路中间走——害得我赶紧踩住刹车！

"怎么走呢？不看着！"我急了，大叫。

对了，我看到轮椅上的老人，也是一双呆滞失神的大眼睛，面无表情。我想到了母亲！我事后因想到了母亲，而愈加觉得对那位老人无可弥补的深深歉疚。

于大夫开了化验血常规和尿常规的单子，要我们先带病人到 B2 化验，再自己上四楼找麻醉科"会诊"。化验过后，刘姐负责看着母亲。我和妻子又去找麻醉科。

七拐八弯的一条通道，连接着医院的新楼和老楼。麻醉科在老楼。楼梯昏暗黢黑，寒夜里不住有阵阵冷风灌入这条走廊。

按门铃叫醒麻醉科的值班护士。依旧是一副睡眼惺忪的倦怠。

我们被获准只能进去一个人，另一人在门外等。妻子说她一个人在黑黢黢的走廊里等有些害怕。于是，我让她进去跟医生谈，自己则在大铁门外，焦急地等待结果。

这条幽暗的走廊一直延伸到我儿时的记忆，让我联想起小时候，母亲经常带我看病的同样一条走廊。只不过，那是通往另一家医院的小儿科的必经之路。

母亲抱着我穿过那走廊，一股浓烈的消毒水味和病儿哇哇的哭声就在暗示我，我的厄运也将到了。于是开始跟着哭——那或许是我对医院和医生的最初的记忆，而且这景象，在以后无数次，被虚张声势地呈现在我的梦境中，把梦渲染得格外恐怖。

小时的我是那样体弱多病，不得不连累母亲经常半夜起来，抱着我穿过一条条纵横相接的胡同，最后到达人民医院。

夜色、街灯、母亲急促的脚步以及喘息声。对了，还有一个类似《红楼梦》里姐妹们赏雪景时披的那样的红斗篷（一被围上它，我就知道又要上医院了）。母亲不聪明，但母亲对这条一公里长的道路，熟悉到即使闭着眼也不会走错。

记忆里还有我的父亲。

父亲每星期都带我去一家医院"捏积"。就是用手捋着后脊梁骨，从上到下依次捏，再从下到上反复几次，每次都疼得我大哭不止。我不知道现在的中医还有没有这种用来治疗"积食"的方法（好像是一种因营养不良形成的小儿常见病），现在营养过剩的孩子，还会不会得这样的病？

一张简陋的预约卡，就是在一张白纸上盖几个阿拉伯数字的红戳，去一次撕下一个数字。我记得当时最大的盼望，就是父亲手里的白纸上的红戳越来越少，那样我就不用整日活在叽里哇啦杀猪似的号叫的噩梦中了。

从小到大，我都是一个标准的"多愁多病身"（我曾戏言，怎配妻"倾国倾城貌"？）当然这有很大一部分原因，要归咎于我的父母。他们一方面沉浸在"老年得子"的喜悦的同时，也为我埋下了体弱多病的必然隐患。

小时候他们四处为我讨得偏方（据说把鸡蛋皮擀碎，在火上炉糊了，和在水里喝，可以起到类似补钙的作用。母亲便如法炮制。以至直到今天我还能快速反应出，当年"坚硬"的糖水里弥散的鸡屎味），三天两头带着我往医院跑。

在我20岁那年，因一次意外的扭伤，我被诊断为腰椎间盘突出。需要相当长疗程的按摩治疗。骨科的专家门诊规定，一个上午只看十个人，要很早就去排号。

父母亲天不亮就起来，俩人轮流去挂号处排队。有时是父亲先起来，然后母亲再走去换他。那家医院离我家大约三里路，走快了，一个来回也要一个小时。可他们风雨无阻。他们从不叫醒我，就是希望自己的孩子能多睡上一会儿……

那时的父母亲可曾想到：有一天，他们的儿子也要半夜起来，送他们去医院看病、排队、挂号？怀着同他们当年一样的心急如焚？

这些感触并不是我在这家医院的走廊里想到的。漫长的等待过程中，我什么也顾不得想，只祈祷妻子出来时，不要有最坏的消息带出来。当然，也想了另一件重要的事：当天上午，是我一个多年不见的朋友的婚礼。礼物早就准备好了，提前在电话里答应得板上钉钉，实在没理由推托。三点钟的时候还守在医院的我，十点能赶到吗？

终于，铁门开了。麻醉科大夫陪我的妻子走出来。

麻醉大夫对血尿的化验结果看都没看，就说："像这种情况的病人，只能采取全麻。但不排除会有很大的风险（以母亲的年龄和严重的血栓病史），也许就醒不过来……而且，即使全麻允许，也马上做不了，要等床位，并留院观察以后，才能实施手术。"他还说，"局部麻醉效果不大，还容易导致脑血栓的再次复发，后果可能比单单眼睛的问题更严重。"

他让我们再下楼去跟手术室商量。没想到，母亲仅仅是泪小管的断裂，竟引出这许多麻烦，甚至是性命之忧！

我们又下楼，把麻醉科的意思转达给手术室的大夫。手术室这次只开了一道门缝，仅够主刀大夫的头从里面勉强探出来。

我们说全麻危险系数太高，作为家属，我们不同意做全麻。主刀大夫则强调，局麻肯定不行。最后我们妥协道："可不可以只为母亲做简单的缝合手术，不做泪小管吻合？"

主刀大夫莫名其妙地看看我们："那门诊就可以做啊！"砰的一声，仅有的一道门缝也关闭了。

母亲还被遗忘在门诊室的过道上，昏昏然无精打采。见我来了，哭着向我喊道，"家去吧——家去吧——"

手术还没着落，可怜的母亲在寒冷阴暗的过道里熬了一宿，再也撑不住了。

眼科的于大夫看了看病历本，问我："麻醉科怎么没写意见呢？"

我又上到麻醉科，第二次叫开铁门，找大夫留下"墨宝"。

于大夫又说："就是缝合手术也要手术室做，门诊做不了。"

"可手术室让找门诊啊……"

于大夫摇了摇头，走开，不理我们。

眼科门诊、内科、麻醉科、手术室各有说法，而且是自相矛盾。他们所谓的"会诊"，无非是一切由病人家属一趟趟屁颠颠地东奔西跑四处央告，向医生提出问题，并努力自己解决问题——大主意自己拿，医生不参与意见。

在这些医生眼里，病人简直就是一个支离破碎的简单生物，他们只从自己所谓"专业"的角度，考虑动这一块还是不动那一块，各取所需，如同市场上买猪肉，掂量着是要腔骨还是排骨，还是前后肘棒比较合适。何曾真正把病人当做一个整体的"人"？

两年后，在母亲去世前夕，我在另一家医院，又遇到了同样可笑的事——

当时正处于深度昏迷的母亲，身体各个器官都呈现出整体的衰竭。母亲因长期卧床，引起小腿严重萎缩、呈青紫色，摸上去冰凉如铁——这又引来外科的一番例行公事的"会诊"。外科大夫郑重警告说："必须截肢了，不然会发展到全身。"其时，主治医师早已经口头给母亲下过了最后的病危通知。

我当时甚至有点怀疑外科医生的基本职业道德——他难道看不到，此时的母亲已经奄奄一息了吗？根本等不到截肢那天，随时都可能一命休矣！

我并没有指责医生的良善用心，我只是觉得无奈和可笑。病人在这种生命垂危的时候，需要的不是再忍受截肢之痛——而是，出于医道和人道的终极关怀！

被尊奉为西方学院医学奠基人的古希腊著名医学家希波克拉底的誓言——后来成为近代许多国家医学生毕业时的宣誓词。我不知道中国的医生，在从医学院毕业走向临床的前夕，是否有过这样的宣誓——

　　……我将竭尽全力治疗病人，不给病人带来痛苦与危害……我愿以此纯洁与神圣之精神，终身行使我的职责……

病重的母亲，曾多次与庄严的希波克拉底誓言擦身而过。

尽管还有寒意，但微明的曙色也能有效地驱走困倦。时间已到了凌晨七点多。

门诊室多了一位男医生，对我们的要求仍置若罔闻。几番电话里的周折，他才勉强给我们答复：就是得在麻醉科在场的情况下，联系好床位，他们才敢缝合。

理由倒也简单而充分：他们不承担责任！

经历过一整夜的时间，各科室之间推三阻四，母亲除了被搬来搬去，做了各种化验之外，没有得到任何有效的救治！截至此时，我们用于支付各项检查、开药的费用已近700元。

病人渐渐多起来。两个医生顾不上应付我们，而是用同样冷冰冰的态度又去招呼其他病人了。把我们和过道里昏昏欲睡的母亲遗忘在一边。

妻子气冲冲质问医生："到底能不能缝啊？我们都等了一宿了……"

年轻的于大夫显然更冤枉："我们不也陪你们一宿没睡吗?"

这是我听到的最荒谬的逻辑——夜班医生，在夜间为病人看病难道不是他们的职责，他们的工作吗?!

妻子："这么大个医院，难道连这样的缝合也做不了吗？""……而且我们可以签字，万一出了问题，保证绝不追究医院的责任！"

医生："要知道万一手术有什么闪失，那我们作为医生的前途，一辈子就算完了！"他们想的是自己，哪里想过病人?!

妻子对医院不负责任的冷漠（简直是"渎职"）气恼至极，委屈得哭了，对我说："带妈回家吧，咱不在这儿治了……"例行公事。我们按医生的要求，在病历本上写下"不同意全麻，自愿放弃手术"，以表明跟医院彻底一刀两断。

但，这不是结果。我们要为他们的冷漠、职业良知的沦丧，讨个说法。

自作主张把母亲接出医院，已是太阳高悬，大街上车水马龙。

母亲眼睛的血已止住了，只剩下疼痛。其间，父亲打过无数个电话，问怎么还不回家？他一个人在家没着没落的，跟着担惊受怕。天亮以后，我通知大姐去我家照顾父亲。

折腾了一个晚上，却无功而返。我甚至有些怪罪妻子。毕竟病人在人家手上，逆来顺受已成为中国病人和他们的家属被千锤百炼出来的好习惯，不是轻易改得了的。这倒好——从这家著名的眼科医院出来，还有哪家医院轻易敢接？

这个节骨眼儿上，我们的据理力争和意气用事，只能更加延误母亲的病情。

我们作出放弃的决定时，只是觉得忍不下这口气！但放弃以后去哪儿？找谁？怎么办？心里都没底。

一路上左顾右盼，时刻留意着身边合适的医院。比较来比较去，想不出究竟哪家才合适。在快拐进家门口的时候，我们还是想到了这家熟悉的社区医院。尽管希望渺茫，也只能试试看。

眼科手术惊魂记 （2）

　　我曾多次提到过这家社区小医院，却一直忘了介绍——

　　这是一家门脸不大的门诊部，但牙科、眼科、内科、外科、妇科、儿科等设置齐全，并有 B 超、X 光等基本的检查设备，这在社区小医院里，已经很难得了。母亲多年问诊、输液，都是由他们上门服务，态度一向亲切和蔼，像一家人一样。

　　这些年来，就是这家小小的医院，凝聚维系了父母亲太多的痛苦与希望！

　　进去的时候，正在擦地的护士便跟我们热情地招呼。正巧主治外科的曹副院长也在。当我们把母亲的病情一说，曹院长一口就答应下来："可以做！"

　　我当时有点发蒙。就这么简单，他说，"可以做！"将信将疑，我无法相信这家社区医院能如此痛快地，把握十足地——解决我们一整夜漫无目的的奔忙?！

　　曹院长一边帮我们把病人抬到外科诊室，一边叮嘱护士做手术前的各项准备工作。

护士大概也看出了我的疑虑，小声安慰我："我们院长就是干外科的，他能答应你，说明他有把握！放心吧。"

准备工作进行得有条不紊，包括了必要的抢救措施。

曹院长在临上阵前，把我叫到一边："小伙子，我们会尽量为你母亲做好这个手术。但我事先也得跟你交代清楚：老人这么大岁数了，而且有严重的脑血栓病史，万一出现危险……当然，如果真的发生意外，我们会马上停止手术，及时抢救。但我是说，你要有个最坏的思想准备。一旦抢救不过来的话，也只能……"

"只能一个人进来，你们谁来?"院长要我和妻子两人选择。

"我来。"这时候，儿子责无旁贷。

妻子有点儿承受不住了，使劲攥了一下我的手，小声对我说——"没事的，啊?!"我们用目光互相给对方打气，祈祷母亲能够平安度过这一关!

母亲的心电图结果与夜间基本一样，血压还可以。打了一针麻药后，曹大夫开始缝针了。

我一直握着母亲的手，手心里的汗一点点浸出来。默念着——"妈，没事的。妈真棒!……"

在整个缝合的过程中，曹大夫一直有一搭无一搭地跟母亲说话，为的是放松母亲的心情，同时密切关注着母亲的任何一点反应。

母亲果真还了我们一个奇迹，手术居然无比顺利。前前后后只用了五分钟。曹大夫放下针的一刻，长舒了一口气，表扬母亲说："没想到老太太真棒，这么配合！"

我不知该怎么感谢这位技艺高超又待人和蔼的曹大夫。一时激动得语无伦次，泪光莹莹。

我对母亲说："人家大夫都表扬您了，妈！……"

母亲也在笑。母亲很少笑，但看得出分明也在笑了。

曹院长对手术的顺利成功似乎在预料之中，不以为意。只是说："不用谢我，好好照顾好你的母亲！"

我胡乱地点着头，大有劫后重生的感慨。

一个不眠夜，两种际遇。让我看到了作为医生的两种境界。我无话可说。

手术的确很成功。拆线后，母亲并没有像之前被告知的那样，总看起来泪流不止的样子。除了每天都要增加一项——为她上眼药膏以外，一切如常。母亲对上眼药膏这件事倒很热衷，指指桌上的药膏，主动要求给她抹。

尽管如此，我仍然觉得有必要向眼科医院讨一个说法，于是写了一封措辞犀利的《致××医院的一封信》，快递给眼科医院院办公室，把那天夜里的遭遇如实呈报给院方。

我在信的最后询问院方——

一、是否允许所有科室的夜间值班大夫在没有病人就诊的情况下可以睡觉，而让病人久等？

二、"急诊"理应讲求看病效率，非重症病人尤其不会选择夜间就诊，而贵院却将病重的母亲从凌晨 2：30 一直耗到天亮，竟没采取任何有效措施——万一伤口感染，责任谁负？这还叫"急诊"吗？

三、医院是否规定当事人有权互相推诿：缝合手术来回推，麻醉意见来回推，就连由谁量血压、静脉点滴也互相推——由此造成的时间损失由谁补偿？

四、是否规定所有"会诊"都要由患者或家属亲自协调并转达各科室意见。本是医生的失误，如麻醉科不写会诊意见，眼科的血压计不准等，为何要连累病人来回跑腿？

五、院方是否认可：只要各位经手的医生在自己的环节上不担责任，则可无视病人其他更为严重的并发后果？如，脑血栓的并发是神经内科的事，与外科无关？

六、院方是否认为所有检查和所开的药物都是必需的？如血、尿常规检验结果医生根本没看，而医生所开的药物中有几种药价格很贵。

七、作为医生，可否考虑到病人年龄及不能自理活动的特殊性，而让年迈的母亲楼上楼下折腾？这样做人道吗？

眼科医院终于给了答复。

第二天，眼科急诊、院办、值班室等负责人，亲自上门到家中表示道歉和慰问，并提了一只昂贵的果篮。他们特地来到母亲床前询问了母亲的病，表示以后随时可以去他们医院复查，他们会以优质的服务接受我们的检验。

至于那两个当事人，据他们说是刚刚分过来的两个实习医生，所以才发生这样的事……但"请你们放心，我们回去一定要严厉处分，绝不姑息。你们的信已经被复印了若干份，准备拿到职工大会上，作为各个科室的学习材料。这对全院都是一个很好的警示啊！"

我们并不期望处理某个人，我们希望的是，这家医院今后对待所有的病人都应该一视同仁。要是我们没有向院方反映情况呢？要是我们也像大多数病人那样，忍气吞声息事宁人呢？他们会不会根本就意识不到，在他们看来司空见惯的行为和态度有什么不妥？——要知道，大多数病人——尤其是那些躺在挂号大厅里远道慕名而来的外地人，他们是很少争取并利用自己的话语权来保护自己的——他们就活该承受这所有的不正常吗？？？

好在母亲的眼睛恢复得很好，正如他们说的，这比什么都重要。

玖章

我们把守护忘记了

无后为大：一场两代人的战争

　　看着我结了婚，想要抱上孙子又成了父亲晚年耿耿于怀的一块"心病"。我家上辈几代单传，男丁不旺。父亲甚至早就为我的下一代准备好了名字，有大号也有小名，都是他没事时瞎琢磨的。但父亲看我们结婚几年，一直没动静，也就失望了。长叹一声，只怪他自己没这份"德行"。父亲看到自己的侄子都有了孙女，会默默流泪。

　　看到妻子抱着宝贝猫又亲又哄，"闺女、儿子"地一通叫，他也受不了。他偷偷对妻子说——"别让猫叫我爷爷了，扎我的心哪!"

父亲与妻子的第一次正面冲突

　　2003年6月23日，在妻子与父亲之间终于爆发了一场正面冲突。

　　起因是我接妻子下班回来的路上起了争执，互相看不顺眼，蓄势已久的战火硝烟从车内蔓延到家中。我们在父亲房间隔壁的书房里，以沉默僵持着。在这寂静的沉默中，父亲没完没了的絮叨声就显得尤为刺耳。

　　他的每句话都像是弦外有音，别有所指。说的是我，也翻腾儿媳妇的种种旧账。后来父亲又拿母亲说事，大意是嫌妻子很少管我母亲叫一声"妈"，回来也少主动对他们嘘寒问暖之类的。其实妻子不是那种习惯"假招子"的女人，父亲一相情愿的苛责显然有失公平。

　　冷战中的妻子和我，对这些逆耳的中伤都很敏感。妻子忍了又忍，最后平静地对我说：——

　　"咱们离婚吧——"

　　瞬时我的头快炸裂了。

　　"改天再谈吧——"

临到要我作出选择的节骨眼，我不知该如何承受，只有回避。妻子说过，在他们二老在世的时候，绝不跟我提分手的事，她理解我的难处，她说她再难受，也要陪我走过最艰难的这一关。然而这次妻子真的对我失望了，对我的父亲更加失望。她已经被这个家耽误太多太多了，再也等不起了。

妻子："就现在谈吧——"

父亲还在不停地唠叨，火上浇油。

妻子冲过去对父亲说："别再嚷了！"

以往，父亲对妻子的提醒大都还买账，那天不知怎么了，父亲恶狠狠地瞪着豹眼，不依不饶地向妻子——"不行，我就得说！"

妻子威胁他："你再嚷我就走了，永远不回来了！"

父亲："你爱去哪儿去哪儿！"

……

第一次看两个人面对面戗起火来。父亲竟一把抄起身边的拐棍，一副要抡人的架势，被妻子夺过来。

妻子："你还要打我?!"

"我让你打我，朝这儿打！"父亲伸过脑袋给妻子。妻子被气得骂骂咧咧出了房间。

我过去的时候，父亲把无情的一顿棍棒赏给了我。我委屈地狠劲儿抽了自己好几个嘴巴子，父亲才稍有停息。妻子心疼我挨打，哭着跑过来，要跟父亲拼了……

"滚——都滚！"我摔门而出。我听到自己酣畅淋漓的哭声。很多年，我没有听到过自己的哭声了。

妻子随后打电话把发生的事告诉了姐姐。姐姐毕竟毫无办法，只能劝了她又劝我。妻子说再这样下去，人都快被逼疯了。这日子没法过下去了。妻子边哭边向姐姐倾诉这些年来憋在心里的委屈——她说其实谁都有父母，但从来没碰上过这样不通人情的！即使是忤逆的罪名她也宁愿担了……还有，更根本的是，我现在对她动不动就发脾气，让她更心灰意冷，她在电话里说了她决意要离婚的事……

她理解我的性情变得越来越恶劣，大都缘于我的父母；而我也同样理解她的下之不易的决心，是出于忍无可忍的无奈。但理解既不能替代现实，更不能解决问题。

姐姐当然无从想象问题的严重性。多少次半夜里他们闹起来，折腾得死去活来的时候，那时候我也气愤得想打电话，恨不得当时就把姐姐们都叫过来。因为我觉得自己实在承受不住了，她们也有分担我痛苦的责任！但我一想到深更半夜，她们受惊扰的忧切和束手无策，还是作罢了。等吧——等到天亮再说吧——这一等往往就把当时盛极一时的火气耗得差不多了。天终于亮了，父母也略有消停。再打电话告诉她们，还有什么意义呢？

知夫莫如妇。

其实我单挑出这件事把它还原出来，对妻子是不公平的。

十几年来，没有人能真正理解，妻子为这个家付出和牺牲了多少。

无论是母亲还是父亲生病，都是妻子在第一时间，陪着我跑前跑后。有她在，我就有了主心骨，而不至于方寸大乱。

妻子脾气是有些火暴，但她有惜老怜贫的一副热肠。即使父亲临走前几个月，妻子陪我一起去看他，给父亲打水、洗脸、洗脚、剪指甲……做得极有耐心。逛街时，妻子特意想着，给母亲买了新的衬衣衬裤。母亲没来得及穿上它就走了……在给母亲烧这些衣服的时候，我强忍着悲伤——"妈，您带走吧，儿媳妇给您买的……"

离他们空间距离越近的人，所受的伤害也就越大，越不为人知。

以后的几天，我与妻子因为她和父亲发生正面冲突这件事分而居之。一个人睡了好几天的沙发，辗转反侧也没能想清楚是非对错。后来我写了一封长信给妻子，真实地说出了我内心的复杂感受。妻子不是那种不通事理的人，遂使一度僵持的局面终于有了缓和，算是不了了之了。

小小孩，老小孩

我一再提到，父亲由于深度的自卑感而导致心胸狭隘。他为自己没有能力给儿女一个丰裕的家庭环境而内疚，但他表面上却总喜欢把姿态端得高高在上。

打我刚谈恋爱的时候，父亲便一再告诫我说："咱可不兴骗人家，咱们家什么情况，你得如实告诉人家……"看得出父亲当时内心的谨小慎微。

在我们商议结婚的当口，父亲又屡次向妻子申明"家里穷"、"没房子给你们"之类"有言在先"的"丑话"。他的这番强加于人的蛮横的申明，反倒引起了妻子的强烈反感。

"没房还结什么婚啊?!"妻子也故意顶撞他。

父亲觉得面子上下不来，一口气窝在心里。

妻子说过就算了。她只是受不了父亲当时的态度，过后就忘了。但父亲事隔多年，还以此为芥蒂，背地里对我提起某年某月，他被儿媳妇一句话撅得颜面扫地。

父亲的另一块心病我也再清楚不过了，就是他希望有生之年能看到隔辈人，让他抱上孙子，接续香火。

其实以他生我时的年纪，能看到自己儿子结婚已属难得了。他当时想都不敢想会有这么一天。记得还在我上小学的时候，父亲常常潸然泪下地托付姐姐、姐夫，说他有一天不在了，一定让几个姐姐帮衬我。他是始终放心不下没有了他的一天，他这个"老儿子"的未来依靠谁呢？

我结婚那天，父亲当着亲家的面，竟激动得哭天抹泪，弄得大家都不好受。他当时真是喜出望外地动容。

但人的愿望总是得陇望蜀，不满足。如今看着我结了婚，想要抱上孙子又成了他晚年耿耿于怀的一块"心病"。我家上辈几代单传，男丁不旺。到我这辈，父亲他们老哥仨，就只我和老家的堂兄两个男孩。父亲甚至早就为我的下一代准备好了名字，有大号也有小名，都是他没事时瞎琢磨的。

但父亲看我们结婚几年，一直没动静，也就失望了。长叹一声，只怪他自己没这份"德行"。

作为旁观者，当你目睹老人和孩子在同一场景时的有趣画面，更会让人又气又笑。

堂兄家的小孙女那年三岁，按辈分管我的父亲叫"太爷爷"（俩人相差八十四岁）。小孙女人小鬼大，常去父亲住的屋里转找好吃的。父亲因常常胡乱地用拐棍胡噜东西和抢人，被堂兄把棍子收了起来。卧在床上的父亲就求小孙女帮他拿棍。

　　小孙女照办了，把棍子还给他。父亲连连向她作揖，嘴里还不住地——"谢谢谢谢"……

　　堂兄给我转述的时候逗坏我了。他也是听小孙女转述的。问她，"你太爷爷怎么谢你来着？"小孙女就模仿着父亲作揖的样子，于是哄堂大笑。

　　有村里的街坊过来串门，打趣道："呵，你家这一老一小的啊，真没法儿啊！"

　　小孙女学会了，逢人便扬着一口乡音说，"你家这一老一小的，真没法儿啊！"……

　　父亲看到自己的侄子都有了孙女，会默默流泪。看到妻子抱着宝贝猫又亲又哄，"闺女、儿子"地一通叫，他也受不了。他偷偷对妻子说——"别让猫叫我爷爷了，扎我的心哪！"（是他的神经又错乱了！）

　　毕竟舐犊情深。父亲在考虑传宗接代的大问题的同时，也在为我着想。看到我为他扫地，收拾屋子，父亲不由得落下泪来，他说难为把我"当个女孩子使唤了"，他又说："我老了你能照顾我——可将来你老了呢，谁管你呀？……"

　　父母亲到死也没能等到围绕他们膝前的孙子孙女，就像我从生下来就与爷爷奶奶、姥姥姥爷无缘谋面一样。他们两代人，都是带着遗憾走的。

　　如果说"不孝有三，无后为大"，那我就是最大的不孝了。父亲一度认为我们不给他留下后人，是有意跟他作对，是对他的整治和报复。

他为此迁怒于我和妻子。可他从不想，是谁直接造成现在的结果？他并没有体谅我们的难处，那就是赡养他们的现实问题。经济的窘迫、工作的压力是一方面，更主要的，照顾父母两个老人已让我们自顾不暇精疲力竭了——哪还有心情、精力养小的？像与我同龄的朋友中间，一般都是父母能为子女搭把手。但在我们家，非但指望不上父母，相反，照看父母本身的负担，实在比带一个孩子更难一百倍。

虽然没自己生养过，但从周围人谈及孩子时那种不厌其烦眉飞色舞滔滔不绝的兴奋劲儿看来，抚养孩子远比赡养父母容易得多，更有乐趣得多。我就没见谁在大庭广众之下，那么有激情地讲述赡养年老体衰的父母的。

俗话说：老小孩，小小孩。

意思是说，人越到老，越呈现出许多小孩子的性格特征，诸如不管不顾，争强好胜，任性，嘴馋，脾气时好时坏忽晴忽雨……就连小品里也说过："对待六十岁的老人，要像对待小学生一样；对待七十岁的老人，要像对待幼儿园里的孩子一样；对待八十岁、九十岁的老人，要像对待刚出生的婴儿一样……"

谈何容易。老人在许多方面又毕竟不同于孩子。

老人在他们的一生中已经形成了许许多多根深蒂固的观念和想法。他们以他们的阅历倚老卖老，常令晚辈生厌。他们不懂得"与时俱进"随行就市，更与年轻人的思维和行为方式格格不入。当然这不是所有老人的通病，只限于我家老人的情状。

　　我的母亲无一天不哭闹，父亲无一天不骂人、生事，从行为表面看，都近似于孩子。但孩子的哭闹很容易哄，母亲则实为病魔所擒，不听任何哄劝；孩子总在一天天成长，看着他们一天天长大的那种喜悦，会很快把大人的烦恼冲得烟消云散。这些父母也做不到。父母的病症总在一天天加重、恶化，让身边的人一日甚似一日地为他们担忧。从他们身上，你看不到希望和出路，却时时刻刻感到死亡的逼近。

　　孩子的长大，一个微笑，两步爬行，一个响屁，或是从小嘴儿里往外吐唾沫，这些小动作足以把父母或爷爷奶奶哄得人仰马翻——老人非但不会哄别人开心，就是别人怎么哄，他们也很少开心。

他活在我们心中，我们活在他的阴影下

2003 年的 11 月间，岳母来北京看望我们。这也是我们搬家两年来，岳母第一次来到新搬的家里。以前，妻子也多次邀岳母过来看她，岳母都推说忙，走不开，其实她是顾虑我父母病重，怕住在这里给我们添麻烦。岳母是一个识得大体并且在各方面想得细致而周全的女人，她把我们的种种难处考虑得比我们还多。

好在这次赶上妻子的老姨来京看望儿子，岳母才勉强同意一起过来。父亲这时吵闹的频率已明显提升，由三天两头改为一天几次。那些时日，保姆家里有事提出要辞职。我们想，反正岳母和老姨都在，辞就辞吧，并不急着找。

白天我们都上班时，岳母和老姨就担当起照管我父母的责任。岳母一心想让我和妻子能处理好自己的事，特别是感情方面——那时岳母已隐约觉出，我们夫妻间出现了很深的隔阂。劝我们别为家里的事分心，一切有她们呢！

回到家，她们已经把父母换下来的尿布洗好了，沿着走廊铺了一

地，说这样干得快。感动得让我不知说什么好。

父亲对此颇以为不妥。他当时想的是：人家既是亲家，又是专程过来看闺女的，怎么能让人家当保姆似的干这干那，伺候这老老小小一大家子——简直不成体统！父亲不再让她们接近端尿倒水的脏活，连做饭也不想再让人家受累。

岳母像哄孩子一样，哄她的亲家母玩。母亲坐在床边，也像孩子一样，用痒痒挠够地上的拖鞋。岳母管这叫"钓鱼"，母亲每钓上一条大"鱼"，便绽出孩子般开心的笑容，间或伴着格格的笑声——母亲已经好久没这么笑过了。

岳母指着电视上播放的相声节目，问母亲："看看，谁呀？——认得不？"

母亲兴奋地脱口而出——"马季。"

"你还真行啊，还认得马季！那我是谁啊？——"岳母指指自己，"我，是谁？"

这次母亲连头也忘了摇了。她为自己辨认不出眼前哄着她的人而着急，又咧嘴哭了。

母亲不识字，但视觉记忆却无比精确。哪个演员演过什么，看一遍就记，再看见时，基本不会弄混。但病重以后的母亲出现了对"近事"的记忆障碍——以至连亲家也认不出了。

有岳母在，母亲那几天很少哭喊了，倒是乐的时候多。有时刚一撇嘴，只要马上哄她，她也就忍住不哭了。可见我们还是没有足够的耐心去哄。其实只要是不嫌烦，母亲的哭闹未必一定是哄不好的。大家见母亲的精神头儿一天天在好转，都很欣慰。

岳母刚来的几天，父亲倒还显得很热情，与亲家母你一言我一语的，谈笑风生。但没过几天，他就开始恶语伤人了。

我感觉到父亲的无理取闹，是有一天我回家后，从岳母的脸色上读出来的。因为之前每天回到家，岳母都会兴奋地向我描述父母的种种趣事，汇报两个老人这一天的"表现"。但那天没有。

第二天上班的时候，意外地接到岳母打来的电话，语焉不详，闪烁其词。大意是，让我尽快找个新保姆伺候他们吧，她们想走了……岳母是轻易不会在这时候、通过电话的方式打扰我工作的，我猜到了问题的严重性。随后是父亲的电话，主题就一个：催我"赶紧家来"！

听岳母说，父亲多次向她谈起我和妻子，最后竟把他的"无后"归咎于妻子"不生养"——这让一直隐忍的岳母怎么受得了？父亲甚至还怀疑岳母这次来的目的，也是帮着拆散我们婚姻的，说什么谁劝说我们离婚就是"大逆不道"……

岳母气得愣在那里，脸色煞白。手在不停地抖。

我听后简直无以言说地难受，肺都炸了，冲到父亲面前大骂："你凭什么这么说人家?!!!"

妻子当时出差上海，这件事岳母嘱咐我千万对她的女儿隐瞒。岳母理解父亲这是病拿的，所以才会不着边际地胡思乱想。岳母说父亲说就说吧，算了……她主要担心自己的女儿知道了会受不了。

我原想把这个秘密隐瞒到永远，不想因此让妻子再增添对死去父亲的怨恨。尽管现在想来，谁都理解父亲当时的想法和做法，是出于猜忌、怨怼、与世人结仇的痴呆病态——但妻子能容忍父亲曾对她母亲的不敬吗？

人死债不烂。

父亲尽管一生受穷，却没给儿女们留下欠别人的任何实际债务。

晚年的父亲，却欠下了很多的"人情债"。它们并不会因为人已不在了，就能轻易从当事人的痛苦记忆中抹去。如今，父亲斯人已逝，在追念父亲的同时，他当初一手制造的家庭关系的阴影，却一直长久笼罩着儿女们现在的生活。

我们活在父亲的阴影下面。

父亲活在我们心中。

下班后，聚齐了三个姐姐在阜成门华联附近的一家餐馆吃饭。这是我们姐弟几个这么多年来第一次聚在一起，郑重其事地开家庭会议。当然还是为了父母的事。

记得那天下着小雨，路面湿滑不好走。三姐到晚了。

我说，父亲最近的一系列表现已经让我受不了了。我快被他逼疯了。我说，这么多年是我一直守在身边，他们哭闹我忍着，但他们不理解我，甚至已经破坏了我的生活我的感情我自己的家庭，这代价有多大你们谁想过吗？是的，你们也很不容易，隔三差五去看他们，可你们回到自己家里还能过自己的安稳日子，可我呢，我要每天面对这些。有多少次半夜他们闹得厉害了，我真想打电话叫你们立刻就过来，可我忍住了没打，就怕你们听了吓一跳，左右为难。第二天他们稍好一点，我也不愿再打了。你们光是同情我但根本问题还是没解决啊！今天无论如何谁也不能再回避了，必须得拿出个主意来到底怎么办？……

我记得那天自己一股脑倒出了憋在我心里多年的委屈。姐姐们只有纷纷垂泪——

"怎么会闹成这样？……怎么会这样?! ……"

最后大家唯一认可的办法是，把父亲送到养老院。由于几次翻天覆地的折腾，所有人都觉得跟父亲无法相处。而一味地迁就，只能把他的破坏性激发得一发不可收拾。其结果是落得大家谁都不得安生。

三姐联系了北京一家著名的临终关怀医院，因为考虑到像父亲这种情况，一般养老院不会接收。

这家医院的收费标准比普通养老院高得多。中等档次的双人房间每月要1800元，还不包括冬天的取暖费。我们更担心，父亲能否与同病房的老人和平相处？但他们那儿每个老人都有专人看护，并有心理医生负责辅助治疗。看来比在家里条件好。

父亲肯定不能同意，这在我们的预料之中。但，"就是强拉硬拽，也要送他出这个家门"——我们预感到届时父亲必将大闹一场的可怕后果——姐姐们下这个狠心的时候，其实还是流露出不忍和不舍，姐姐说："哪怕是先治疗、稳定一段时间，再接回家也成。"

……

第二天，我和姐姐都请了假，一早到我家聚齐，破釜沉舟，共同对付父亲。

二姐把父亲的东西简单收拾了一下，先是劝说，连哄带骗说带他去医院看看病。

父亲一听就炸了——"不去！哪儿也不去！！！"他撕心裂肺发出的，简直是一声声哀号！

"混蛋！王八蛋操的！"父亲脸憋成青灰色，又一次拉开窗户，向楼下的人喊"救命"。

"那你还闹不闹了？"姐姐哭着问父亲。

父亲凡人不理，只是不住地骂街。

父亲说我要害他，诅咒我死，声言要跟我"断绝父子关系"，还要打电话报警，让警察来作证明，让他们亲眼看看，我们这群忤逆不孝的混蛋儿女，是如何联起手来对他下毒手的！

拉父亲往外走的时候，他的手死死拽着门框不撒开。母亲坐在床上，吓得大声哭喊。

"我的房子，轰我走？"——父亲当时说，他死也不离开这间屋子，不离开他老伴儿。

我无法形容当时我们姐儿几个的心情。我无法把对父亲的这种强拉硬拽，也跟"孝敬"联系起来。听着父母亲的哀号，我看到姐姐们眼里不坚定的泪光。

三十年后，父亲把自己的威严打倒在地

一位好心的朋友早提醒过我，对像我父母这样的患病老人，"与其让他们把家闹成这样，最现实可行的办法就是送养老院或医院！""到那儿人家自然有办法'对症下药'——自己家里一筹莫展，相信到了他们该去的地方，也许会迎刃而解。"

我不知该不该信任他，但对于自己的亲人，无论如何也狠不下心来。一方面愤愤不平，一方面又恋恋不舍。

朋友还说："最开始，没有哪个孩子愿意上幼儿园，也哭也闹也耍赖——那你怎么办？必要的时候，就得强制，就得狠下心来——况且这也是对他们好不是吗?!"

这难道就是含辛茹苦养育了我们的父母亲最荒凉也是最荒谬的晚景和下场？然而这一切又是怎么造成的？谁造成的？

再这样下去，搞不好会酿出人命，我们不敢再僵持了。索性不再理他。

上午，大姐负责在家看着父母。我和二姐、三姐赶紧去找新保姆。

转了很多家，又临时在报摊买了份刊有劳务信息的小报，准备按图索骥，广撒网。

路上路过药店，为父亲买了些治疗脑萎缩的中成药。

等到中午。唯一一家答应说有保姆的公司告诉我们：保姆外出还没回来，让我们下午再来。

中午草草吃了顿饭。几个人都被折腾得没了食欲，相对无话。我在饭桌上想到了一个又一个形容父亲最贴切的词汇：恶毒、狭隘、刻薄、无赖、为老不尊、倚老卖老，等等。我们想念我们从前的父亲，想念父亲支撑这个家的时候那些穷苦但很快乐的日子。

那样的日子一去不返了。那时的父亲母亲一去不返了！

家里。父亲正在打电话给所有人，怒气冲冲地状告他快被他的亲儿子害死了，让人家来，"晚了不一定能看到我了……"

不明就里的亲友一拨一拨地赶过来看望父亲。听完大姐的解释后，劝说父亲几句，又都失望地离开。很多人为了父亲这个威胁和恐吓的电话，特意向各自单位请了假。父亲的病牵动的不是一个家庭，几个人——他几乎扰乱了周围很多人正常的生活。一个人疯了，于是他身边的每个家庭、所有人都要一起疯掉！这也许才是老年精神问题的沉重代价！

父亲最信赖的我们叫他张叔的朋友，听到消息后，坐了近三个小时的公车赶到我家——我一直担心：七十多岁又患有脑血栓的张叔，万一路上有个闪失，谁担负得起？父亲见到老朋友，哭得格外伤心，认定儿子要害死他。张叔笑着劝他："不能，别瞎想了……"

张叔中午不到一点出了家门，四点到我家，四点半我开车送他回去。正赶上下班高峰，堵车——送到时已近晚上七点。

妻子当晚八点多的飞机回北京。我必须半小时内赶到机场接她。

回来的一路上，妻子与我分享着出差几天的种种见闻逸事。她浑然不知自她走后的几天来，家里发生的天翻地覆的大事件。我也不想跟她说。

岳母不想在这儿住下去了，决意搬到别处。离开我家时岳母本想着跟我的父母打声招呼——她觉得也许这次以后，再也见不到我母亲了（当时母亲的病一天不如一天），不免伤感。但一想到父亲，算了。

岳母从车窗里久久望着402那扇窗，闪出莹莹泪光……

果真，那是岳母见她亲家母的最后一面。

父亲那张嘴伤害了周围所有的人，越是至亲至近的人，更是无一幸免。

这件事的不了了之，最直接的后果就是使父亲失去了所有人的信任，他的病和苦，他的孤独与寂寞，已然引不起包括自己儿女在内的任何人的同情。我们说，他这是"自作自受"。我们对父亲生活上的照顾，仅仅因为——他还是我们的"父亲"。

周围没被父亲骂过、恨过的人，几乎没有。周围人没在背地里骂过父亲、恨过父亲的也少——

舅舅家我的几个表兄，轮番被父亲电话"骚扰"，三天两头有事没事都叫人家过来一趟；几个姐姐就不说了，天天在电话里或当面接受父亲的怒喝；还有我的表姐，父亲的亲外甥女，已经六十多岁了，逢年过节每次来都不厌其烦地劝说父亲"别净瞎想，自己有吃有喝就该知足了"，父亲当时点头表示认可，过后就不行了，依然该说说，该骂骂……

连父亲最可信赖和亲近的——我的几个姐夫和表姐、张叔他们，渐渐领教过父亲蛮不讲理的一面以后，也都不像原来那样对父亲多费口舌了。

"哀莫大于心死。"父亲的不可救药，已经到了人见人畏的地步。彻底心灰意冷了——哎，谁让自己摊上了这样的老人呢？

大家反倒安慰我要"注意身体，凡事想开点……"这话怎么听都该是在老人"走"以后说给我听的。我想大约是他们理解我当时的压力，并不亚于父母有一天真的过世。

父亲唠叨的内容越来越贫乏，毫无新意。反复说两件事：1.回老家盖房；2.让所有人拿钱给他——好让他回老家盖房。

父亲今儿跟张三说李四已经答应了借他钱，明儿又对李四说张三已经满应满许，就差李四你了，而后又电话叫王五火速过来拿钱盖房……王五过来，扑了个空，问张三李四，都说没影的事。

后来，父亲为了达到他回老家盖房的目的，又把求助的范围进一步扩大：让舅舅家的几个表兄也出钱——他们在北京打工，自顾尚且不暇，哪有闲钱？还嘱咐他的老朋友张叔"带两万块钱过来"……父亲用声东击西的伎俩戏耍了所有人。

再容他这么胡乱闹下去，真的要天下大乱了。

父亲每拨一个电话，我都在隔壁的房间马上给人家回过去，澄清父亲现在的神经的确已经很失常了，要人家别信他，也不用过来。

我狠狠心，把父亲的电话插头拔掉。整整一个下午，父亲的电话再没有拨出去。但他还是照着印在纸上的号码一遍遍地认真地拨号，根本没有声音。

后来知道是我捣鬼，父亲呵斥我——"给我安上！"

"你要不乱给别人打电话，我就给你插上。"

父亲这次告饶道："我不打了，好孩子，给我插上它！"看着父亲可怜兮兮地求我，我哪还忍心不还他唯一与外界沟通的通话自由？然而父亲好了伤疤忘了疼，还是继续骚扰四方。

哭闹在继续，生活在继续

我所谓的这个"王五"，就是我老家的堂兄。父亲坚持要堂兄在老家的庄活上盖房接他回去，骂堂兄：盖房这事为什么拖着不给他办？不是已经好几次让他向张三李四要钱了吗?！一向对父亲唯唯诺诺、绝对服从的堂兄，这一回终于也被激怒了。五十几岁老实巴交的堂兄，被父亲气得跳着脚地哭，脸红一阵白一阵。

"我没法养你！我也管不了了！"堂兄对父亲摊牌了。

父亲在北京有自己的儿女。把病重至此的老人放到老家，让侄子代为赡养，无论如何让我们说不出口。

自从有了两年前父母住在老家的那段教训，堂兄对父亲也颇有顾虑。即使堂兄同意，堂嫂呢？他不能不顾媳妇的感受。父亲曾当着堂兄的面，指责堂嫂"看给我吃的什么？"大约是因一顿太素的饭食惹的祸。天天变换花样为父亲做饭的堂嫂，为这偷偷抹了眼泪，委屈了好几天。

　　父亲退休以后在胡同口摆摊卖菜的那些时日，堂兄每次来，都起五更陪父亲一起去上货。四五十里地，父亲蹬着三轮车在前面，堂兄骑自行车跟在后面，帮助扶着，推着……比我尽心，也比我更了解父亲的不容易。堂兄一向最怕父亲，这种怕我想更多的是来自于对父亲的体谅和敬重。

　　堂兄直到结婚以后还不敢在父亲面前抽烟。有一次在老家的时候，堂兄一见父亲进屋了，赶紧把抽了半截的烟头掐灭，这一幕看得二伯（堂兄的父亲）在一旁嘿嘿直乐，对父亲说："学会抽烟了，这不，怕你吓唬（责怪的意思）。我他都不怕，就怕你……"父亲也乐了："抽烟也是个应酬，只要别成了瘾，抽吧——"

　　父亲的一句话，堂兄终于算得到了可以在公开场合抽烟的"赦令"——那一年，堂兄还是个二十几岁的小伙子。

　　三十年后的今天，父亲自己把自己的威严打倒在地。人们还是怕他，但已不再是出于敬重，而是怕他不断制造新的事端，怕他惹是生非。

　　农村不像城市，可以堂而皇之地租房住或请保姆。农村人碍于面子，觉得把自家老人轰到外面去住，会让村里人戳破脊梁骨，自己在村里抬不起头。况且我们那儿的农民和别处的观念不一样，比如那些著名的保姆村，人家早已经把做保姆看成是勤劳致富的正当手段，并不觉得丢面子。我们那儿，就算你出两千块钱，都不一定有人愿意伺候别人家的老人——他们宁可农闲时出去打牌，或走东家串西家地闲扯淡。

租房？——更不靠谱了。堂兄说："即使有空房，谁也不愿出租给这么大年纪的老人，怕万一老死在自个儿家里，晦气。"

堂兄的二儿子马上要结婚，老三今年要考大学，处处需要钱。夫妻两个起早贪黑地为儿女奔命。夏天早起在道边路口炸油条卖，冬天粘糖葫芦。挣的都是辛苦钱。父亲一而再、再而三提起盖房的事，他从不想别人是怎么在水深火热中艰难度日的。

父亲的心里只有他自己。

堂兄这一次离开北京的时候，心里很难过。我送他去长途车站的一路，堂兄一劲儿头晕恶心，摇下车窗呕吐——他以前没晕车的毛病。我想多是跟恶劣的心情有关。

他在这几天里，亲身体会了我几年的处境。临别时反倒劝我保重。

面前的一个个可能性都被否定了。作为父母的长子，我别无选择。我既不能把负担卸载给别人，而自己又无力承受。

刚刚进入冬季的北京风起叶落，萧瑟而又无奈。一片灰。

家里的空气越来越凝重。所有的哭闹都在继续，生活在继续。

从踏进家门的那刻起，忐忑、恐怖、死气沉沉就扑面而来，头都炸裂了。我现在想：也许一定有人会有更松弛乐观的心态面对这种生活。也一定会想出更妥当的解决办法。但当时我就是觉得眼前一片灰暗，无路可走了。

我情愿出去工作，去上班，甚至没日没夜地加班，也不愿意回到深牢大狱一样的家。

外面的世界让我沉郁的心情暂时得到释放。去忘掉，去逃避，多好啊！我这才意识到还有那么多事情可做，而又来不及做。

莫斯科不相信眼泪，这个世界哪儿都不相信眼泪！我被生活击倒了吗？我要别人同情吗？同情有什么用？懦弱啊，你怎么这么懦弱呢?!

星期天的下午，实在被父母折腾烦了，我一气之下摔门出去。我想出去透口气。

一个人坐到楼下街心花园的长椅上，被太阳晒着，被风吹着，我就在片刻的惬意中沉醉了。耳畔是三三两两孩子的笑声，是爷爷奶奶追逐他们的假装呵斥。天伦之乐，和谐至美。

还有从超市出来的一家三口，一路计算着柴米油盐的价格。儿子说："爸，我要吃肯德基。"当妈的说："前天刚吃了还吃?"当爸的一把将儿子抱上自行车座——

"走着!"

……

这样的情景让我羡慕不已。

我想到了家里还有一对熬人的父母——出来有半个小时了吧?

该回去了。

拾章

共患难的，天底下只有这么
一个女人

下班后我来到她的新家，很简陋，到处是上个同事留下的杂物。房子唯一养眼的地方是紧邻二环路。从阳台可以看见车水马龙的都市繁华。每个闪烁的车灯里面，都有着对家的期待和守候。晚饭和她一起在"大食堂"吃的，又谈到分手。她说她恨我的父亲，他毁了她的家，她的婚姻，整整十年啊……

回来的路上一路无话，车开得有点飘……

她更多想的是我们的今后，我只能想父母的现在

几年来，我把生命的重心全部投注在照顾父母生活的细枝末节的小事上——

报纸上讲，喝牛奶对老年人各方面都有好处，睡前喝尤其有助于睡眠，我于是给他们订了两袋。母亲闻不得奶腥味，坚决不喝，就匀给妻子。父亲每天一袋牛奶，并没有使失眠得以改善多少，而在热奶的时间等问题上，反倒成了父亲与保姆屡屡发生争执的由头。

到超市要记得给父亲买拖鞋和铺在脚下的防滑垫子。垫子一旦被尿泡湿，臊味难闻，刷都刷不出来，平均一个月就得换新的。去花店想着买花或盆景，来调节他们屋里的空气。父亲从前最喜爱松树盆景，公休时常去官园市场或护国寺的花店转悠，买回花啊鱼啊什么的。年轻时的父亲的确算得上是个热爱生活的人。现在，他对一切都失去了兴趣。盆景由于施水不当，很快便被养死了。

父亲的电视机坏了，声音和图像模糊。因想到他们（主要是父亲，母亲这时已经不会"看"电视了）一天的主要活动都以电视为伴，我

便擅自把我和妻子卧室的那台搬给他。为此，妻子不是没有抱怨："好好的电视机，都让你爸给看坏了……"

想不到父亲并不领情。当我要把他的旧电视搬走时，父亲又疯了一样追赶出来，拦住我说什么不让搬，连哭带喊地骂我不孝。

——这又何苦来哉？

电视机毁在父亲手里也算"死得其所"。父亲没耐性把一个节目有始有终看下来，通常是拿着遥控器一通乱按，像快速翻看一本小人书，只逞过眼的快感。一开机，自己就先睡着了，也怪——保姆要想趁他酣睡之机悄悄换台，一准惊动鼾声雷动的父亲，瞪起睡眼喝令人家："不许动！我还看呢……"保姆只得悻悻然而归。

父亲耳背，开电视音量要特别大。在别人听来震耳欲聋，他还嫌嘤嘤嘤如蚊子叫，听不真，更让他心烦。

"吵死人了，让不让人睡觉了……"妻子已急不可待冲到父亲的房间里替他把声音调小了。父亲指桑骂槐的唠叨和母亲不分昼夜的哭喊，早已成了这个家里不和谐的伴奏，无论在我们写东西、看电视、睡觉，哪怕有比较陌生的朋友来造访，他们也依旧我行我素，从无收敛。为此，妻子的隐忍已经到了极限。

父亲有时会对自己犯的错误表示出歉意和理解，大多时候是愤愤然，又不敢不听。在心里，父亲有点怕他这儿媳妇，倒是不争的事实。面对父亲的蛮横和胡闹，妻子曾断言：她出面一句话比我十句都管用！恶人她来当——要不怎么叫"一物降一物"呢！

妻子凭心直口快的性格，往往能简洁而有效地应付许多看似复杂的问题。这一点连父亲都不得不对她又敬又畏。我不行——我对父亲那些胡搅蛮缠的要求，要么一味迁就，要么则暴跳如雷。不及妻子远矣。但也正是妻子的这种性格，一点点筑起我和她之间坚硬的壁垒。

我的父亲，我说行，同样的抱怨从她嘴里出来，我心里就觉着拧巴。到底没把妻子当做"自家人"。为这，我们在与父亲吵闹过之后，私下关起门来也没少吵。

这么说丝毫没有对妻子求全责备的意思。以父母当时的状况，以及我对妻子动不动就冷言恶语，实施"婚姻冷暴力"——换了别的女人恐怕早就逃之夭夭了。与我共同见证并一起渡过那段难关的——天底下只有这么一个女人！也正是这段特定时期的特殊的生活环境，慢慢异化了彼此的性格，也为我们的婚姻关系埋下了难以愈合的伤痕……

在对待父母的问题上，我和妻子的分歧也越来越具体，越来越无法调和。对父母的所有生活细节，我都尽量把能想到的做好，不愿将就或是对付。但在自己人生的规划等大事上，十几年来我却一无建树。

妻子因看不到自己丈夫的未来而倍感绝望。

她想得更多的是我们今后的生活，而我只能想现在父母的生活，除此——狭小的心里面再容不下别的。

由于无法与老人进行情感上的交流和沟通，这也就意味着我所有的努力和付出，都只能是单向的，得不到任何理解与回应，相反，得到的大多是误解。

我不再强求任何改变，我自甘在无尽的困厄中，就这样沉沦下去。

为了老人的有生之年，我甚至可以放弃自己的生活。尽管现在我知道，这样的放弃对自己是不负责任的。老人如果有知，也不会原谅我的自暴自弃。但我当时只能一根筋地想——算了就这样吧，大不了跟他们"死磕"到底！

我想象自己是一只在牢笼里关得太久的小鸟。因为长期挣脱不出——当有一天笼子终于打开了，面对外面的世界，我却发现我已经没有了想飞出去的欲望，更没有可以自由飞翔的能力。

我的生活是失重的，失衡的，我却无力甚至不想把它扳回到正常轨道上来。

当父母亲分别离我远去的时候，我才开始问自己：当初把自己的全部搭进去，究竟意义在哪儿呢？

心平气和地协商：暂时分开住一段

妻子提出跟我分手本是情理之中的事。尽管之前的几年，双方动不动也把"分手"、"离婚"等挂在嘴边上，甚至还上演过几次"离家出走"的情景剧，但每次引爆的标志一定是争吵。

这次不一样，我们是在心平气和的氛围下谈论这事的，措辞也尽量避免"离婚"，而是一再强调"暂时分开住一段"，好像这样可以消减那种剑拔弩张的火药味。

吵无可吵的平静，在夫妻间也许意味着覆水难收的决心。比兴风作浪更无可挽回。

父母的叫嚷声不绝于耳，内容老套得我已经不想重复它。在这隐现的叫嚷声中，妻子问我——

"你到底是怎么打算的?"

我沉默，一脸的沮丧和无奈。

隔壁就是不懂事的父母的噪音，越来越大。

妻子说："不行把他们送养老院吧，要不，另给他们租个房子，在城里边……"

　　我还是不语，摇头。

　　每每一提到父母亲的事，就会触动我最敏感和软弱的那根神经。我没有选择。我的选择就是走一步看一步地耗下去——直到把我的生活我的生命先期耗干为止。

　　典型的逃避。

　　"你倒是给个话儿啊！"妻子最看不起我像被霜打蔫了的茄子似的沮丧样子。不用她看得起，我早就看不起自己了。这种微澜不兴的比死水还要沉闷的日子，还要别人和我一起为它殉葬吗？

　　……

　　妻子也不再征求我什么意见了。多少次的商谈结果，都是以我的一言不发和极端厌恶的面部反应收场，她对此早已习惯了。

分开：把悲伤留给自己一个人

一个阴翳的星期天的上午，我独自走出家门，漫无目的地开着车。

临近中午的时候，试着拨通一个我最好朋友的电话，本想约他出来一起吃饭。听到对方要带孩子去丈母娘家，我怎好忍心打扰？于是对他说："没事，你忙吧——"就挂断了。

我突然不想找朋友说什么了。我觉得把身处幸福中的朋友硬拉进自己的悲伤里，是一件挺无趣也挺残忍的事。况且，没完没了地絮絮叨叨那点破事儿，会让我更失尊严——"把悲伤留给自己"是当时脑子里突然冒出的一句歌词，倒很贴切。

第一站停在之前与妻子常去的华堂商场，给自己买了几双袜子。这些事从来都是妻子替我做的。是她这些年来一直照顾着我生活的最细微处，以致把我惯得自理能力极差。午饭在边上的一家"到家尝"吃的，我一个人。

熙熙攘攘的环境正有利于独立且冷静地思考点事。一对男女情侣在我身后谈论着不咸不淡的悄悄话，让我妒忌了好半天。我猜想也许不久的将来，他们也会面临我现在的境遇。

下午起风了，很大。到潘家园旧货市场转了一圈，兴之所至竟忘了时间——其实我就是想在外面消磨时间，有什么忘不忘的？后来冷得实在受不了了，才意识到该回家了。

可我一点也不想回家。悬而未决的方程式还在我眼前晃来晃去，我没有能力更没有心情去解它。

再多待一会吧，最好是堵车，堵得昏天黑地水泄不通……

车停在离家不很远的一家超市的停车场。坐在黑黢黢的车里，故意把音乐声放得很大，让音乐淹没了我的记忆。这剪不断理还乱的思绪啊，一时像潮涌般铺天盖地朝我打来——

我为找不到一个可以淋漓发泄的场所和一个可以听我诉说的耳朵而悲伤。我躲在只属于我的黑暗而封闭的车厢里，听到自己放纵的哭声，传达出我的渺小与孱弱。

我仿佛听到儿时，母亲每当听到我哭声时，总是不耐烦地命令我说——"住了！"

是的，小时候的我不仅常挨父亲打，也没少被母亲拧。

我心血来潮时的哭声惊天动地，任谁也哄不住。气得母亲脾气上来，一边用手掐我的大腿，一边对我说："住了。"

"住了！"——这两个字言简意赅，按当今好莱坞片子里的常用对白即为"Shut up"，港台的中文译法常常写作"闭嘴"或"收声"。

慑于母亲的"淫威"，我当然不敢不收声，由哇哇大哭改为小声抽泣，可眼泪还是忍不住吧嗒吧嗒往下掉。母亲喝令我"住了"的时候，能被喝止的只是哭声，但内心的委屈反而有增无减。就像现在的我，没有母亲再掐我的大腿了，但周遭环境都是母亲的呵斥——

"住了!"

"住了!!!"

可是母亲您知道吗？——现在的我，真的没有一个可以尽兴痛哭一场的地方了。男儿有泪不轻弹，男儿的眼泪什么时候被允许弹呢？又对谁弹呢？——

父母、姐姐、妻子，甚至遍数周遭的朋友，没有人能帮我，我感到那么无助。我内心的隐秘已不愿向任何人敞开了，因为我并不确定我究竟想从他们那里得到什么——是同情、怜悯，还是无动于衷、轻描淡写的慰藉？这些我已经不需要了。我在心里自己跟自己斗争过无数次，我说服不了自己的，相信别人也未必会有一剂醍醐灌顶的猛药给我。

我忘了那天我是怎么走上这四层楼的，脚步沉重得像是灌了铅。也是在那一天的晚上，我上了楼，回到家，第一次作出自己的决定：

"咱们分手吧……"

妻子愣了一下。显然她没有想到我一整天出去都想了些什么，这个冷静的决定让她多少感到突兀。但她很快平静下来，两个人着手规划分手后的具体细节。

妻子说她什么也不要，只带走几只猫和她的衣服、书。她说他们杂志社正好有人刚腾出一间宿舍，是一幢普通塔楼的两居室，破是破了点儿，但这样房租可以省下来，离单位也近。

我们谁也没再提"离婚"的事，只说"分开"。两人心里却都清楚，所谓"分开"其实是走向"离婚"的"预冷"和名正言顺的过渡期。"分开"只是说得好听点而已。

分手日记四则

2003 年 12 月 18 日（周四，晴）日记——

　　今天，妻一早从街边雇了两个粉刷房屋的民工，包工料四百元。看来是去意已决……

　　下班后我来到她的新家，很简陋，到处是上个同事留下的杂物。房子唯一养眼的地方是紧邻二环路。从阳台可以看见车水马龙的都市繁华。每个闪烁的车灯里面，都有着对家的期待和守候。看着这些，我真的感到空前地难受……

　　晚饭和她一起在"大食堂"吃的，又谈到分手。她说她恨我的父亲，他毁了她的家，她的婚姻，整整十年啊……回来的路上一路无话，车开得有点飘……

2003 年 12 月 19 日（周五，阴）日记——

我昨天答应给粉刷的民工带两瓶酒，为了让他们今天干活儿卖点力气。下班后还是去了那间宿舍。房子基本收拾得有模样了，明天就搬。回到自己家，床上有三只猫围绕，人看电视，猫也看。如果能这样下去多好啊，毕竟这才像个家……

2003 年 12 月 20 日（周六，晴）日记——

她在收拾皮箱和衣柜里的所有衣服、化妆品、首饰、加湿器、DVD 机，等等，大姐正好来我家，见妻子这么一趟一趟往楼下折腾，已感到事情的严重，也不好多问什么。用了一个上午，我们的卧室基本腾空了。没找搬家公司，全部都装在汽车的后备箱和座位上，边边角角都塞满了，仅够再挤下一个人的位置。这才只是要搬走的一少半。十年前冬天的第一场雪让我们相爱，十年后的今天，我们却要分开。千里姻缘却在一朝分手——是有缘呢还是无缘？个中的滋味如何说得？

到新居附近的一家成都小吃，已是下午三点。折腾了一天竟水米未进。不忍看她的目光，她也在躲闪我，都怕让对方看到自己难过的样子。但我还是禁不住看哪里都要流泪。妻子也在哭，我只能尽力回避不去看她。

我们把车里所有的衣物用一张大床单包好，一趟一趟往七楼

运。电梯只在八楼停，得自己走下一层，再穿过一条七拐八折的
长长的走廊。暂时运不上去的东西胡乱地摊在地上，妻子看着，
被楼间的贼风吹得瑟瑟的。从楼上的走廊望下去，妻子的身形渺
小而可怜，让人不忍……大学毕业以后我们搬过无数次家，学校
宿舍——西四——甘家口——定福庄，再到现在。没想到却让妻
子的居住环境越搬越差，我哪里配做她的丈夫，这就是她当初死
心塌地爱我的代价?!

　　傍晚时候，我陪她去宜家，买了枕头、床垫、桌布、橱具、
台灯等生活用品，大有另起炉灶单过的架势。看上去她倒很镇静，
可我们心里都清楚为了什么——换句话说：是谁把我们的生活逼
到了现在这步。我怎么随时随地都想哭呢……

2003 年 12 月 21 日（周日，晴）日记——

　　今天搬的主要是几只猫，包括猫盆、猫沙和粮食。还有她的
摄像机、电褥子、衣架、鞋，等等，还有电视机……电视机一搬
走，卧室顿显空空荡荡。她临走劝我要按时好好吃饭，别让她担
心，别跟不活了似的。她越是这么说，我的眼泪越止不住。

　　她帮我按顺序重新调好了电视频道（家里的另一台电视机），
并换上干净的床单。我一个人坐在阳台。不远处就是高高在上的
一个大"M"灯箱（麦当劳），我在无数个失眠的夜晚，放眼望去
的唯一的目标，就是这个"M"，在它下面是我和妻子最常去的京

客隆。以后这种生活几乎不可能了。

阳光刺眼，又想到妻子那间不见阳光的阴冷的房间，更加悲伤起来。她劝我："别这样，我还回来呢……"

临出门她向保姆交代："一定要照顾好老人"，并表示她"随时会回来的"。她故意这么说是怕保姆因家里少了女主人而肆无忌惮。但我知道，她其实不想再回来了。从她昨天搬走那些东西，就表明她不可能再回来了……

父母对妻子的出走几乎一无所知。即使后来知道，也好像无所谓。

父亲在妻子离开家的前两天，还在电话里以命令的口吻对我堂兄一再强调："开车来，把家都搬走（指搬到老家去），一定！！！"

那天妻子把东西往楼下搬的时候，母亲还在哭，父亲还在嚷，喧闹的生活还在继续……

我被家狠狠地抛在了门外

"死别已吞声，生别常恻恻。"

——杜甫《梦李白》

我在 2003 年这一年里，先是与妻子分手，再是与母亲永别。

2003 年于我，真可谓是"生离死别"的一年了。

妻子这一走，对我不啻于一场毁灭性的打击。我整个人变得更加颓废和虚弱。对于父母，我感到无能为力，索性充耳不闻，随他们哭喊、叫骂去吧……

在妻子和父母之间，我万般无奈地选择了后者。我不知道如果换了别人是不是也会作出如此的选择。然而我并没有为自己的选择感到一点庆幸。我心里充满的只是无边无际的厌烦和愤怨——对父母，也对自己。

妻子有理由为自己规划一个像点样子的未来。尽管她可能未必知道未来在哪儿，未必清楚她想要的到底是什么样的生活，但她至少可以肯定不是现在这样。她已经不年轻了——年华的老去，对男人也许意味着成熟的魅力才刚刚焕发出来，而对于女人，资本和机会一定是越来越少。我找不出那些连自己都不再相信的借口，继续赖着，阻拦妻子的决定。如果我还爱她，就该趁现在还不算太晚的时候放手，让她试着找属于她自己的幸福。

古往今来，有多少爱情，在严酷的现实面前溃不成军！这不是爱情本身的错。况且，我对妻子日复一日的冷暴力，还能算爱情吗？

如果我们的婚姻已经死了，那为什么她感觉到了，而我还死不承认。十几年的感情，如百足之虫，即使真的死了，对于任何一点触景生情的刺激，也会牵动脆弱的神经末梢作出本能的反应，从而感到嘶嘶喇喇的疼痛。

那一段一个人的生活，让我彻底学着安静下来。父母亲依然故我，我却是安静的。

一个人面对夕阳西下，看着冬日的黄昏一点点把整个屋子晕染成漆黑一片，心像是被掏空了一样，悬浮在漫无边际的寂寞的黑暗中。

我可以在周末的时候一整天不说一句话。我听不到自己的声音来自何处。那时候我才觉得，在这个家里，其实我们每个人都独享着寂寞的包裹。无法沟通和交流，即使近在咫尺，却隔望于天涯——

妻子一个人住在外边，保姆远离家乡和亲人。我想，我的父母理应承担起这一切寂寞的根源——但他们何尝不寂寞呢?!

他们被活着的尊严和乐趣狠狠抛在"编外"，在生与死的"无间道"中，同样寂寞地忍受着煎熬……

　　每天顶着副行尸走肉般的躯壳上班、下班，我变得越来越沉默寡言，意志消沉。在我看来，每天的太阳都不是新的，卑微和茫然在胸中长久涌荡。

　　害怕下班，害怕周末，害怕回家。

　　我开着车，在三环路上漫无目的地游荡。真盼望此时正好有一个电话打过来，可以把我推向随便一个什么地方的"目的地"。而我却不想打电话主动约请任何朋友。

　　自从和妻子分开以后，我明显对父母产生了强烈的抵触情绪和厌倦感。

　　我觉得自己的人生是因他们而彻底失败了。即便如此——我的父母，也没有因为我作出的牺牲而有些许起色。

　　很长时间了，他们竟没有对家里莫名其妙少了一口人表示出一点意外。他们似乎对此完全没有反应。

　　家，本该是避风港，而我把家看做伤心地！

　　我的亲爱的父亲母亲啊，我拿你们怎么办呢？你们知不知道你们的儿子为了你们，在忍受着什么？你们喊吧，嚷吧，折磨吧，疯掉吧……

　　可怜天下父母心。

　　同样可怜的——还有他们的儿女。特别是，终日饱受病苦折磨的老年父母的儿女们……

拾壹章

责任，是熬出来的

　　放弃责任是容易的，但无法弥合的愧疚将像噩梦一样永远缠绕在他心头，让心虚的人寝食不安。如果可以把老姑的去世，看做是老表兄一生真正意义上的解脱——那么对老二、老三，良心的枷锁从这一刻起，才刚刚开始向他们张开。

　　老姑突然去世，属于表兄自己的人生从现在才刚刚展开。他无法想象，今后，没有了母亲的一个人的未来，将如何继续？

云父：轻松，并不比"悲痛欲绝"缺生命质感

一个人不幸，有时会像磁石一样，吸附周遭很多相似的不幸。彼此在一起，由于境遇相同，感受近似，极易生发出惺惺相惜的同情与共鸣。这大概就叫"同气相求"吧。

所以我才不感到特别的形单影只。至少陪我一起的或曾经陪我一起的，还有许许多多的孤单与无奈。它像是一种无形的力量，慰抚我继续向这种无奈的生活，一步一步坚持下去。

我的"发小"之一云，长我一岁，从小是我学习的好榜样，我指的是在各个方面。学习好，身体强健，成为学校里第一批大队长，佩三道杠。云的性格中有"急公好义"、打抱不平的侠义和正气。记忆犹新的是，他曾一路把欺负我的一帮男孩儿追打得一个个东逃西窜，下落不明——够哥们儿！所以我一直把云视为我整个小学阶段的一只强有力的保护伞。

谁也想不到，云的家境却极为特殊。

云的父亲在云上小学时就已患上了脑溢血，并留下后遗症。那时

的孩子大都是就近上学，家离得都不远。上下学的时候，总能见到云的父亲在胡同口揣着手，痴痴傻傻地站着发愣。我们喊他"叔叔——"他也不理，有时竟会无缘无故地狠狠地瞪我们一眼。

没人敢取笑云的父亲，这在我们那年代不懂事的小孩里是少见的。大家都慑于云的孔武之力。

云很长时间都不愿带我们去他家里，更很少谈到他的父亲。后来渐渐成了至交，才去了他家。黑黢黢的四壁颇显阴暗，一股呛人的药味在空气中弥散。后来我才知道，那种味道正是每个久病的病人家里都会充斥的一种识别符号。

印象中云的父亲总在不停地吐痰，见我们去也不回避。云的母亲见他嗓子呵喽，就赶紧把一个自制的小痰盒举到他面前。但有时来不及，只好由他往地上吐，吐完自己用鞋在地上蹭一下。

我从没听云的父亲说出过一句完整的句子，更很少看到他脸上浮出过笑容。

现在我才能猜测到，整个童年，云经受着怎样的内心挣扎。他爱他的父亲，生怕病弱的父亲成为别人讥刺的笑柄。云迟迟不肯带我们去他家里，是出于对我们诚意的试探。

云的父亲去世那年，云28岁。一个脑溢血病人熬了这么多年，云说，多亏了他母亲的精心照料。

云的母亲对我们总是和蔼可亲的，脸上总挂着笑，把我们当成她自己的孩子。她是因为相信自己的儿子，所以也相信我们。

很少看到云的母亲唉声叹气，困苦的生活毕竟没有击倒她。甚至在对儿子选择远走西安上大学的事情上，云的母亲也始终抱着鼓励的态度，绝不拖孩子后腿。也是很久以后，我才理解了母性中可亲可敬的坚强的一面。

云真正对我讲起他的父亲，还是在我母亲病重、每天哭天抢地的那些日子。有一次我找他喝酒。云说，他父亲也一样，严重的时候骂人，骂子女和照顾他的老伴儿，连医院看护的护士也不放过，脾气坏极了。对什么都不耐烦，输液时针刚扎好，就叫护士起针，刻不容缓。有好几次竟然愤恨地自己拔下了针头……

"对，对，我母亲也这样。"我从云的描述中找到了共鸣。

云的父亲走的时候，亲人都没在身边。住院时大夫就说，如果病人夜里不行了，他们会尽力采取抢救措施的（有抢救记录以备家属查看），家属要是不方便赶过来，等天亮再通知你们，你们看可以吗？

云和母亲都同意了。

没过几天，云的父亲在一个宁静的夜里悄悄走了。

那是我第一次从云的眼睛里读到一种叫"轻松"的东西，当然，那是一种悲痛之后的淡定和释然——原来对亲人的离去，还可以有这样一种目光？

我当时只在想，如果换成是我的父母突来噩耗，我一定会悲痛得不能自拔。我庆幸我的父母还活着，同时我也为云的目光感到不可思议。

短短几年时间，我终于懂得了，对痛苦的承受力是可以被磨砺出来的。那种"轻松"也是爱，也是获得。它一点不比"悲痛欲绝"更缺少生命的质感。

齐母：确实有一种如释重负的解脱感

这是发生在我家里的故事，就在姐夫齐身上。

齐的母亲，干净，利落，快人快语，和善极了的一个老太太。对人总是客客气气的。我还记得第一次齐母来我家为儿子提亲的时候，我大概高中还没毕业，但已领受到了对方像对大人一样对我那小小自尊心的保护。

齐父去世早，是他母亲一个人拉扯着三个儿子过了十几年。

孩子都成人了，有了出息，最小的儿子——也就是我的姐夫，都给她添了孙子。乐得老太太屁颠颠地满屋子乱转，为孙子洗尿布、喂奶，乐此不疲。孙子长到一岁多，老人病倒了。

那年，他们还没搬家，住在一个大杂院的平房里。祖孙三代挤在一间不足二十平米的小屋。婆婆住外屋，姐姐一家三口住里屋。

奶奶对看孙子兴致很高，要什么给买什么，还教他儿歌和一些简单的古诗，含饴弄孙其乐融融。可是……

一天夜里，齐睡意朦胧中听到外屋有响动，"噜——噜——"

"是有动静吗？你听到了吗？"齐警惕地推了推我姐。

姐没醒，懒得回答。怪他大半夜不睡觉，自己吓唬自己。

"妈在外屋，会不会？……"

齐的心猛地涌出一种不祥的预感，忙跑出来。

没开灯。借着清亮的月光，齐被眼前的一幕惊呆了——母亲呆坐在地上，正用一把菜刀朝自己脑袋上砍（亏得是用刀背）。

老人目光是凝滞的，直勾勾看着儿子。头上被击出青紫的淤痕。但她似乎并不觉得疼，还在用力砍，一下，一下……

"您干吗呀妈?!……"齐一把夺过母亲手里的凶器，把母亲从冰凉的水泥地上搀起来。母亲直到这时似乎才恢复一点神志。问她，她并不知道之前自己到底做了什么。

母亲反劝说慌忙奔出来的姐姐，"都出来干什么？睡去吧，去吧——"

大家只当是一场虚惊，或是母亲偶尔的梦游症。齐从此小心收起刀剪一类的利器。

第二天，老人像好的时候一样，照例哄孙子玩，有说有笑。

到了晚上，恐怖的声音又出现了。这次更响，明显像是利器撞击出来的响声。出来一看，不得了：这次老人手里举的是一柄斧子，正往自己头上使劲撞。

怎么没想到把斧子也收起来呢？齐后悔自己的百密一疏。

事不宜迟，齐赶紧出胡同口打车，送母亲去就近的人民医院，留姐姐在家看孩子。

到了医院，说没设备，让把病人转到老院去看。初步判断无外乎脑出血或脑溢血两种可能。但两种病的用药正好是相反的：如是前者，要抑制出血；后者则须疏通血管。

"没有设备检查，我们也确诊不了，还是去老院吧——"医生的态度很明朗。

又打车去老院，多耗了半个多小时。一路上老人神志全无。

到了老院，齐母坐在候诊的长椅上就吐了，吐的是绿里吧唧的黏糊糊的液体。后来知道，这一吐可不是好兆头，常常意味着病人已经错过了最佳的抢救时机。

齐母被确诊为脑溢血。

由于医院床位有限，病人一般过了危险期，就只能出院回家自行调养。

两口子由原来的母亲帮着照看孩子，不得不改为两人轮流请假照看。不但照看孩子，还要照顾有病的母亲。

难以面对的还不是时间和精力上的牵扯，而是看到自己好端端的生身母亲，一下子变成异于常情的精神病人，心理上怎么承受得来?!

一颗心被撕扯得七零八落，我直到几年后，才对姐夫有了切肤的同情。

回家后的齐母多次产生过轻生的念头，不仅话里话外老是带出"想死"、"不想活了"等不吉利的字眼（说这话时，目光里涣散着对生命的绝望），而且几次付诸行动。多次半夜趁儿女不备，一个人偷偷往街上跑。一家人连夜东奔西找地将老人追回。

后来搬到楼房，老人给自己设计出新的自杀方式便是——跳楼。

平时家里的所有窗子都是关着的。齐还准备把母亲住的房间的窗外加装防护网，都跟路边的民工谈好了价钱，防护网还未动工，母亲就出事了——

那天上午，连日来请假一直在家看护母亲的姐夫不得不上班去了。早上临出门时，母亲站在他的身后，久久望着儿子走出门的背影，沉重地说了一句："再回来，你可就看不到妈妈了……"

齐的心头掠过一丝不祥，但又想，不会吧。母亲不过是不希望他去上班才故意这么说的。没想到，万万没想到，母亲死的决心是如此坚决，尽管对生命有些不舍，但她义无反顾。

上午十点多。姐姐正在厨房准备午饭，耳朵却时刻注意着母亲屋里的响动。姐说她每隔几分钟就喊一声"妈——"，看有没有反应。当叫到不知第几声的时候，就再没有回应了。随后听到分不清从哪儿发出来的沉闷的"咚"的一声……姐心里一惊，手里还攥着菜刀，就急忙奔到母亲的房间。

房间空无一人，窗子已被打开了……

母亲已经从四楼纵身跳下去，恰好落在一楼用石棉瓦搭建的伸出来的天棚上，石棉瓦被砸了个窟窿，人又弹在地上，摔得血肉模糊……

姐姐回忆起这一幕，至今心有余悸。她说当时真的整个人都蒙了，不知道怎样支撑自己拨了报警和急救电话。最后还是求助于小区邻居和保安人员，一起将母亲送往医院抢救。

"都怪我，我当时怎么就没看住妈呢?!"姐一直为那天只有她自己在家的时候发生这样的事懊悔不已——这成了多年以后姐姐心中挥之不去的阴影，尤其是对自己丈夫，那种无以言传的愧疚。

齐总是劝慰姐姐："怎么能怪你呢? 怎么能怪你呢?"

自这次事故发生以后，齐母被视为有强烈伤害危险的精神病患者住进了城郊的一家医院，一直到三年后去世。

我眼看姐夫这几年下来，整个人迅速地衰老。尽管用不着每天到医院陪护母亲，但精神压力把他的精神世界几乎拖垮了。家离单位和孩子的幼儿园都很远，路上要两三个小时，所以就经常向单位请假，晚来早走去接送孩子，隔几天还要跑去医院看望母亲。

他说他一天里最快乐的时光，是在接送儿子上下学的路上。听孩子津津乐道地讲述在幼儿园里发生的每一件趣事，看到孩子一天天懂事了，长大了，觉出自己的生命在儿子那里找到了意义。每在这时候，他才会从心里绽放出由衷的宽慰。

姐姐曾向我诉苦："他每次从医院看母亲回来，好几天都不爱讲话。""颓丧得不行，看什么都烦! 脾气还特别急躁，甚至看儿子也不顺眼，不像先前一样有耐心了。"后来断断续续听他讲了一些医院的事，姐姐理解了丈夫的烦原来另有不为人知的隐衷。

住在那家医院里的病人大都是精神病患者，情况比齐母更严重。每次齐带给母亲的食品，放在那儿不一会儿就被其他病人一哄而上抢光了。齐母长期卧床，走都走不动，哪是他们的对手？眼巴巴看着母亲的精神状态一天天地恶化，自己却帮不上任何忙！可想而知做儿子的心经受了怎样炼狱般的煎熬?！齐曾对我说："如果能替妈妈得病，真是求之不得，可是不行啊……"

瘫痪在床的病人一天里需要别人为他们翻几次身，擦洗。尤其到夏天，更要做得频繁和及时，否则会生褥疮。但医院的护士和雇的护工只是例行公事地简单处理一下，哪比得上自己家人的殷勤照料？

千小心万小心，齐母最后还是生了褥疮，后背长得全是。这东西扩散极快，很快便腐烂到全身，整个房间都弥漫着恶臭，并很难痊愈。看着让人心疼。

也许病人的痛感神经已经麻木，自己不觉疼了。越是这样，亲人才越替他们疼痛。

齐母最后死于褥疮不治，多种病的并发症。

"解脱——真的。不是咱们不孝，我跟你说，确实有一种如释重负的解脱感，对我母亲和我都是……"有一次我跟齐在酒桌上，齐对我推心置腹。当时我正为母亲没日没夜的烦躁和哭喊求告无门。

流泪眼观流泪眼，断肠人对断肠人。

这是我又一次听到，对于父母的离开，居然可以有这样的心态。

老姑家：瘫痪老妈把他熬成了 60 岁的老光棍

父亲的一位叔伯堂姐，我们叫老姑，比父亲整整大四岁。

自从十多年前老伴儿死后，老姑因一次意外砸伤了腿，从此一直瘫在床上，靠身边最小的一个儿子——我们叫老表兄的照养。

老姑有四个儿子，两个女儿。大儿子早年去了甘肃天水，在那儿娶妻生子安了家，现在也已经七十多岁了，百病缠身，回来一趟都难。二儿子与老姑同村住着，仅一墙之隔，但从不走动。老三，同村，走路用不了十分钟的路程，愣是长年累月不去看望母亲，好像根本没这么个妈——他是很小过继给了人家，大概觉得自己不尽赡养之责也可以心安理得。他早在同胞兄弟间放出话来，对生母"生不养，死不葬"，铁了心彻底撒手不管。在农村，嫁出去的女儿真如泼出去的水，通常要把这份孝心用在婆家。

老姑除了走路不便，身子骨儿倒一向硬朗得很，很少头疼脑热的。老人健康长寿，在别人看来也许应该值得庆幸，人们会说这是"儿女前世修来的福气"，可对于老表兄，其实是一场人生的悲剧和无尽的苦难。母子二人相依为命，艰难度日。几十年来，表兄独自一人撑起母亲的日常饮食起居。

前二十年、前十年，老姑身体好的时候，农闲时表兄还走街串巷收购酒瓶子，或到离家四十里地的高碑店卖点豆腐丝，做点小生意，虽说赚不了几个钱，毕竟手头多几个现钱用着方便。

这几年老姑身体每况愈下，像一般卧床的病人一样，吃喝拉撒须臾离不开人。表兄从此再也没能走出这个家门，整整五年，母子俩的全部生活来源仅靠种一点地和两个表姐偶尔的接济。

由于穷，家里又有个瘫痪的老妈，没有哪个女人愿意嫁到这样的家庭。所以表兄一辈子没成家。随着年龄一年年增大，最终把自己熬成了近六十岁的一条老光棍。

我去过表兄家，才真正理解了"家徒四壁"是怎么一回事。一间屋子半张炕。一只姑且叫酒柜的家当破烂不堪。来人可以落座的只有一个条凳，连一把像样的椅子也没有。再就是紧靠床边的一只仅剩下骨架的老式太师椅，中间挖了个圆洞，被用作老姑大小便解手的马桶——老姑的体形很胖，太矮了又蹲不下。

见我们来，表兄感到很意外，热情地为我和姐姐沏茶倒水一阵忙活。大概已经很久没有什么客人来了，以至要找一只像点样的茶壶茶碗也很难。

"别忙了，一块说会儿话，待不住……"我们不忍看他继续勉为其难的窘相，赶紧打住。

　　老姑独自侧躺在炕的一边，满头的银发一丝不乱。看上去精神很好，就是耳背，要对着她耳朵大声喊话，她才能勉强听见一两句。眼睛几乎睁不开。那时老姑还没完全糊涂，基本上能认得来的人谁是谁，所以对我们的到来立刻显出兴奋和激动的样子。然后就不停地絮叨，"嗨，活得哪儿还像个人啊——还不如死了呢……"

　　"老姑，可不许瞎说，活着就是福啊！"

　　老姑一阵难过，"给孩子找了累了……"老姑的痛苦在于，她心里明白。

　　我的二表兄，看上去老实巴交面相忠厚，没想到对母亲却有一副铁石心肠。他最大的弱点就是耳根子软，凡事听老婆的。老姑在屋子里有一搭没一搭地自说自话，难免有些不中听的话传到媳妇耳朵里。媳妇不乐意了，怂恿二表兄过来质问，非要三头六证逼老太太承认，是不是背地里说过儿媳妇的坏话。

　　老姑一肚子委屈，"平常谁都不来我这儿瞅瞅，我能跟谁说啊?!"

　　二儿子从此与母亲结下宿怨，再不到母亲这院里来了。他不来，也不许孩子们来。他在心里早就腾空了母亲的位置。

　　龙生九子各有不同。好在老姑还有一个愿意为她放弃一切的小儿子守在身边，使老姑不至于对自己的人生感到彻底的失败。

　　不下地干活儿，一家人就得挨饿；下地吧，家里又离不开。老姑每隔半小时就需要人连背带抱地将她从炕上移到太师椅的马桶上，帮她把尿，这工作只有表兄来做。所以表兄一切外出，都以半小时为限。到点儿准往回赶，担心母亲情急之下喊不到人。表兄的生命里相当部分的时间，被分割成半小时半小时的碎片，连个整觉也睡不实。

麦收时节，村里各家各户都统一排队，用公用的自来水浇地。水管只有一个，排队人又多，算下来等的时间比浇的时间还长。人群里，三表兄也在排队。老表兄于是过去跟他商量："咱妈自个儿在家没人看，你能不能替我排会儿队，我得赶回去扶妈撒尿。"老三置若罔闻，就是不同意。乡亲们都看不过去了，知道老表兄家里的难处，通融他优先浇地。

"多少年了，就是这样——我大姐二姐倒是常过来，帮着拆洗我和老妈的被褥、衣服，有时炖点肘子肉也给我们拿过来。时不时地在经济上接济我们娘儿俩。我二哥、三哥就从没管过，问都不问一声，各人过各人的小日子。他们早就忘了还有个90岁的老妈——"老表兄谈起这些总是情绪激动，有一腔的愤怨无从倾诉。

"……去年我从地里回来，老远就听见妈在屋里喊我的名字，听声音我就知道不好，随便把车子扔在地上，赶紧往屋里跑。到屋里一瞅，妈从炕头掉在了地上，好像是自己想要够什么东西，结果摔了个满脸花，脸摔得青一块紫一块，流着血……

"妈身子沉，170多斤，我怎么抱也抱不起来，根本不借劲了。折腾了足有五六分钟。没辙了，我到隔壁去喊我二哥帮忙，他倒是答应了，让我先回来，他随后到。可等了十分钟的工夫，二哥才晃晃悠悠不紧不慢地溜达过来，和我一起把妈搀起来后就走了，也不问问摔得怎么样了，或是帮我看着妈，好让我腾出手去请个先生（大夫）给看看——没有——根本连句话都没有。拍拍屁股没事人似的就走了。又是一年不露一面！就是嗔着我妈背地里说他媳妇的坏话，记仇了。"

"慢说我妈没说什么出格的话，就是真的说了什么，还有跟 90 岁的老妈计较的吗?! 你说说，他是我亲哥哥——连个乡里乡亲的还不如呢……"表兄的泪在眼眶里打转儿。

躺在一旁的老姑直向儿子摆手，想止住儿子别再说下去了。老姑不糊涂。几个儿子同是母亲身上掉下的肉，能不疼？老姑心里一定以为，自己生养了老二、老三这样不孝的儿子，是做母亲最大的耻辱和悲哀。

老姑混浊的锈目中，老泪纵横。

"妈，我不说了，不说了，妈——"母子相拥而泣。

几年后的一个春节，大年初一。二表兄出其不意地来到母亲这院里，说是给妈拜年。让老表兄给轰了出来——"你哪儿还有这个妈？过年了想起来了——用不着……"

又一个春节，92 岁的老姑老死在家里。

老表兄一个人日夜守护在病危的母亲身旁，三天三夜，水米未进。他没有央求任何人，甚至抽不出身给临村的姐姐打个电话通知一声，都忘了。他心里念的只有母亲———辈子都一起走过来了，无论如何也要陪母亲走完这最后一程。

老姑病危的事很快村里人都知道了。老三也知道了，过来看了看，到三嫂过来叫他"回家吃饺子"的时候，他正好就坡下驴，真的回去吃饺子了。他不想想自己的母亲正危在旦夕？还有四弟，几天来水米未进？

老三到底迫于姐姐和乡亲们的压力，在母亲去世后，还是简单地把母亲的丧事料理了一下。

从病危、入殓到发丧，仅仅一墙之隔的老二都没到场。

家属们纷纷来了，吊唁的乡亲旧友也来了，一时间哭声震天，他怎么会听不到？他怎么敢说自己不知道？

放弃责任是容易的，但无法弥合的愧疚将像噩梦一样永远缠绕在他心头，让心虚的人寝食不安。如果可以把老姑的去世，看做是老表兄一生真正意义上的解脱——那么对老二、老三，良心的枷锁从这一刻起，才刚刚开始向他们张开。

老姑去世时我没在场。事后我再去他家，家里就剩了表兄一个人在喝闷酒。见到我们来，一时泪流语咽。几十年，母子二人在这间黢黑窄小的屋子里相依为命，母亲成了表兄生命里的全部寄托。老姑这一走，把他的生命也掏空了。表兄久久无法从对母亲的怀念中振作起来。什么时候想起来，都止不住要流泪。

常听说，命若琴弦！生命往往靠着一股责任和使命在那儿顽强支撑着，展示出它强大的韧性。

"责任越重大，负责的日子越久长，到责任完了时，海阔天空，心安理得，那种快乐还要加几倍哩。大抵天下事，从苦中得来的乐，才算是真乐。人生须知道负责任的苦处，才知道有尽责任的乐处。"

——梁启超《饮冰室合集》

但老姑的突然去世，对表兄也许不仅仅意味着彻底的解脱，还有强烈的失落和幻灭感。属于他自己的人生从现在才刚刚展开，他无法想象，今后，没有了母亲的一个人的未来，将如何继续？

拾贰章

我有一个梦想

我希望每一个人，都能把老年人生命的尊严看得无比珍重。因为他们曾经、并且永远是社会机体的创造者。他们活着的每一天，都应该得到社会的认可和尊重！

我希望每一个老人，老有所养、病有所医、住有所居，让他们全都享有健康饮食，吃得起药，看得起病……

"可别让我初一死啊！"

2005 年农历春节，我和三个姐姐一起赶回老家陪父亲过年。父亲的身体状况已每况愈下，有今没明儿了——谁知道一家人还能陪父亲一起过几个年呢？

大姐晕车，吃过了乘晕宁，一路上仍呕吐不止。我们劝她不行就别去了，但大姐还是坚持着跟我们去。好像是冥冥中自有安排。多亏她的坚持，否则很可能见不到父亲最后一面了。

三天前我在外面聚餐的时候，接到老家堂嫂的电话。大意是询问我们几时回去？话茬儿又转到父亲的病。电话里堂嫂故意轻描淡写地说，父亲最近吃饭已经自己坐不起来了，要靠人喂，并嘱咐我们别忘了从城里买一些尿垫过去。老尿炕，怕沤了……哥嫂他们轻易不敢给我打电话，这次的电话有点反常。我当时隐约觉得大事不妙，但没想到，事情真的比我想象的严重得多。

到老家的时候已是腊月三十下午四点钟了。见我们都来了，父亲眼里噙着泪，显得很兴奋。父亲斜着身子躺在床上，真的坐不起来了。

　　堂嫂掀开被子给我们看父亲的腿。两条腿肿得吓人，手也肿胀得老高，不能碰，一碰就疼得"妈呀——妈呀——"地喊叫。更让我们不忍的是，由于长时间卧床，父亲臀部的皮肤已经开始溃烂，散发出难闻的味道，我当时没料到这也是褥疮，还只以为背部才长褥疮。

　　垫在身下的褥子已经尿得精湿了，几个人合力才勉强给父亲翻过身，撤下尿湿的，换上干净的。这一揭，连着热气腾腾血肉模糊的皮肉。父亲忍不住喊得更加惨厉——"爸啊，妈呀，疼死我了——"看着快九十岁的老父亲频频喊着自己的爹妈，像小孩子在疼痛的时候寻求父母的庇护，我心里一阵难过。

　　那一定是父亲发自本能的忍无可忍的疼痛了。

　　我们无法相信，父亲的病情会发展得这么快。上次看他的时候仅仅在半个月前，那时他还能坐起来，自己端着碗吃饭。这次却不行了。看来我们是太乐观了，总觉得以父亲的身体素质活过九十岁不在话下。

　　而衰老实在是一个不可逆的残酷过程。我们总以为，也许父亲的病会一天天地好起来，可事实是他的状况一次比一次更差。"明天会更好"在这里显现出自欺欺人的荒谬一面。相对于以后的所有日子，父亲此时此刻的现状已经算是"奇迹"了，已经够我们庆幸的了。

　　农村的医疗设施有限，除了用紫药水拔干露出的伤口部位，再涂一点廉价的外用药膏，没有更多的办法。翻箱倒柜找出以前给父亲带来的一种去腐生肌的软膏，果然很见效，第二天就有新的皮肤顽强地生长出来。

　　药膏已所剩无几，最多只够用一两天的。我准备过完年回去再买些带来。早计划等开了春把父亲接回北京彻底看看病，哪怕住一段时间医院，我们不想让父亲的病情这样一误再误了，因为在老家好像只有消极地等死。

但就目前的状况，父亲起身都起不来，更别提下地走路了。怎么会老得这样快？村里的医生一再提醒我们，他这是心脏病，最忌挪动！看来最好的办法就是暂时维持现状。

医生又给输了几瓶液，用了三个小时，直到晚饭前。这次输液，他已经没气力再挣扎了。

照我们老家的习俗，年三十的下午，要到祖坟烧纸放炮请祖宗。天黑前把祖宗请回家里，一起过年。我与侄儿们一起去上了坟，回来后在厅堂郑重地摆设起祖宗的灵主、牌位，依次磕头。牌位要在家里摆放三天，到初三上午再送走（预示着年过完了，各自归位）。因有"老祖宗"在家陪晚辈一起过年，这几天全家人言行举止必须格外谨慎小心，以免冲撞了神灵。

今年是个例外，请来时祖宗的名位里只有母亲的名字排在最后一排，三天后送走时，又在名位里添加了父亲。

父亲眼盯着悬在空中的吊瓶，密切注视着剩下的液体。他有些不耐烦。

"睡会儿吧，一会儿就完了。"

父亲没有睡的意思。

"爸，今天是大年三十了，过年了——知道吗？……"

"今儿个？不早就年下了吗？……"父亲显然把日子过糊涂了。不久前，堂嫂有一次给父亲喂饭，父亲看着碗里的面条，非常不悦。抱怨道："大年初一的也不吃顿饺子。"——他认定那天就是初一了。

父亲突然想起什么似的，对我和姐姐恳求道："……可别让我初一死啊！"

我们不解父亲为什么颠三倒四地突然冒出这么一句，莫非父亲对自己的大限将临早有预感？

大人孩子都在忙乎着，准备丰盛的年夜饭。这是我们姐弟几个还有父亲，这么多年来第一次在农村过年。煎炒烹炸的声响不绝于耳，村子里远远近近都是噼噼啪啪的鞭炮声。

像外面铅灰色的天空一样，我的心情差到极点，因为父亲的病。

晚饭时，我们把每一样饭菜拨了一点，拼在一个盘里，给父亲端过去喂他。父亲简单吃了几口，又昏睡去了。我们在另一间屋里吃，喧声笑语的，好像刻意要营造出过年的氛围。但一想到父亲，节日里的父亲仍独自沉浸在一个不为人知的孤独世界里，遭受着身体和心灵的双重苦难，我们哪还有好心情？隔一会儿，我们轮流到父亲屋里，看他尿了还是拉了，要不要给他翻身。

这次见父亲，他再也没气力对人大喊大叫了，他变得异常安静。父亲已经闹不动了，精力和气血已经被他平时的吵闹消耗殆尽（这是父亲来日无多的一个信号）。只有在这时，我们才觉得父亲又回到了多年以前的慈爱祥和，也才越觉出父亲其实是那么可怜！

堂嫂说，最近父亲的"表现"特别好，对谁都客客气气的，不再"作"了。而哥嫂也因为父亲的转变，加之彼此越来越深的相处，对父亲的一切已经心甘情愿地包容和承受下来。

本想过来第一件事就为父亲剃头、刮胡子，让父亲干干净净地过这个年。但试了几次，都不能把他的头抬起来，只好作罢。棉袄上还沾着脏兮兮的口水和痰渍，擦不净，肮脏不堪。想起从前的父亲每到三十这天下午，剃头、刮脸、洗澡、换干净衣服，一通收拾。父亲是极爱清洁的人。

电视中的春节晚会完全成了陪衬，热闹是别人的。

隔壁屋，父亲时睡时醒，间或发出一两声微弱的呻吟。实际上，父亲不管睡着还是醒着，都是一样的。

我在想，此时的父亲在想些什么呢？他感到快乐吗？

我们越长越大，父亲越来越小

零点钟声敲响，全国上空炸响连绵不绝的震耳欲聋的喜庆和祝福！

在每一个爆竹在空中炸响的神圣一刻，应该是有所寄托和希冀的。人们都希望在烟花爆竹的浩大声势中，驱除一年的晦气，为新的一年开一个好头。像电视主持人振振有词的一连串真诚的套话一样——祝福阖家团圆，身体健康，万事如意……

然而，然而此时此刻，我要祝福的是什么呢？

我也祝福父亲的身体健康？理智告诉我，不可能的。父亲病成这样，剩下的只是在熬时日了，怎么能再重新恢复健康？理智又提醒我，父亲每熬一天，都在忍受一天的痛苦，遭一天的罪。父亲活着，却已经享受不到生命的尊严和快感了，看他这样痛苦，听他撕心裂肺地一声声喊着"妈呀——妈呀——"我内心更希望他能早日解脱——可这又叫我怎么忍心？

我清楚：这个年夜，很可能是父亲度过的最后一个除夕夜了。所以我悲哀自己在可以祈求什么的时候，却不知要祈求什么！上天把生杀予夺的一切权力掌控在手，让我们在死亡面前显得那么渺小，那么孱弱。

记得父亲年轻时也是特别喜欢放炮的。每到大年三十晚上，都要走出家门，到大街上看放炮。最幸福的时刻，是父亲带着我到街上买花炮，一买买好多，装在兜里不舍得拿出来。二十年前父亲的影子在我脑子里蹿来蹿去。我羡慕父亲可以把二踢脚拿在手里放，"叮——当——"！我欢呼着。父亲那样子又自豪，又兴奋！

如今，现在，此时——热闹的年节已经跟父亲没一点关系了。父亲沉浸在他的病痛中，正浑浑噩噩地睡去……

现在想起来，我能略感安慰的是：父亲在世间的最后一个除夕夜，有我陪他度过。

临到夜深，我说我睡父亲屋吧，挤挤就可以了。我就挨着父亲躺下了。一整夜我也没有真的睡着过。看着父亲倒是睡得很沉，偶尔哼一两声，睁一下眼睛，还提醒我，意思是怕我冷。一种父子间很久没有过的感动涌遍周身。我蜷缩在父亲身边的热炕的一角，用衣服简单地遮盖了一下，眼睛始终观察着父亲的睡态。

父亲把头几乎窝在了脖子下面，不时淌着口水。这姿势看上去很别扭，但我又不忍心把他弄醒，帮他调整过来。我觉得我们父子这样同榻而眠的场景有些怪怪的。从我长大就再没有跟父亲一张床上睡过。在迷迷瞪瞪似睡非睡的时候，我极力回顾父亲的一生。从小时候处处依靠他、信赖他、怕他，到后来渐渐疏远他、蔑视他、怨他、恨他，又回到现在——我是多么舍不得他……面对一个没有了未来的父亲，原来可以让儿子生出无限的愧疚和悲悯。然而这种醒悟是不是来得太迟了？

真喜欢我看过的一篇文章的题目，好像是《我们越来越长大，父亲越来越小》。真的，父亲又变回到一个孩子了，他的睡态多像一个婴儿，那么随意和任性。他流着口水的样子多可人疼啊，我怎么相信这就是那个对谁都横眉立目、耍赖犯浑的88岁的父亲？

看着看着，我感到视线一片模糊。是的，我哭了。我用手机给一个遥远的朋友发了如下短信：

"这是我有生以来过得最绝望的一个除夕。"

当你对父亲的情感由势不两立，慢慢升华为一种认同的时候，父爱的伟大才真正显现出来。但这种认同偏偏来得太晚太迟，完全不像母爱那样与生俱来，不加任何掩饰。

儿子和父亲永远是一对"天敌"，好像都憋足了一股劲，在心灵的战场上摆出两个男人之间的较量。儿子在乎的是父亲榜样的跌落，父亲则出于对父权的维护，在儿子面前即使错了也誓不低头。可是有一天你会突然发觉，"父爱"仍是如此强大，如此撼人心魄。

小耗子上油台，偷油吃，下不来

在我们老家，依然延续着大年初一磕头拜年的习俗。起五更煮好了饺子，先郑重地摆到祖宗牌位前，上供、磕头，然后家中的晚辈分别给长辈磕头拜年，才能上桌吃。多年来的城市生活，早已淡化了拜年的一整套繁文缛节，倒是在农村，把这些礼制文明传承得更纯粹。长到 34 岁，我第一次在大年初一一早，毕恭毕敬地伏地给父亲磕了一个头。

"爸，儿子给您拜年了！"

父亲头朝里躺着，没看见也没听见，全无反应。然后是堂兄的几个儿子给父亲一一磕头。堂兄叹道，"哎，你老爷爷什么也不知道了！……"说完难过得转过头去，哭了。

我怎么能不惋惜：在父亲还有无数个"新年"的时候，自己为什么想不起给生养了自己的父母拜个年呢？

那天我还郑重地给哥嫂磕了头。这一拜，饱含着我对他们真诚的谢意，感谢他们在父亲最后、也是最难熬的日子里，替我在父亲的床前尽孝。他们忍受了我都不能忍受的太多委屈，不厌其烦地为父亲换药、擦洗、喂饭……冬天，堂兄凿开河上的冰，在刺骨的河水里给父亲洗涮换下的床单和衣服——家里的洗衣机容量太小，而父亲又经常尿湿，几乎隔两天就要洗一次，堂兄的手长时间浸在河水里，竟扎出了口子……这些，我怎么敢忘？

　　早饭时，父亲终于吃上了他盼望已久的"初一饺子"。他的胃口可真好，一口气吃了二十几个，还小声抱怨说："这么咸……"但并没因此少吃一口。

　　喂他的时候，我屡屡劝他慢点，小心噎着。父亲顾不得听，像小孩护食般地贪婪。嘴里的没嚼完，就又塞进下一个，生怕不够他吃饱。饺子在嘴里囫囵地吞咽，以至胡子上、棉袄的前襟上，沾的都是馅儿。父亲嚼得很有力，只是从鼻腔里不断发出"嚯嚯"的声音。我们没觉得有什么异常，甚至竟很侥幸：父亲已经明显有好转的迹象。翻身的时候还发现，连昨天抹过药的腐烂皮肤也已长出新皮。

　　恢复得这么好，不得不说是个奇迹。什么奇迹发生在父亲身上，也不会让我感到意外。父亲年轻的时候身体底子一向很棒，他的生命力一向惊人地顽强。曾经那么多次，我都以为父亲肯定过不去了，然而一场虚惊过后，父亲都一次次挺了过来。我心里觉得，这次，父亲一定也能转危为安。

　　中午情况就有些不妙了：给他单独煮了馄饨，一碗没吃完，他就不想吃了，嘴里一边嚼着，眼睛却微闭着不愿睁开，精神头儿打蔫儿。

　　堂嫂说："别喂了，盖好了让他睡会儿吧——"

我们把父亲整个身子翻过去，使涂了药膏的一侧晾在外面，并为他调整了一个比较舒适的姿势，慢慢扶他躺下。父亲好像是睡着了，又像是醒着，嘴里含混不清地吃力地叨咕着：

"小耗子……上灯台，偷油吃，下不来……叫大嫂，抱猫来……"

声音越来越微弱，口水在衣服上淌了一片。

父亲怎么突然忆起了儿歌？这是一种什么预兆？

一个近九旬的老人，突然把自己想象成了孩子——返璞而归真？他会不会看到：他的母亲正站在祥和的光里，张开手臂招呼孩子？这究竟是不是一种超越了我们想象的幸福感呢？

——在我们眼里，父亲要承受这病苦的折磨。也许在父亲的意识里，对另一个世界的向往，早已不是肉体的疼痛所能轻易斩断的。此刻的父亲，也许已经踩到两个世界的边缘——对人间世界有着微弱的感觉，比如疼痛——但对另一世界的感知也许更为强烈，更接近于他内心的真实？

那又是怎样的一个世界呢？

我们穷极我们有限的想象力，组合成另一世界的美好，无非是给我们活着的人一个稍可安慰的借口罢了。

除了替他翻身换药时父亲会喊一两声痛之外，父亲对自己的病状可以说一无所知。他自己看不到自己身上溃烂的皮肤，肿胀的双腿，只有身边的人才会看到，只有身边的亲人，才会因为眼见而不忍、因为心疼而悲伤……有时候，病是得给亲人的，亲人比病人更不堪一击！

所以，我是宁愿相信有一个真真切切的"病人世界"存在的。在那里，一切现世的痛苦已经微不足道，他们被意识的天使，引领进一座神秘而美好的花园——花园好大，鸟语花香……故去的亲人一个个在那里伸出手臂邀请你，迎接你，让你减少对现世的留恋……

——这种猜想至少可以让他们的亲人们求得一点精神上的安慰满足。我们将要失去的爱，希望他在另一世界得到加倍的补偿。

原定我和姐姐下午要回去的，过一两天再来。一是从城里买药膏；再者，以父亲目前的严重程度，我们实在不忍总这么劳累哥嫂。好在春节有七天的长假，正好能帮他们搭把手。如果过完春节父亲的病仍无好转，只好到时再另作计议。

即使这样想，我们还是估计得太乐观了。

父亲一觉就睡到下午三点多。醒来憋得更厉害，上不来气。临时叫大夫过来又输了三瓶液。

农村对大年初一看病吃药是有忌讳的。大概是怕因此一年都会惹病。所以我们当时还为要不要请大夫来输液而犹豫不决。

再不回去天就要黑了。堂嫂劝我们："要不就别走了，老人都怕过初一……"农村似乎有说法：大年初一这天，对家里病重的老人，可能意味着一道生死关。堂嫂心下预感到父亲的情况危急。

"不至于吧……"姐姐总不愿把事态想得太坏。我也不觉得有这么严重，我是以父亲的食量作为根据的——母亲走之前，很长时间就已经不进食了，父亲从来没亏过嘴，在这上面没有马上要离开我们的征兆啊。

　　为防万一，也为减少哥嫂的担忧，权宜的办法是：大姐、二姐暂时留在老家，我和三姐回北京买药，第二天马上再赶回来。看着大夫给父亲扎上针，我和三姐便踏上了返京的路。

　　刚下了京石高速，接到二姐打来的电话，说爸情况"特不好"，输液都输不进了，让我们赶紧回去。

　　……

　　我和三姐面面相觑。惊疑，恐慌——怎么想也想不到会这样，这么快。直到这时，我们都还觉得："不至于吧，刚才还好好的……"

　　140迈、150迈、160迈……一连串的超速行驶。

　　天色由昏黄渐渐被黑暗全部吞噬。天边最后一道光亮的缝隙，也被遮挡得严严实实，像把最后一颗棺钉嵌入棺木的刹那。

　　"爸——爸——"

　　父亲始终闭着眼睛沉睡，叫不醒。

　　姐姐哭了，我哭了，全家人都哭了，都陷入惊慌失措中。

　　父亲再也没有醒过来。他已进入了捯气的最后时段。

　　二姐抽泣着说："你们走了不一会儿，老爸就不行了。瓶子里的药液不走了，开始以为是滚针，可他一直没动啊……"

　　"赶紧找大夫来，结果试着扎了大腿、脚……哪儿都扎不进去了……"

　　"大夫量血压的时候，发现老爸血压已经没了，又拿手电照眼底，也没有反应，刚给打了一针强心针……还怕你们赶不到见爸最后一面呢……"二姐已泣不成声。

怎么会这样? 怎么会这么快?

其实, 父亲是给了我们先兆的, 我想起中午父亲嘴里不停地在叨咕着儿歌……

"能不能运回北京的医院, 趁爸还没断最后一口气?"

如果死在老家, 殡仪、火化等一系列的后事势必得在当地进行, 而我们觉得, 以农村简陋的殡仪条件, 实在委屈了老爸, 特别是跟母亲比起来。母亲的仪式办得虽简单却很庄重。那时我们就想, 将来父亲到这一天, 一定也照这样办。

"大夫说, 他这是心脏的毛病, 千万别动! 一挪动, 人很快就完了。有过先例的……"

看来最稳妥的措施是不作为。

我找出剪刀, 为父亲草草修剪了一下凌乱的胡须。忍不住泪水滴落在父亲花白的短须上。父亲的面容还保持着婴儿般的红润, 只是嗓子里呵喽呵喽的, 像是有痰咳不上来。

堂兄死死地攥着父亲的手腕, 他固执地相信, 只要攥住了"命脉", 人一时是走不了的。父亲的手尚有温热, 但浮肿得更厉害, 一会儿工夫, 被攥着的地方就陷进去一圈。

堂嫂下午跑到街上买了寿衣。慌乱中先是走错了路, 后来又敲错了店铺的门, 惹得那家小食品店主人一阵数落。

堂兄说: "要是能坚持了夜里十二点, 就算过了'年'了……"

我和姐姐进得家门大约在晚上六点半。一时一刻地盼着、熬着, 直到看着父亲终于挺过了这个"年"。

堂嫂在一旁撕扯做孝服、孝帽用的白布。"嘶嘶"的声音听上去尖锐刺耳。如果气息尚存的父亲正好听到这声音，又会作何想呢?

大家眼睁睁地盯着父亲，怕稍有闪失父亲就走了。晚饭吃不下，吃不下也得吃。活着的人总要为不久以后更忙乱的后事，贮留足够的体力。有心理准备的"送行"，往往像即将参加一场力不能及的比赛，即使预料到临场一定会发挥失常，但还是希望准备得更充足一点。

准备的心理过程是最难熬的。要保持战斗力，只有采取轮番换人监守，换下去的人可以暂时睡一小会儿。

父亲的呼吸趋于平稳，和睡着了没什么两样。

大家紧绷的神经暂时松弛下来，话题也慢慢从父亲的一生转向了别的。利用这一个特殊的夜晚，一家人齐聚在一起，很自然地聊了很多平时没机会聊的事情:家庭的矛盾，各自的感情，今后的打算……

父亲在这个世界的边缘，静静地听着，却没有能力插嘴和发号施令，发表他作为一家之主的任何意见。我们似乎把父亲即将永久离去——这么一件重大的事，暂时搁置在了一边。

人，居然可以很容易从巨大悲伤的空隙间抽身出来，津津乐道一些无关眼前的家长里短马勺碰锅沿的事，这种场面已足够戏剧性。可见每个人心里对痛苦的承受力有多么强大和坚韧。

既然父亲的离去是一件无可避免的事情，谁心里都清楚。为了那一刻的到来——现在，让我们暂且稍稍缓解一下紧张的情绪，似乎不为过吧?!

躺在床上的父亲，呼吸还很平稳、均匀。

"看爸的气色还是挺好呢……"

"也许再熬一两天也没问题！"

"都先轮着迷瞪会儿吧，别都熬垮了……"

姐姐劝我："吃点东西吧，你得挺住了，后面的事还多着呢……"

可我就是一点胃口也没有，不想吃，没心思。

晚十点以后，父亲的呼吸开始偶尔出现暂停，经常是一口气捯到头，很长时间没了下文。

"爸——爸——"

"醒醒，爸——"怀疑他是呼吸受阻。摇晃他，轻轻扳动头的位置，使他的头稍稍歪向一侧。父亲长舒一口气，又缓转回来。

一场虚惊。我们也随之长舒了一口气。

这种暂停开始大约半小时出现一次，越到后来，出现的频率越高，间隔变为十几分钟、几分钟一次。

停一次，我们就如是地齐声喊："爸——爸——"摇撼他，帮他摩挲喉咙。生怕哪一口气上不来，父亲真的就一去不返。

直到后半夜，都是在这么小心翼翼地预演着父亲的终结篇。

从父亲两年前病重以后，我很少再当面叫过父亲——"爸"这个字经常让我感到羞于出口，以至慢慢开始生疏。父亲看出来了，也没刻意说这事儿。也许他在心里很想听到我们还能像小时候那样，自自然然当他的面叫他一声"爸"。但一想到他"罄竹难书"的种种行为……

父亲也许为此感到过失落，自心入骨的悲凉和失落——在儿女的心目中，难道自己连这一声"爸爸"也担当不起吗？

父亲离世的前夜。随着父亲的呼吸频频告急，我们一声声呼唤"爸爸"，我们是真心想用喊声唤回父亲。这么多年欠父亲的，都在这一夜还回来。

"爸爸……"

"爸爸……"

——但，父亲已经听不到了。

几个侄儿从外面抬来一扇门板，用四只凳子支好放在外屋的厅里。按这儿的习俗，人死前，在他还没咽下最后一口气的时候，就要为他搭整好寿衣，抬到门板上停放，直到咽气。这样使他不会背着炕坯走。

停尸的门板搭在外屋，出来进去路过多次，更添恐怖的气氛，让人浑身不自在。

堂嫂在一旁为父亲准备"上路"时手里攥的"打狗棒"。是用和好的生面在火上烧成小面糊团，插在筷子上，形似鼓槌。黄泉路上，全靠这只"打狗棒"驱赶那些饿鬼和野狗，使逝者免遭它们的纠缠和撕咬，一路平安。

堂嫂搜刮出一袋子五色粮食，玉米、黄豆、青豆、红小豆、绿豆等，预备填在坟里。意在到了那边也能享受五谷丰登。

……

初春的深夜还有些刺骨的寒意。出了门，仰见满天星斗。

烧纸成灰：父亲永远走了

父亲是在大年初二清早走的，公历二月十日。八时三十八分。

一家人刚刚从严阵以待的彻夜监守中舒展开来，顾不得一身的疲惫和困倦。我们还暗自庆幸，父亲终于熬过了最危险的一晚——父亲却在我们神经最麻痹的当口，悄无声息地走了。

"爸——爸——醒醒啊！"这次，无论我们再怎么摇晃他，怎么唤他，也唤不回了。父亲去意已决。

阳光下，父亲的脸呈青灰色，不像昨晚的红润。

慌乱。

尽管事先经过了十几个小时心理演练，事到临头还是免不了慌乱。

堂嫂哭成了泪人，冲父亲喊——"老叔，等着……等着啊，给你穿衣裳，等着……"全家人都哭，都喊，此起彼伏。

翻身时，看到父亲下肢褥疮的溃烂更为严重，脓水粘连着皮肤。

父亲被我们连拉带抱地勉强坐直身子，沉重的身躯窝成瘫软的一团，任我们摆布……

打狗棒、嘴里含的点心……衣冠齐整的父亲被抬到早已准备好的门板上，一切停当。

人一走，所有怨恨一笔勾销。留下的只有惘然……

父亲与母亲的去世前后相差不到九个月。父亲迫不及待地到另一个世界与母亲团聚去了。这样想，是为了自我安慰，不至让我们在悲悼的泥沼中陷得太深。

父亲去找母亲了，却狠心抛下了他的孩子们，抛下他一度寸步不离的我。

事后我在一篇文章中看到有关对老人"临终期"的界定，据科学家推算，应在人去世前的280天，恰与婴儿在母体内黑暗世界中的时间互为呼应。也就是说，老人在这段时间实际上已经处于弥留状态，需要周围人无条件地看护——可惜大多数人没有这种常识，特别是因具体时间判定上的困难，使很多亲人在他们的老人"临终期"内未能给予更多的体谅和关怀——那天，我在日历上逐天计算起父亲死前的280天——不多不少，那天正是母亲的亡故之日！！！

两位老人，分别选择在两个"长假"告别人世，是一种巧合，还是一种命定？好在，好在，父亲走的时候应该是没有遗憾的。他与自己的亲人过完了最后一个春节，又在儿女们的全体守候之下，才恋恋不舍走的。父亲走完了88年的风风雨雨，应该算是寿终正寝，圆满的"喜丧"了。

让我们耿耿于怀的，是父亲的殡仪办得实在简陋，总觉得委屈了父亲。

我一向不主张随乡俗铺排丧事。按乡俗规矩，老人去世后应该停两天，聚来一帮不相干的人大摆流水席，大吃大喝大闹。吹鼓手通常吹的都是时下最流行的曲子，把气氛烘托得一派热闹喜庆，大老远根本分不出是丧事还是喜事。把丧事办到这个份儿上，与其说是"风光"，不如说是拿死去的老人"作秀"、寻开心。

况且父亲又死在大年初二，在这种日子请众人奔丧吊唁，多少给人家添晦气。

所以我们自作主张，简化了所有的繁复程序。当天中午火化，下午骨灰下葬，入土为安。

破破烂烂的殡仪车开到院门口。车上时断时续放的哀乐声引来无数乡亲纷纷驻足观望。父亲的遗体被我们七扭八歪地抬出屋，勉强塞进了车尾部那间狭长窄小的尸格子里，一路颠簸地上了路。

这条路是父亲带着我从小走过的路，这是晚年的父亲一直念念不忘的"回老家"的路，这是他"归根"之梦缘起的路……如今，躺在黑暗中的父亲，就走在这条路上！

全县只有这一个火化场。远远看去，如一座弃置多年的破败的厂房。与北京稍具规模的正规殡仪馆简直没法比。

我们到时，前面还有四个等着火化的，而火化场只有两个炉，只好让父亲躺在漆黑的格子里继续等着。父亲以前最怕黑，最怕寂寞。以他那时的秉性，一定会破口大骂我们对他的虐待……

趁这时间，我们去挑选骨灰盒。最好的要价不过一千元，而且没有可供挑选的余地。工人说："过节都放假了，库房锁着，就只面上摆着的这两个了。"没办法，我们选了一个相对好一点的，结果还是注意到盒子底边有一个并不明显的小缺口。

终于轮到父亲了。

告别室却不设任何告别的仪式。

我们最后捧起父亲的脸，仔细地看了看。父亲的头已经冰凉了，僵硬了，相貌有些脱形，与那个我们熟悉的父亲判若两人。

"爸——您走好!"

"爸——"一家人跪地恸哭。

工作人员让家属把死者抬到火化炉前的传送带上。我们问："能不能给化一化妆?"人家说："没有，没听说有要化妆的，我们这儿都这样……"

而且，那个工人还一边指着盖着父亲遗体的被褥的边边角角，一边催促我们："这儿，还有这儿，都掖进去，再往里掖掖!"然后不由分说，把我们都轰了出去……

没来得及瞻仰父亲的遗容。

捧着父亲骨灰往回开的时候，殡仪车又出了问题，在半道突然抛锚了，迟迟不能修好，殡仪馆答应换的车又一时开不过来。我们抱怨、愤怒，与司机争执，有什么用? ……哎，父亲这一趟走得竟这么不顺。

在墓地将父亲的骨灰与母亲合葬时，我又一次目睹了旁边穴位里安放的母亲的骨灰盒。不禁泪流满面。

父亲在母亲遗像前要死要活的一幕犹在眼前——父亲扑到供桌前，

用拐棍敲打着地板，头撞向桌角。父亲哭着，喊着——

"老伴儿啊，等着我，我……来了……"

父亲这下可真的去了。

烧纸成灰。很多钱，面值动辄百千万亿。父亲即使病重期间，也依然认得那是冥币。当堂兄情急之下把一摞冥币拿给父亲时，父亲清楚别人在拿他开涮，"这不是酆都城的吗?!……这花不得!"

——他要他真正的一百万。

现在，父亲一脚踏入另一个世界，终于可以用到这些纸钱了。

贫穷了一辈子。死了，父亲终于可以不再为钱发愁……

也许，父母亲的一天天老去、生病乃至死亡，注定是一个无法逆转的事实。并没有人，在一切都还来得及的时候，教会我们如何面对这一切。也许，我们每一个人，注定要以自己边学边用的所谓"经验"，在跌跌撞撞之中勉力完成这一切，承担这一切。

遗憾，因其无法弥补而成为永久的"遗憾"。

面对养老这样一种现实，作为子女的我们，无论做得怎么样，好或者不好，我们都不再会有重新来过的机会。

没有人教我们，面对久病床前的父母（抑或"病人"?）时，如何让自己变得更有耐心；没有人教我们，如何去理解并认同那个超出我们认知能力的"病人世界"，以便我们可以设身处地为他们着想；没有人教我们，如何学会尊重每一种生命形态——而且，最重要的，就是从身边的父母亲做起；没有人教我们，当养老的压力一点点挤占我们的生活空间时，如何调整身心，从容应对；

……

一切都要靠我们自己——靠我们并不可靠的领悟,一点点从懵懵懂懂的困惑中去理解,去揣摩,去反思,去寻求答案。

而,当我们正要努力学着做这一切的时候,我们的父母——一定会等得到吗?

一切——终将逝去!

父亲安睡在他的"一百万"的梦想里,默默走了。尽管有些自欺欺人,毕竟他是至死都相信的。

那么——我呢?

我可曾也有过隐藏于心底的、微不足道的梦想?

——至少,我希望父母大可不必走得那样急。在他们的亲人已经开始准备去理解他们,并学着如何与之相处的时候,能给我们修补亲情的机会。

——如果可以等,我希望自己可以更有耐心,而不是带着满腔愤懑,对我还无法体会的那个"病人世界"动不动就抱怨,指责,自怨自艾;

——多希望跟父母一起的时光能够长一点,再长一点;可有时又急切地想着这种痛苦煎熬的日子趁早结束。这就像两个在机场里即将分别的恋人,情意依依,缠绵难舍,都渴望彼此可以多待一会。突然听到广播里宣布,起飞的时间推迟了——你可以想象,这到底是一种庆幸，还是煎熬？——我们又该如何打发这多余出来的时间？

——我渴望了解，那些年，那些与病重父母长相厮守的日子，我的烦恼也好，痛苦也罢，它们来自哪儿？——为什么随着父母的离去，这一切可以在瞬间烟消云散，反而都变成了刻骨铭心的想念？

——"当时只是寻常事，过后思量倍有情。"对于那些还生活在父母身边的人们，无论你的压力有多大，日子过得多难——我想说，你真的该为还有对父母尽孝的机会而感到欣慰。

——我希望看到，老人眼睛里充满的是对别人的信任和安全感，那些重病的老人们，即使在医院也可以远离恐惧和无助。

——我希望看到，医生的态度不再冷漠，不再拒人于千里，对于茫然无知的病人和家属，能将心比心，学会更有耐心地倾听和解释。

——我希望看到，医院的助老设施更加完备和具有人性化，哪怕只是多一块指示牌，多开一部电梯，也可以让心急如焚的病人家属从心理上得到些许安慰。

——我希望全社会的养老机构，敬老院，托老所，临终关怀部门，都能把老年人生命的尊严看得无比珍重。因为他们曾经、并且永远是社会机体的创造者。他们活着的每一天，都应该得到社会的认可和尊重！

——对于那些正在承担养老义务的子女们，我希望他们所服务和任职的机构、公司、企业，能多给他们一点关爱，不要动不动以迟到和请假过多为由责难他们。要知道，养老问题不仅仅关乎几个家庭，几个人——子女们为父母所付出的一切，同时也正是在替整个社会减负和分忧。

——我希望一个更周到、更人性化的养老体系得以建立并日臻完善。尤其对于那些生活在城市底层的老年人，通过立法的形式和各种社会公益途径，使他们获得足够的生活保障和医疗保障，让他们全都享有健康和规律的饮食，吃得起药，看得起病……

——更重要的，让他们孤独或者抑郁的心灵，也得到应有的关注和抚慰，而不会因人为的忽视，使一个个健全的生命被抛向边缘。

——我更加希望，有一天，全社会都能承担起自己应该承担的那部分责任，而不是把养老的重担，完全彻底地推给他（她）们的家庭，他（她）们的子女。

——我最后希望，有一天——

我的这些祈愿和梦想，都能一一变成现实！

……

事有蹊跷。老姑与父亲几乎是前后脚走的——父亲大年初二没了，老姑走的那天，正逢"破五"。

老姑在此前没有任何病危的先兆，好好的一个人，就这么说没就没了。享年92岁。

老表兄到我家吊唁父亲时，我们特意叮嘱他："一定一定对老姑封锁消息，绝不能让她知道！"我们怕她这把年纪经受不住。还是在腊月里，堂兄曾去看过老姑。老姑还惦记着我父亲的身体。当她得知父亲已经躺在床上一病不起时，老姑的眼泪就下来了，伤感地自说自话——"完了，我们老姐儿俩这辈子见不着面了……"背过脸去呜呜地抽泣。

初三上午送走了老祖宗，初四就是给父亲圆坟的日子。

老表兄来到我家，向我们报告了一个让所有人都匪夷所思的消息——说老姑已经知道父亲走了！

"是谁告诉她了吗？不是不让她知道的吗？"

"谁也没有啊，过节这几天谁都没去看我妈——她怎么知道的呢？……"表兄也不解。

表兄说，初三上午，老姑一觉醒来，就急切切地喊他：

"快点去，去看看你老舅没了……"并特意强调，是"昨儿个就没了！"（一点不差!!）

表兄说他当时听了浑身一激灵，纳闷母亲怎么会知道的呢?！表兄一时还没缓过神来，呆呆地愣在原地不动。

"快去啊，这事还等着叫你?！……"老姑急得胡乱抄起炕上的笤帚，使劲敲打着，催促儿子赶快走。

难道是父亲真的"托梦"给了老姑，在梦中对老姑说出了真相？难道真的有所谓"心灵感应"的东西，一直在操控着一个不为我们所知的"病人世界"？——那又是怎样的一个世界呢？

父亲去世的第三天老姑也去了。老姑去的时候昏昏然像是睡着了。

老姑的去世让所有人感到意外，猜不透是"纯属巧合"，还是上天的有意安排？

总之，老姑这一去，在亲人感到悲痛的同时，也让大家为十几年来一直守在床前尽孝的老表兄松了口气。表兄把自己的大半生搭在母亲身上。终于，这下子彻底解脱了。

那么，冥冥中的父亲，那天究竟在老姑睡梦里说了些什么，以致竟让老姑迫不及待地随着父亲一起去了，去到另一个世界？

思绪飘忽，父亲的魂魄未远。

父亲艰难地走完了他的一生。

他或许在老姑的梦里，推心置腹地嘱咐她，劝说她——

"老姐姐，咱们……饶了孩子们吧！他们太难了……"

2005 年 4 月 14 日一稿

2006 年 2 月 7 日改于北京·定福庄，时正月初十

2011 年 12 月最后修订

后记

我们真的把守护忘记了？

也许，每个人生，总是各种遗憾的累积。逝者已矣，活着的，就是一个不断修复遗憾的过程。只可惜身处其中的我们，往往并不知道哪些会成为将来的遗憾。

　　母亲去世以后，经常被我梦见：梦中的母亲完全是生病以前的样子，健康、和善，脸上总挂着笑……在梦里我反复提醒自己——母亲不是已经死去了吗？不是永远不在了吗？然而又侥幸原来母亲还活着——母亲永远健康地活在我的梦里，这对我来说，是一件何其幸运的事啊……

　　妻子说："你总梦见妈，也许是妈太舍不得你了！"我承认。但在另外的意义上，与其说母亲舍不得我，不如说，其实是我更放不下母亲。

　　人，本该学着忘记的，却偏偏随时随地与往事不期而遇。触景而生情。谁能想到——就是那些在当时看来无法跋涉跨越的艰难岁月，竟成了我今生最酸涩、也最温暖的记忆。

　　人，又是多么容易忘记啊……

　　没有摆脱不掉的阴影，也未必有持之以恒的感动。

　　对于我们这个"特殊"家庭里那段"特殊"的养老经历——郁积在心里多年的感触、怨怨、委屈……太多太多纠缠不清的复杂情感，在当时，我尤其需要替它们找一个可以宣泄和释放的出口。

　　写这本书，拉拉杂杂花掉半年时间，基本是白天工作，晚上写一点。无异于又沉浸在那些不堪回首的日子里，重活过一遭。当我再次重拾起这些零零散散的记忆碎片的时候，惊觉在这个家里曾经发生的、经历的一切，竟恍恍惚惚似梦非真……

　　时间真的可以改变一切，包括处境和心境。

　　隔过时间和空间的屏障，再去看待既往的生活，常常也会有新的角度和发现，就像在看陌生的别人的事……

　　文章写到三分之二的时候，父亲突然没了。与母亲相隔整整280天！这件事一度让我无法继续写下去。悲痛是一方面，更重要的是，我对父亲生前的种种怨怼甚至是仇恨，都随父亲离去的瞬间即动摇了。——我不知道自己在做一件什么事？这样做的意义到底在哪儿？值不值得？？

　　后来，渐渐意识到——

　　当一个人的养老现实，与社会环境、体制等发生千丝万缕的联系时，"上有老"的压力与困境，也许将不仅仅是个别家庭、某个人的事，而是上升为一种值得整个社会共同关注和反思的"普遍困境"。

　　当全社会都在倡导"敬老"、"孝道"的同时，可曾有人想过——

　　"上有老"在客观上可能对儿女造成的影响究竟有多大？——他们事业的走向、他们各自的家庭关系，以及由此可能带来的心理上的障碍和性格的异化……究竟会有多大？

　　在对老年人的"精神赡养"方面，我们究竟做了多少？还能做多少？

　　……

　　父母过世后的第一个清明节，我从妻子的博客上读到下面的话——

　　　　"……公婆的年纪都很大，在他们生前，我经常无法张嘴称呼他们爸爸妈妈，我知道他们是有遗憾的。

"这个清明节，如果可能的话，我愿意好好喊他们声：'爸爸''妈妈'！我知道不可能了，永远不可能了！……"

由于共同的生活印记，让我和妻子都更加学会了珍惜，珍惜现在的一切，珍惜每一个灿烂的白天，平静的夜晚。

……

也许，每个人生，总是各种遗憾的累积。逝者已矣，活着的，就是一个不断修复遗憾的过程。只可惜身处其中的我们，往往并不知道哪些会成为将来的遗憾。

直到现在，我仍旧不敢翻看这些文字，怕再次被带回到很多年前的一幕幕场景。时隔多年，我已然从那时的一个"准中年"，混进了标准的"中年人"行列。我不知道自己是不是真的从那些回忆里走出来了？既然，过去的已经过去——为什么每每想起，还有着无可言喻的失落与悲伤？

我不知道，还会有多少儿女，正在或迟早将要——重复我的遭遇？他（她）们将不得不面对父母亲人的一天天的衰老，疾病，死亡；不得不面临养老现实的严峻考验。

而在这一过程中，作为儿女，不仅要忍受亲人不厌其烦的打扰，不理解，抱怨，更会重新审视自己一直隐藏着的另一面——

我们也许会惊奇地发现，自己原来是如此冷漠，急躁，自私，有借口，而没有耐心……

——谁还不是一样呢？

　　我想说的是，对于孝养父母这件事，我并不比哪一个做儿女的做得更多，做得更好。唯有感受是真实的！

　　书中这些沉重的记述，曾感动过周围很多的人。那些守护在父母病床前的日日夜夜，恩恩怨怨；那些与父母在一起的生活往事的回忆，让读到它的人，首先想到的是他（她）们各自的亲人。

　　这些纯属个人化的回忆，也正由于承载了读者自己的心灵信息和情感，才更显示出它的重量。

　　这么多年，流水匆匆。

　　我们真的把守护忘记了？……

　　那些生命中的起起落落，波澜壮阔，已成过往。一切痛苦和磨难，有朝一日，终将成为我们心底弥足珍贵的纪念。

　　倘使作为"过来人"的这些感受，真的能给那些正在经历中的人们，哪怕一点点心灵上的慰藉，成为陪伴他们一起跋涉生活磨难的一种精神上的支援——

　　这本书，就还有它的意义在。

2012 年 5 月

附录

《我们把童年忘记了》

（黄宝莲　著）

小时候，童年是一个游戏。我在前面，你在后面。
长大后，童年是一本日记。我在外面，你在里面。
现在啊，童年是一场回忆。我在远方，你在心里。

作者从小生活在台湾，度过美妙的童年，长大后漂泊不定，身在异国他乡，常常怀念台湾的风土人情，一草一木，还有故乡的那些亲人，那些美好往事。本书文笔优美，写尽了对童年的怀念，对故土的思念。

如虎如狼，未识欲望男女

新街庙口有戏台，逢年过节镇上便有热闹看，这是中元普度，祭拜那些游荡的孤魂野鬼，俗话好兄弟，沿路要点着香去招引他们。一年一度，庙会里举办赛猪公。

传闻我祖父养过一只千斤重的冠军猪公，奖状挂在我家上屋祠堂。状里有个红漆庙门，庙前一片赤剌剌黄泥地，庙边一棵苍郁的老松，庙口摆着一只大猪公，从肚腹剖开的身体，光洁平净，四平八稳趴在竹编的拱架上，仰着笑脸，鼻孔朝天，头上披着红布巾，嘴里咬着新鲜带叶的凤梨，猪已经不像猪。

我祖家一点辉煌的事迹，几代人不断传述那猪仔的富贵，如何让人给它打扇子消暑，拍苍蝇解闷，给它洗澡净身，还吃上等豆饼，时时加菜，有如侍候一个老太爷。

难得去庙口看热闹，并不确定有什么可看，人挤人已经够兴奋，再有灯花烟火歌仔戏，便是非凡的盛况。

那一夜，与邻家几个丫头结伴出游。庙口人山人海，挤在比自己高出一个肩头的大人之中，费力地张望。不知何时，一只厚实温热的手掌偷偷贴在我前胸，十一二岁，未识欲望的男女，未知觉那大手驻留在自己蓓蕾初发的胸部，直到发现那一股湿热直透肌肤，才明白是一只非礼入侵的大手掌，顿时愤怒地甩开那肮脏可恶的手，转身寻觅可疑之人。身边男子一个个老神笃定，看不出谁有不轨迹象，好像什么事情也不曾发生，我一个人莫名发神经。

一晚纳闷不解，等看完街市热闹，回家路上，把事情经过一五一十陈述于大我两岁的大姐头阿妃。她早熟，以为自己什么都知道。她一本正经地宣布：那只贴在我胸前的男人的大手印，将一辈子烙印在我胸前。

如同被宣判了永恒的罪恶和惩罚，我居然深信不疑，天天带着恐惧的心情在镜子前观望自己胸部的变化，以为终将出现一个男人的五爪大手印。

那荒唐无知的念头，一直持续到冬天又过了夏天，我才终于相信什么事也不会发生，才知道自己依然纯净无瑕，并没有因此留下一生受污辱的印记。

十三岁那年，阿妃有了初潮，盛夏暑夜，她聒噪不休，像一只发情的母鸡，就想宣告她的早熟。她如此兴奋，让我感到羞耻。她趴在我们经常聚会的八角床上，把胸部贴压在床上，说涨，说痛，说她夜里醒来以后就无法再入睡。

在月事期间的一天，阿妃带我去她家厕所，褪下裤子，让我看上面鲜红的血迹，神气不已。

一滴！一滴！一滴！温热地，缓慢地，潮湿地涌出，阿妃说。她家那竹篱笆圈起来的简陋厕所，筛过疏残的天光，洒落在阿妃叉开站着的左右腿上，那一片血迹斑斑的经带就横在她膝盖间，泄露着女孩成年的重大机密。我满怀惊惧，懵懵然又知悉是必然。

阿妃从此变野，猫一样，天一黑就蠢动不安，我们的世界在她的初潮之后，划分了天限，她春潮涌动的少女情怀，惊涛骇浪，我远远在岸边，未敢涉足。

有一天，我意外发现，阿妃"勾引"了我心目中的白马王子。她在他开着灯的窗前坐着，夜里九点，乡下没有女孩这样单独夜游。

他教她功课，阿妃说。我所爱慕的好男子，人又帅，夜夜都在灯下读书，斯文静默。阿妃邪恶浪荡，就去拐骗他的灵魂，去玷辱他的纯真，去败坏他的德性。

她没有羞耻，不爱惜自己，将来会自食其果。我私下怪怨。

中秋节，女孩们聚集在一起吃月饼，互相展示收集到的彩色糖果包装纸，阿妃第一次离群。

那一夜神秘的失踪之后，她隔天神采飞扬难掩喜色，面对我时却欲语还羞，琵琶半掩，她不知道如何形容夜里与男人偷欢的狂乱滋味。

男人好可怕！好有力！比牛还凶猛！比狮子老虎都难抵挡，我拼死命都推不开他……

阿妃分不清是爱是怨的暧昧表情，彻底困惑了我，既然是被男人欺负，为什么她满脸飞红？喜滋滋不能自禁？既然是凶猛如狼如虎如牛的可怕男子，她为什么没有逃，没有躲，没有后悔，没有求救？

阿妃说，那是她的第一次。

多不可思议的性！狂野暴烈的火热，温柔甜蜜的昏眩！天堂的诱惑，地狱的焚烧。

阿妃用充满挑战、恐吓兼自得的语气说：不可以随便试，经历过一次以后便无法收拾。

阿妃开始了她风火山林的青春骚动，我小心翼翼维护灵魂肉体的完整洁净不染，视欲望如洪水猛兽，那禁锢到瓜熟蒂落的惨淡贞洁。

阿妃很快找到男人，十六岁急着出嫁，一个爱她，而且老实，钱又赚得特别多的好男人，丈夫得人信赖，生意兴隆，她就开开心心，成天花枝招展，腋下夹着钱包，到处去打麻将、标会、收会钱、串门子，小姐的身份变成老板娘之后，身材也随着钱财一天天肥满起来，不久就变成我所不敢亲近的三姑六婆。

之后，我去了城里上学，远离了乡间那些荒寥的风月。

同年，中秋夜里，明月皎洁，屋后稻草堆里传来邻近男孩们的尖声怪叫。有人在稻草堆后面解手的时候，意外发现了几根耻毛如杂草，冒然出现在隐秘的关键部位，月光泄露了他们成长的秘密，猛然到临的青春期，童年就在那一刹悄然告别。

一旦知觉了男女，那些儿时的异性玩伴，忽然都成了需要防范的可疑分子，男女开始授受不亲，贞节需要防守，所有意图亲近的男子都成了危险动物。

彼岸新世界的阿兵哥们

等我真的会骑自行车之后，一下就骑出了生长活动的空间，骑出大稻埕，骑过铁路平交道，骑到陌生的地方，骑到天黑，骑到迷路，在漆黑的夜路里焦躁地寻找回家的方向。

早该在迷路之前回头，但是，我无法止住自己的脚步和对速度与距离的向往。

总好奇于太阳落下的西天、云彩消逝的天际、黑夜里无法望尽的天空、沉寂静默的大地、自然最细微的声响、破晓前的宁静、黎明流转的风，踩着自行车，看着不断伸展延长的地平线，感觉世界一步步趋近末端，仿佛人生旅途的终极就是彼岸新世界的开端。

我生活的范围就只有快车都不停的小火车站、小学、戏院、市场，小小一个乡镇，一个班的学生就住遍了整个乡镇，一条主要的纵贯路，串起几条横竖的街，排着店面兼住家，简单朴素的市街图。

第一次迷路，只知道路边的风景彻底失去辨认的痕迹与依凭，寻不着来路，分不清去向，东西南北全失了方位，没任何可以指认的路标，乡下没有地图，并且，还有许多荒无人迹的野地。

我在逐渐逼近的夜色中盲目闯荡，黑暗从四面八方袭来，恐惧和焦虑在后头追赶，远处稠如墨色的树林，只有车头一束橙黄的车灯替我引路，天地寂静无声，除了耳边呼啸的风和轮胎摩擦地面的嘶嘶声响。

我如幽灵，穿梭在一个异常的时空中，渴望遇见人间的一丝灯火。

直到远村一声狗吠，我的恐惧与焦虑才在狂喜中瓦解释放。

后来知道自己去了十里外的观音乡，那笔直荒凉的马路是新开发中的高速公路交流道，岛上有史以来的运输大动脉还在开发中，我已先天下之乐而乐，骑着单车走进岛屿公路的历史中。

高速公路正式通车那天，我已上高中，午夜，好友父亲开着福特轿车，一百公里时速，飙飞过台北大桥，直奔林口收费站，第一次感觉到的速度，就是横行飞逝的模糊线条与眼角不断被风吹出的眼泪。

再有一次，一个人不小心骑到了海边。海并不在我所认知的世界里，所谓青山绿水，不过是远处墨色的山影、门前村外浅显的小溪，海是坐火车过山洞到基隆姑妈海湾山腰上的家才有的壮丽风景。

我骑上一条没有岔路的单行道，沿途看风景，忘了路途之远近，出发时亮丽的晨光已经升到顶头成了炽烈的日影。我必定是遇见了传说中的魍神，受了蛊惑，一味前行，骑到口干舌燥，满脸通红，浑身是汗，看见路边一片瓜田，迫切地停下，伸手向农夫讨瓜解渴。好心的农夫砸开一个鲜红的瓜，我捧起来就把整张脸埋进瓜里贪婪地吸吮。

这是第一次意外发现了海，终于把一条路骑到无法再前进的终点——小时候以为的世界的尽头。

我的纯真初次邂逅了孤独，海是如此寂寥壮阔的景色，我傲然孤立在天地之间，遥望海天交际的远方，不知如何看待这惊心动魄的海景。第一次发现了自己的存在是如此孤单，抬头看天，低头看双脚踩踏的土地。天大，地大，我亦大。

　　放下脚踏车，躺在沙滩上，一躺就毫无意识地昏睡过去，那醒和睡之间，连一个哈欠都没有，连一点累的感觉都没有，不是死亡，也不是睡眠，就是彻底而完全的休息，一种接近静坐冥思的奇异状态，类似真空，没有重量。

　　不知过了多久，我被卡车笨重粗鲁的引擎声和十几个年轻军人的喧闹声吵醒。

　　他们好像在荒漠里发现睡美人似的感到不可思议。那时岛屿海岸仍然戒严，荒凉的沙滩仿佛不该出现单车与少女。

　　很小很小的时候，印象中乡下来过无数随地扎营的绿装军人，都不明白这么多人涌进平静的乡下，干的是什么差事？过的是什么日子？到处鸡飞狗跳。

　　卡车里走下来的军人叫我小妹妹，虽然我已经十三岁。你一个人来这里干什么？他们围着我问。

　　我的四肢在僵化麻痹中缓缓苏醒过来，大脑在极度疲累的恍惚中逐渐清醒。我不知道自己身在何处，不知道离家多远。

　　他们问我住什么地方。

　　听说我从福特六和汽车厂那边来的，阿兵哥们断言我无法再骑回去。太远！他们说。我从沙地上爬起身来，想去牵自行车，才发现腿股内侧酸痛僵硬，走路都困难。

　　士兵们在排长的指挥下，先在沙滩挖够一卡车的沙，再把我一起埋进卡车内的沙堆里，露出一个头，自行车平放在隐蔽的角落，一路避开宪兵，直把我送到离家最近的纵贯路口，才小心翼翼作贼般，把我和车一起放下。

回到家，门口的灯亮着，厨房餐桌摆着剩菜，母亲从晚上八点黄金时段的连续剧前来到厨房，没给我脸色看，没有责骂我，我虽然任性、别扭，却不是会闯祸闹事的孩子，只是不小心会走远、迷路。我从茶几上拿起茶壶，对着嘴灌了一肚子水，放好自行车，一声不响，爬到床上一觉睡到天亮。

从此心就大了些，野了些。

我继续这样走自己爱走的路，做自己爱做的事，像放牛吃草的野孩子；偶尔，羡慕别人家父母对子女无微不至的关爱照顾，也有些许落寞。直到年长，心里总有自己的一片自在天地，才明白是从小因父母的放任和信任而根植在个性里的独立自主。

娘习惯说：命是自己的造化。我便独立长大成人，有时渴望爱，一旦获得，惶惶然又觉得是负担。

身在福中不知福，是我那一代人的通病；因物质丰盛消费过度的精神空虚，却是现代人的问题。

《我们把江湖忘记了》

（马路虾　著）

有人的地方，就有江湖
拉人的地方，听的哥侃江湖

崔永元口碑推荐
这本书比很多专业作家写的都要好！

　　作者曾经是一名的哥，他写了自己每天开出租车的所见所闻，所感所想。从普通的哥生活到充满争议的职业道德，从令人叫绝的察言观色揽活到令人称奇的防抢方法，再到大千世界里形形色色的乘客。他用生动幽默的语言，把看似无趣的故事讲到让人捧腹，写不尽家长里短，道不完柴米油盐。

得瑟大了，掉毛了，丢钱了

"得瑟"是大连土话，字面意思是身子发抖。比如天冷，可以说冻得乱"得瑟"；女孩子半夜遇到坏人，也可以说吓得直"得瑟"，例如《谁怕谁》里面那个女生，就被我吓得直"得瑟"（这件事还说明，女人对男人的鉴赏力，就其程度，远低于她们对服饰、色彩以及诸如此类的事物所表现出来的那种与生俱来的天赋）。但在实际生活当中，这两个字更多的是用来形容那些不稳重、高调和喜欢哗众取宠的人。

以我为例，从前的我就很得瑟。因为那个时候开汽车的非常吃香，给个县长都不换，所以当年的司机大佬，比县长都得瑟。

乘坐出租车的人当中，有一些是很得瑟的。跟他们在一起，会让你突然觉得自己活得很窝囊，简直没脸见人。好在这种感觉持续的时间很短，等客人一下车，感觉就回来了。

也不尽然。我就遇到这么一位，足足让我一个多小时以后才找到感觉。虽说后来得到了补偿，也不是他的本意，所以我并不特别领他的情。

那是个基本里程以内的小活儿。下车时，他看看计价器，说你这个表有问题，白天我打车从这儿走，八块，回来怎么跑了十块四？

我说那是白天，晚上十点以后加价百分之三十，十块四没错。他听了没说什么，悻悻然掏出十块钱给我，打开门要下车。

真下了车也就罢了，可他偏要挽回一点面子，节外生枝，把事情搞得很麻烦。其实在我看来，他的"面子"实际上并未受到任何伤害，问清楚了再消费，这是再正常不过的事情。

他拉着门把手，想了想又坐回来，从夹克衫内衬的口袋里搜出一大沓钱，右手捏着钱角，抽风似的，在变速杆把手上使劲摔，嘴里说："看到没有，钱有得是！看到没有，看到没……"刷的一下，钱让他摔散了，黑暗中，到处都是飞舞着的纸片。

我打开车内灯，看着他目瞪口呆的样子，差点儿笑出声来。这时候他老实多了，低眉顺眼地说："帮帮忙兄弟，我眼睛不好，帮我捡捡。"我略一考虑，觉得这事儿不那么简单，这人太得瑟了，得瑟的人什么事儿都做得出来，别叫他赖着。我这样想着，从储物盒拿出电话，拨了110。

等待警察的时间里，我一动未动，坐在那里，看着他东摸西摸地找钱。

警察开着警车，带着个协警来了。听我说了事情经过，警察吩咐那个协警取来手电照亮，他趴在车里，这一张那一张地捡。终于把所有的钱都捡了起来，数过之后，他说："不对呀，原来四千一哪，这才三千九。"说完就看着我，我说："你看我干吗，我可是一动没动，这不，电话还在手里呢。"这小子听了，指着我的包："那，你包里有多少钱？"

　　他指的是的哥用来装钱的包，开桑塔纳的，那个包通常放在仪表台左下方的储物盒里。

　　"我包里有多少钱关你屁事儿！钱散了我就把灯打开了，这段时间除了打电话，你见我动一下手了吗？"

　　其实，钱在哪儿我心里有数，可我就是不说。

　　那警察见了，说别吵啦别吵啦，然后问协警要过手电，趴在坐垫上亲自找了一遍，起身问他：

　　"你老实讲，到底多少钱？人家（指我）没动地方，你说钱少了，哪儿去了？"

　　"确实四千一，撒句谎天打五雷轰！"

　　这件事不了了之，临走前他还骂骂咧咧，惹得警察性起，说："有完没完？你看你那个熊样，有俩钱把你烧的，得瑟大了，掉毛了吧？"

　　我把车开到两公里以外，下车打开后门，把手伸到右边坐垫下边，只一摸，就掏出一张，又摸，又一张。再摸，没了，方知此君言之不谬，怪不得敢拿雷公吓唬人。

　　也难说，这年头，请个唱歌的都得几十万，区区二百块钱，你当雷公要饭的。